O PREÇO de uma ESCOLHA

Romance mediúnico

Maurício de Castro
pelo Espírito Hermes

O PREÇO DE UMA ESCOLHA

Romance mediúnico

O PREÇO de uma ESCOLHA
Romance mediúnico

Copyright© Intelítera Editora

Editores: *Luiz Saegusa e Claudia Zaneti Saegusa*
Direção Editorial: *Claudia Zaneti Saegusa*
Capa: *Casa de Ideias*
Projeto Gráfico e Diagramação: *Casa de Ideias*
Fotografias de Capa: *istock/Sofia Zhuravets*
Revisão: *Jéssika Morandi*
1ª Edição: *2023*
Impressão: *Lis Gráfica e Editora*

intelítera
editora

Rua Lucrécia Maciel, 39 - Vila Guarani - CEP 04314-130 - São Paulo - SP
11 2369-5377
www.intelitera.com.br - facebook.com/intelitera

Dados Internacionais de Catalogação na Publicação (CIP)
(Câmara Brasileira do Livro, SP, Brasil)

Hermes (Espírito)
    O preço de uma escolha / pelo espírito Hermes ; [psicografia de] Maurício de Castro. - - 1. ed. - - São Paulo : Intelítera Editora, 2023.

ISBN 978-65-5679-020-6

    1. Mediunidade - Doutrina espírita   2. Psicografia
3. Romance espírita I. Castro, Maurício de.
II. Título.

23-146208   CDD-133.93

Índices para catálogo sistemático:

1. Romance espírita psicografado   133.93
Henrique Ribeiro Soares - Bibliotecário - CRB-8/9314

Agradecimentos

Ofereço este livro a cinco amigos do meu coração:
Marcelo Flores, por ter escolhido ser um grande lutador e superar-se a cada dia, mas também por estar comigo em todos os momentos, exercendo uma das mais sublimes virtudes – a impessoalidade.

Jailma Helena, por fazer parte de minha história de vida e caminhar comigo todos os passos do caminho. Ela sabe que não é fácil, mas sua paciência transforma tudo, tudo mesmo.

Adriana Leão, por estar ensinando-me, dia após dia, a arte de sermos apenas quem somos e, principalmente, por ser essa grande irmã espiritual cujas afinidades perdem-se no tempo.

Lílian Guimarães, muito mais que uma prima, uma amiga verdadeira que esteve comigo nos momentos mais importantes de minha vida até agora (1996-1997) e continua estando, sem perder a alegria contagiante de viver a vida.

&

Diogo Ananias, pela amizade forte e segura de um irmão que nunca tive. Deixo-lhe aqui a minha profunda admiração por você dar o exemplo da humildade e da originalidade de seu caráter.

Que os espíritos de luz os acompanhem sempre, em qualquer situação das suas vidas.

Sumário

Prefácio 9
Ajudando uma desconhecida 11
Início de uma convivência harmoniosa 21
Os laços se estreitam 29
O sonho 39
Maurílio 49
Advertência do plano espiritual 57
Conversa edificante 65
Entrega ao amor 73
Lição de vida 83
Suspeitas 91
Preocupações 103
Aprendendo com Maurílio 115
Solidão 125
Maurílio entre a vida e a morte 135

Recuperando a dignidade 145
Tragédia inesperada 153
Família em desespero 161
Do que a culpa é capaz 171
Daniele: quem é ela? 179
Sofia: um espírito iluminado 187
Chega o arrependimento 195
Surpresa desagradável 203
Violência 211
Solução encontrada 217
O mundo espiritual entra em ação 223
Raquel conta sua história 231
Crime hediondo 241
A outra história 249
Chantagem e falso testemunho 257
O Bem: a única verdade da vida 265
Mudança de comportamento 275
Mais crimes 283
Decisão certa 293
Frente a frente 303
Jonathan chega 311
Epílogo 317

Prefácio

Nossas escolhas traçam o nosso destino. Embora o homem, em sua secular ignorância das leis cósmicas que regem o universo infinito, atribua seus sofrimentos e seus êxitos, dores e alegrias a um poder maior que não pode controlar, a grande verdade é que tudo o que nos acontece vem das escolhas que fazemos perante a vida.

Mesmo aqueles acontecimentos os quais não encontramos nenhuma causa que os justifiquem na vida presente, representam escolhas feitas por nós mesmos em vidas passadas, que trazem agora seus desafios, sempre para que possamos vencê-los e seguirmos adiante em nossa evolução.

Nada em nossas vidas é imutável, fatal ou está perdido. Cada desafio que nossas escolhas trazem, até os mais difíceis e que parecem impossíveis de serem resolvidos, levando-nos à depressão e à sensação de impotência, podem ser vencidos com o uso da nossa força interior.

Somos espíritos eternos. Deus nos dotou de infinitos potenciais, mas, para que eles funcionem a nosso favor, é preciso saber escolher o bem, que significa ficar sempre do nosso lado, acreditando em nosso poder, cultivando o otimismo, a prática da generosidade e, principalmente, amando tudo e todos incondicionalmente.

A felicidade existe e é possível a qualquer um de nós, desde que estejamos vivendo dentro das leis universais. Como o ser humano é dotado de livre-arbítrio, infelizmente a maioria ainda escolhe o caminho das ilusões, onde acreditam estar a felicidade, na realização dos seus sonhos materiais.

Enquanto cultivarmos essa ilusão, a vida prosseguirá apertando o cerco, trazendo a cada dia provas mais duras e dores mais fortes, até que, cansados de sofrer, procuremos a felicidade verdadeira, que está unicamente nos valores eternos do espírito.

Para escrever esta história, baseei-me num fato real, acontecido muitas décadas atrás, quando todos os personagens pagaram o preço das próprias escolhas e aprenderam o verdadeiro caminho do Bem Maior.

Que a história de Daniele, Raquel e Conrado, bem como todos os outros envolvidos nesta narrativa, os inspirem a escolhas mais nobres, mais de acordo com seus verdadeiros sentimentos, lembrando que, se são as escolhas que tecem os nossos destinos, podemos agora escolher a felicidade, deixando para trás tudo o que nos causa dor e sofrimento.

Um grande abraço do amigo Hermes.

Ajudando uma desconhecida

  Chovia forte por toda a cidade de São Paulo naquela noite de verão e os vultos humanos visíveis no meio daquela intempérie eram de pessoas que viviam à margem da sociedade. Por estarem acostumados àquela vida, eram os únicos que tinham coragem de enfrentar a força da tormenta que desabava sem cessar.
  A chuva iniciara sem aviso, apesar do imenso calor feito durante o dia, e muitas pessoas que haviam saído do trabalho não conseguiram chegar às suas casas, presas no trânsito atormentado, ou retidas pelos grandes alagamentos, tão comuns naquela grande metrópole. Outras, que haviam saído de casa para os diversos compromissos da noite, também não podiam imaginar a que horas retornariam ao conforto do lar, visto que a natureza parecia não querer que aquele espetáculo acabasse.
  Em rua elegante no bairro dos Jardins, uma moça andava a esmo, indiferente aos raios que cruzavam o céu ilumi-

nando seu rosto contrito em lágrimas, que a chuva lavava. Cansada de andar, sentou-se na calçada de suntuosa mansão e, como que desesperançada, baixou a cabeça, deixou que os braços caíssem ao longo do corpo e teria ficado por longo tempo nessa posição, não fossem as luzes intensas de um belo veículo que acabara de chegar e parava à sua frente.

Conrado pôde ver o rosto de uma jovem em sofrimento, sentada sobre a calçada de sua casa, e estranhou. O que uma moça como aquela poderia estar fazendo ali no meio daquele temporal? Pensou em chamar um dos seguranças, mas vendo-a assustar-se com sua chegada, num impulso desceu do carro e aproximou-se, dizendo:

– Quem é você e o que faz aí?

A moça pareceu sentir medo, mas percebendo o olhar sincero de Conrado, disse, num fio de voz:

– Eu não sei.

– Como? Que brincadeira é essa?

– Eu não sei, não sei quem sou – recomeçou a chorar e Conrado, percebendo seu sofrimento sincero, aproximou-se ainda mais, pegando em suas mãos.

– Eu não posso ajudá-la sem saber quem você é.

– Não me lembro de nada – tornou, confusa. – Tudo o que me lembro é de estar andando pelas ruas sem destino até o início da chuva.

Meio desconfiado, Conrado perguntou:

– Nem seu nome você lembra? Como se chama?

Ela pareceu esforçar-se para pensar e depois disse:

– Me chamo Daniele. É tudo que consigo lembrar.

– Daniele. Bonito nome. Chamo-me Conrado e moro nesta casa.

– Desculpe o transtorno que estou causando. Mas assim que a chuva começou, dei-me conta que estava perdida e sem rumo, sem saber quem sou e nem para onde ir. Mas não posso mais causar-lhe aborrecimentos. Vou-me embora.

Ela ia retirando-se quando ele pegou levemente em seu braço e disse, com carinho:

– Deixe-me ajudá-la. Não posso permitir que uma moça fique perdida e sem rumo numa noite como esta. Como vê, a chuva não está querendo cessar. Se continuar a andar assim, com a roupa ensopada, poderá ficar até doente. Venha, você vai entrar comigo.

– Não posso, sua família não irá me aceitar.

– Não se preocupe com isso. Todos aqui são pessoas de bem, honestas e não ficariam com paz na consciência se soubessem que deixei uma pessoa como você sem ajuda.

Daniele se enterneceu pela bondade do desconhecido e chorou baixinho. Conrado, num ímpeto de carinho nunca antes sentido, abraçou-a fortemente e a conduziu para dentro do veículo.

Acionando o controle remoto, fez com que o portão se abrisse e seguiu por uma grande alameda, parando o carro em frente à luxuosa vivenda.

Era uma casa bela, de arquitetura moderna, toda em tons de grafite, com paredes decoradas com pedras finas e portas de vidro. Daniele não se recordava no momento de nenhum lugar tão lindo como aquele.

– Fique dentro do carro enquanto anuncio sua chegada. Meus pais gostam de reunir amigos para jogos, conversas, rodadas de bebida e chegar com você sem anunciá-la seria um constrangimento.

De fato, a imensa sala de estar estava cheia de gente. Conrado concluiu que deveriam ter chegado antes da tempestade e, como sempre, a conversa girava em torno de futilidades, regada a muita bebida.

Ao ver o filho entrar pela porta principal, Rebeca foi recebê-lo:

– Estava preocupada com você. Disse para não sair hoje. O tempo estava muito quente e eu sabia que iria chover. Ainda bem que chegou são e salvo. Já vimos pela televisão que algumas pessoas morreram no meio do temporal.

– Não se preocupe, mamãe. A senhora sabe que as reuniões que frequento às quintas-feiras não são distantes daqui.

– Venha, você está molhado. Vá tirar essa roupa antes que seque no corpo. – Rebeca observou-o rapidamente e perguntou: – Por que se molhou?

– A senhora precisa saber...

Conrado foi interrompido pela chegada de Gustavo, seu pai, que vinha acompanhado de Verônica – irmã de Conrado.

– Rebeca tem razão. Você está todo molhado. O que aconteceu?

– Que foi isso, mano? O carro deu algum problema? Teve que parar em algum lugar?

As perguntas se sucediam e Conrado, quase gritando, pediu:

— Parem, por favor! Me escutem.

Os três pararam e se puseram a ouvir:

— Quando estava chegando em casa, deparei-me com uma moça sentada na nossa calçada em meio à chuva, chorando muito. A princípio não queria descer, sabe como nossa cidade é perigosa, mas senti um ímpeto forte em ajudá-la e então fui ao seu encontro. É uma moça frágil, que perdeu a memória. Não sabe quem é, nem para onde ir.

Rebeca, que era uma mulher bastante sentimental, admirou a coragem do filho:

— E onde está essa moça? Coitada! Deve ter sofrido algum trauma.

— Por que não a fez entrar? Não vá me dizer que a deixou na calçada — tornou o senhor Gustavo, nervoso.

— Não. Eu a convenci a entrar no carro e prometi ajudá-la. Está aí fora. Não queria que entrasse sem ser anunciada.

Verônica não acreditava no que ouvia e indignou-se:

— Eu não acredito que você encontrou uma estranha na rua e a trouxe para dentro de nossa casa. Mas que loucura! Ela pode ser uma bandida, uma pessoa perigosa, uma mentirosa!

— Acalme-se, minha irmã. Ela só tem a roupa do corpo, está descalça e o vestido parece gasto.

— Como você é ingênuo — e continuou Verônica, irritada: — Essa mulher pode ser uma farsante em busca de informações sobre nossa família. Você sabe o quanto papai é perseguido por ser um bom criminalista. Fez fortuna com isso. Muitos querem se vingar.

O senhor Gustavo irritou-se com a filha:

— Como sempre, você vendo o mal em tudo. Quando vai aprender a melhorar sua visão das coisas? Sou um bom advogado, nunca atuei para prejudicar ninguém deliberadamente, sempre fiz justiça. Sou honesto, acredito em Deus e sei que nada de mal pode nos acontecer. Seu irmão foi muito bom em ter ajudado essa moça. — Olhando para Conrado, pediu: — Faça-a entrar.

Nesse momento os convidados da noite já estavam participando de toda a conversa e opinavam à bel prazer. Uns dizendo ser loucura trazer uma estranha para a mansão, outros louvando o ato de caridade.

Finalmente, Daniele entrou na casa de cabeça baixa, bastante envergonhada. Conrado, percebendo seu constrangimento, disse:

— Não fique com receio, Daniele. Aqui você está entre amigos e pessoas que querem te ajudar.

Olhando para todos, ela encostou o rosto do peito de Conrado, recomeçando a chorar.

Rebeca pegou em sua mão com carinho fraternal:

— Não se assuste, menina, venha, sente-se aqui.

Daniele obedeceu e sentou-se.

— Você não lembra de nada mesmo?

Após alguns minutos de silêncio, ela disse:

— Apenas sei que meu nome é Daniele. A única coisa que realmente me lembro é de estar andando pelas ruas da cidade quando desabou o temporal.

– Mas você deve ser de boa família – falou Rebeca, observando-a melhor. – Seu vestido é de qualidade. Está apenas rasgado, provavelmente você deve ter caído e não percebeu. Sua pele é bem tratada e olha só esses lindos cabelos loiros!

Daniele olhava assustada para todos, não sabia o que dizer. Rebeca perguntou aos amigos:

– Não conhecem esse rosto de algum lugar?

Todos afirmaram nunca ter visto ninguém nem parecido e, como havia se formado uma confusão em torno da ajuda que estavam dando à desconhecida, o senhor Gustavo pediu que fossem para suas casas. Todos tinham carro e a chuva não era problema, pois moravam no mesmo bairro.

Quando a casa ficou vazia, Rebeca chamou Adelina, a governanta, e pediu:

– Por favor, leve a moça para tomar um bom banho quente e mande preparar o quarto de hóspedes. Ela dormirá conosco.

Verônica reagiu:

– Como a senhora pode cometer uma loucura como essa? Não podemos deixar uma estranha dormir aqui. É muito perigoso. O melhor a fazer é ligarmos para a polícia e informar o que está acontecendo.

– Calma, minha filha. Faremos isso, sim, mas amanhã.

– Amanhã pode ser tarde e essa bandida pode ter nos matado.

Daniele soltou-se das mãos de Adelina e disse:

– Não quero causar problemas nesta casa. Estava perdida, chorando, sem saber para onde ir. Não sei o que me aconteceu, mas não desejo causar desarmonia. Peço apenas que me levem à delegacia mais próxima, pois eu mesma quero saber minha origem.

Conrado sentiu raiva da irmã:

— Você passou de todos os limites, Verônica. Até quando seu ciúme vai me atormentar? Está assim só porque dei atenção a uma pessoa que não é você.

— Meu irmão — tornou Verônica, séria —, não se deixe levar pelo excesso de bondade que aprendeu com nossos pais. Não tenho nada contra a moça, mas qualquer um, em sã consciência, não faria o que vocês estão fazendo.

— O assunto está encerrado — disse Rebeca, com firmeza. — Daniele vai dormir conosco esta noite e amanhã iremos à delegacia relatar o que lhe aconteceu. Se você está com tanto medo, tranque a porta de seu quarto ou vá dormir com seu irmão.

Verônica calou-se com raiva. Por que ninguém a ouvia naquela casa? Magoada, subiu para o seu quarto, trancando a porta por dentro.

Daniele seguiu com Adelina, enquanto Rebeca e o senhor Gustavo foram se recolher.

Já no leito, Gustavo perguntou à mulher:

— Não achou o rosto da moça um tanto familiar?

— Não achei. Ela é muito bonita, jovem, olhos expressivos. Mas nunca vi ninguém nem parecido. Não tem esses rostos parecidos dessas mocinhas que vemos por aí. É de uma beleza exótica.

Gustavo não achou tão exótica assim, parecia que já havia visto seu rosto em algum lugar, mas não se recordava onde. Por fim, disse:

— Será que realmente fizemos bem em ajudá-la?

— Claro que sim. Nosso dever é ajudar quem sofre.

— Socorremos desvalidos todos esses anos. Nosso remorso ainda é grande.

Rebeca ajeitou-se melhor nos travesseiros e refletiu:

— Não sei se estamos agindo de forma correta com o socorro prestado. Ajudamos para tentar apagar o remorso de nossa consciência. Conrado nos ensina que toda ajuda deve ser desinteressada para ser meritória aos olhos de Deus.

— Já conversamos demais sobre isso e não chegamos à conclusão alguma. Melhor irmos dormir. Amanhã teremos um dia longo com Daniele.

Rebeca calou-se e fechou os olhos em prece. Agradeceu a Deus pela oportunidade de estar ajudando uma desconhecida e, mais uma vez, pediu a Ele que a livrasse de tantas culpas. Ao seu lado na cama, Gustavo fazia o mesmo.

Início de uma convivência harmoniosa

Na manhã seguinte, à hora do café, Daniele já estava arrumada, sentada à mesa esperando com Adelina que os outros descessem. A governanta ofereceu-lhe um dos vestidos que Verônica não usava mais, um bonito par de sapatos, e ajudou-a a fazer um belo penteado. A rara beleza de Daniele ficou em evidência, de modo que, quando Conrado desceu e sentou-se ao seu lado, teve que controlar o olhar, que não parava de buscar seu rosto.

— Espero que tenha dormido bem, Daniele, e que não tenha levado a sério as palavras de minha irmã.

— Estou muito confusa e me sentindo um incômodo na vida de vocês. Ainda bem que vamos à delegacia e saberemos logo quem sou.

— Você não está sendo nenhum incômodo para nós, é um prazer.

Daniele ruborizou, mas tentou não demonstrar. Gustavo e Rebeca acabavam de chegar e, após as perguntas de praxe, Gustavo olhou mais fixamente para sua hóspede, dizendo, com seriedade:

– Não sabemos se vão encontrar sua família tão rapidamente. Embora acreditemos que você seja realmente de São Paulo, não sabemos o que lhe aconteceu e nem o que causou sua perda de memória. Por isso o mais certo é que o delegado a envie para outras autoridades, que podem mesmo providenciar sua reclusão por um bom tempo.

Ela pareceu assustar-se. Gustavo continuou, percebendo que ela prestava atenção:

– Por isso é essencial que você se posicione e diga que deseja ficar sob minha tutela até que sua família seja encontrada.

Os olhos de Daniele encheram-se de lágrimas, não conseguindo impedi-las que rolassem por sua face.

– Sou grata por tudo, senhor, mas não posso fazer isso, nem permanecer aqui. Ninguém me conhece, nem sabem minha origem, posso acabar causando problemas. O que mais desejo é saber o que aconteceu comigo e encontrar meus familiares. Por isso deixarei que o delegado me conduza para o melhor.

Gustavo já ia argumentar, quando foi interrompido por Verônica, que acabava de entrar na sala.

– Ela está mais do que certa. O senhor só pode estar delirando ao sugerir um disparate como esse. Não é possível acreditar que alguém possa acolher uma desconhecida dentro de casa, ainda mais quando esse alguém é Dr. Gustavo Cerqueira Dantas. Eu até acredito que Daniele esteja sendo sincera e que realmente tenha perdido a memória, mas como ela mesma disse, pode se tornar um problema para nós. E se for uma foragida da justiça? E se tiver cometido algum crime? E se for uma pessoa perseguida por marginais? Todos aqui correremos perigo. E ainda que não fosse nada disso, não existe nada mais absurdo do que colocar uma pessoa que vimos pela primeira vez para morar debaixo do nosso teto.

Rebeca, percebendo a vergonha no rosto de Daniele, tornou:

— Eu não acredito que Daniele possa nos fazer algum mal. Seu pai é uma pessoa muito bondosa, gosta de ajudar, e, depois, não é a primeira vez que fazemos isso. Lembra-se daquele casal doente que encontramos à beira da estrada quando voltávamos de Campos do Jordão? Acolhemos aqui, e eles viveram na edícula por mais de um ano. Quando se recuperaram, voltaram para casa.

— Outro erro grave e que não deve se repetir. Daniele deve ficar por conta das autoridades.

Verônica sentou-se à mesa, olhando Daniele entre o rancor e a pena. E se ela estivesse sendo injusta? Sua reflexão foi interrompida pela voz grave de Gustavo.

— Já está decidido. Iremos à delegacia e Daniele ficará conosco. Assinarei o termo de responsabilidade por sua integridade e ficaremos com ela até que encontre sua família.

— Apoiado, meu pai – disse Conrado, feliz. – Só na mente negativa de Verônica é que poderia passar o pensamento que uma moça como Daniele pudesse nos fazer algum mal.

Sinto que ela precisa de ajuda, apoio, e não foi por acaso que a encontrei à frente de nossa casa.

Daniele não fazia nada além de manter a cabeça baixa e chorar baixinho. Acariciando suas mãos, Conrado disse, com carinho:

— Não fique assim, seja forte. Você não está só. Nós iremos ajudá-la a encontrar sua família.

Passando as mãos pelos olhos, ela, por fim, disse:

— Só tenho a agradecer, mas não gostaria de ficar sem o consentimento de Verônica. Sinto-me segura com vocês, como se fosse com minha família, mas não quero perturbar a harmonia desta casa.

Gustavo olhou para Verônica, com carinho:

— Sei que você é turrona, tem gênio difícil, mas também sei que seu coração é bom e não vai contestar a decisão de seu pai. Fará de tudo para conviver bem com Daniele e tornar-se sua amiga. Você sempre volta atrás e agora não será diferente.

Verônica não respondeu de pronto, mas, no fundo, já estava mexida com a história daquela desconhecida. Talvez estivesse realmente exagerando e tudo deveria ser coisa de sua cabeça, sempre ligada em telejornais, atualizando-se com avidez sobre a onda de violência e maldade que assolava o mundo. Por fim, disse:

— Está certo, papai. Continuo achando uma loucura, mas também não posso deixar de ver que Daniele está sensibilizada, frágil. Vou ajudar.

A alegria tomou conta de todos.

Ao vê-los saírem acompanhados por Conrado, ela começou a pensar que deveria ser mais caridosa com as pessoas, assim como eram seus pais e seu irmão.

Sua mãe, Rebeca, era uma mulher da alta sociedade que havia se casado com seu pai quando ambos eram muito jovens e Gustavo iniciava sua carreira no magistrado. O pai foi, aos poucos, conseguindo fama, atuando na promotoria e na vara criminal, conseguindo considerável fortuna. Já sua mãe, como quase toda mulher de sua época, preferiu cuidar do lar e dos filhos. Era muito vaidosa, elegante, vestia-se impecavelmente na última moda, participava de encontros beneficentes, com o intuito de promover caridade em prol dos desamparados, além de manter intensa atividade de ensino, em instituição voltada para adolescentes carentes, ministrando aulas de pequenos ofícios que serviriam de estímulo para a escolha de uma profissão que lhes garantisse a subsistência.

Rebeca gostava muito de joias, perfumes importados, salão de cabeleireiro e estética. Nem de longe parecia uma mulher que havia completado 60 anos, devido aos tratamentos de beleza que se submetia e até mesmo algumas pequenas plásticas.

Mesmo nessa aparente futilidade, ela tinha um ótimo coração e seu lema era ajudar quem precisava, nem que para isso tivesse que fazer qualquer sacrifício pessoal. Aliás, pensou Verônica, o seu pai também era assim e exagerava na caridade.

Pensou em Conrado e em como o amava. Era o irmão que pediu a Deus. Não tinha ciúmes, como ele imaginava, mas sim zelo, proteção. Ela não desejava que nada de mal lhe acontecesse. Achava Conrado um rapaz muito ingênuo e fácil de se levar. Principalmente agora que havia conhecido o Espiritismo e vivia dizendo que todas as pessoas eram boas.

Pensou em si mesma. O que ela queria da vida? Conrado estava com 25 anos e terminava o curso de medicina, sua meta era especializar-se em oncologia e ela tinha certeza que seria um grande e famoso médico. Conrado era bastante disciplinado e dedicava-se quase que inteiramente aos estudos. Sua noiva, Sofia Assumpção, já era formada em pedagogia e lecionava nas séries iniciais de uma escola pública. Ambos pareciam ter nascido um para o outro. Formavam um belo casal.

Mas e ela? Era apenas um ano mais nova que ele e nunca se decidira a fazer nenhum curso superior. Fazia cinco anos que concluíra o colegial, mas não sentia estímulo para estudar, nem trabalhar. Passava o dia na piscina com as amigas, em clubes de entretenimento ou ficava até altas horas lendo romances ou vendo noticiários de TV e filmes.

Seus pais não lhe cobravam um curso superior, mas queriam muito que ela trabalhasse, fosse útil. Gustavo ofereceu-lhe um emprego como secretária em seu escritório; ela foi, mas logo nos primeiros dias brigou com as colegas, fez tumulto e nunca mais voltou. E assim ela ia levando a vida. Para preencher o vazio interior enorme que sentia, abusava das compras. Ia aos shoppings mais badalados sem hora pra voltar, comprando coisas que se amontoavam pelo quarto, sem que ela nunca usasse.

Namorava quando aparecia alguém interessante, mas nunca levava nada adiante. Ao ver-se sozinha à mesa, apenas com a companhia de Adelina, sentiu vontade de chorar. A governanta percebeu seu estado interior e perguntou:

– Você está bem, Verônica?

– Estou...

– Não precisa fingir para mim, que a vi nascer. É aquele vazio interior novamente, não é?

Verônica desabou a chorar e Adelina alisou seus cabelos com carinho.

– Quantas vezes já lhe disse que precisa resolver seus problemas interiores?

– Eu tento, mas não consigo.

– Você começa a tentar, mas nunca vai adiante. Você precisa se descobrir, fazer algo por si, trabalhar. Ninguém pode ser feliz levando a vida na ociosidade.

Verônica continuava a chorar e ficou ali, ajudada por Adelina, até mais tarde, quando resolveu ir para o quarto telefonar para Rafaela e saber as novidades. Sondar o que acontecia com os outros lhe deixava pra cima.

Vendo a moça subir, Adelina olhou-a, penalizada, e fez uma prece.

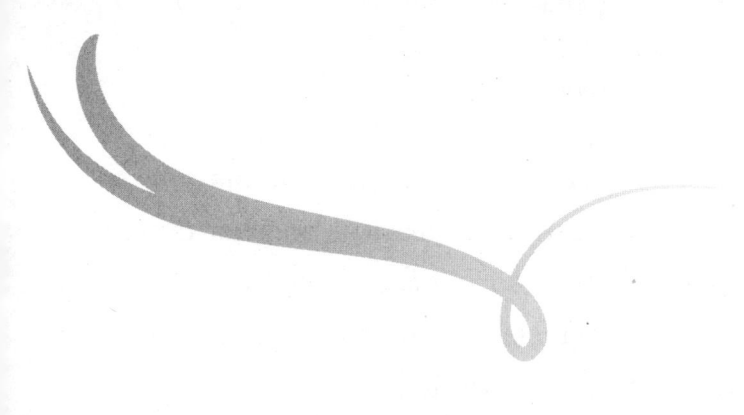

Os laços se estreitam

Passava poucos minutos do meio-dia quando Daniele, Gustavo, Rebeca e Conrado voltaram da delegacia. Verônica, ansiosa para saber como tudo tinha sido, foi logo perguntando:

– E então, reconheceram a Daniele?

– E como iam reconhecer? Numa cidade tão grande como essa, Daniele não passa de mais uma pessoa – tornou Conrado, irritado.

– É isso mesmo. Seria impossível alguém na delegacia a ter reconhecido. A não ser que fosse uma fugitiva da lei, o que, de fato, não é o caso – comentou Gustavo, com tristeza. Vendo que Verônica e Adelina prestavam atenção ao que ele dizia, continuou:

– O mais importante é que conseguimos a tutela de Daniele. Assinei tudo o que foi necessário, ela fez valer sua vontade e, felizmente, a teremos como hóspede. A polícia tirou várias fotos, irá estampar nos jornais de maiores tiragens e nos telejornais locais. A procura por sua família continuará, mas, enquanto isso, ela fica conosco.

Verônica olhou-a e percebeu o quanto a moça estava emocionada. Aproximou-se, carinhosa:

– Desculpe-me por tê-la tratado daquela maneira. Você deve se lembrar como são as coisas no mundo. Hoje não podemos confiar nas pessoas. Contudo, sinto que você é uma boa pessoa e realmente está precisando de ajuda. Seja bem-vinda a esta casa.

Num gesto espontâneo, abraçou Daniele com força, deixando Conrado mudo de surpresa. Por fim, ela expressou-se:

– Eu não posso deixar de, mais uma vez, agradecer a todos. Não sei quem sou, mas quando descobrir e tiver que voltar para a minha família, jamais os esquecerei. Perdi a memória sobre mim mesma e sobre minha vida, mas sei como é o mundo e concordo com Verônica. Só pessoas muito boas é que fazem o que vocês estão fazendo. O mais cômodo seria me deixar à mercê do mundo ou por conta da justiça. No entanto, me ajudaram como ninguém mais faria.

O discurso simples de Daniele encantou a todos e Verônica não deixou de perceber o olhar apaixonado que seu irmão lançava à hóspede. Será que Conrado estava gostando de Daniele, apesar de tê-la conhecido há apenas um dia? Não. Não existia amor à primeira vista, deveria ser apenas um encantamento. Além de tudo, Conrado era noivo e apaixonado por Sofia.

O almoço transcorreu calmo e, logo após, na sala de estar, enquanto saboreava os licores, Gustavo comentou:

– Vamos providenciar um psiquiatra e um psicólogo para tratarem você. São profissionais capacitados, entendem do seu problema e poderão fazê-la recobrar as lembranças.

Era notável o constrangimento de Daniele. Apesar de sentir estar entre amigos, de ser tão bem acolhida, ela não sabia o que dizer. Apenas agradecia com monossílabos. Percebendo seu receio, Conrado tornou:

– Não precisa ficar tão acanhada. Noto que parece não estar tão à vontade.

– E o que você quer? – Interrompeu Verônica, bruscamente. – Daniele não sabe quem é, não sabe seu futuro, de repente viu-se perdida no meio de um temporal e agora está entre pessoas que nunca viu na vida. Você acha que ela deveria estar como?

Conrado silenciou, percebendo que a irmã tinha razão. Verônica continuou:

– Só com o tempo é que Daniele vai ficar mais à vontade, inteirar-se dos nossos assuntos, participar de nossa vida. E, para isso, poderá contar com minha amizade. Hoje mesmo vamos sair às compras, quero vê-la muito bonita.

– Coitada da Daniele – gracejou Conrado. – Se resolver sair com minha irmã deverá saber que, quando ela vai às compras, o que faz dia sim, outro não, não tem hora pra voltar e terá que carregar dezenas de sacolas.

– Não seja exagerado. Vou sair para comprar, mas desta vez não será para mim e sim para ela. Vou dar-lhe um verdadeiro banho de loja.

– Obrigada, Verônica. Mas não desejo muito. Só o essencial para que possa ficar apresentável junto aos moradores e amigos desta casa – disse Daniele, com voz humilde.

– Não seja modesta. Deixe tudo por minha conta.

– Está certa, filha – considerou Rebeca. – A beleza de uma mulher necessita ser cultivada e realçada. Daniele é linda e sei que ficará ainda mais bonita quando estiver bem vestida e com tudo o mais que uma moça da sua idade precisa para brilhar. Faço questão de pagar tudo.

A conversa foi interrompida pela chegada de Sofia. Ela entrou sem ser anunciada e foi aproximando-se do grupo. Era uma jovem branca, de cabelos lisos e olhos castanho-claros. Os lábios proeminentes levemente pintados por discreto batom davam um tom singelo e simples ao seu rosto.

Cumprimentou todos e beijou Conrado nos lábios com discrição. Sentou-se ao seu lado e perguntou:

– Então é mesmo verdade? Quer dizer que vocês resolveram ajudar uma moça que perdeu a memória?

– Sim, meu amor – tornou Conrado, tentando disfarçar algo que nem ele mesmo sabia o que era. – Como deve saber, encontrei Daniele perdida em frente à nossa casa e nossos pais resolveram ajudá-la enquanto não encontra sua família.

Sofia levantou-se, dirigiu-se até Daniele e estendeu-lhe a mão, dizendo:

– Muito prazer, sou Sofia.

– O prazer é meu.

Verônica adiantou-se:

– Ela é noiva de meu irmão. Namoram há quase três anos e estão pensando em casar brevemente.

– Fico feliz. Conrado mostrou que tem um ótimo coração quando acolheu uma pessoa como eu, que nem sequer conhecia. Torço muito para que ele e todos vocês sejam felizes.

Sofia encarou-a com carinho, dizendo:

– Vejo que realmente é linda como me disseram. Imagino o quanto está sofrendo por não saber quem é e onde está sua família.

– Sim. E mesmo sabendo que todos aqui me acolheram de boa vontade, sinto que estou incomodando.

– Não pense assim. A Dona Rebeca, o senhor Gustavo, a Verônica e todos aqui são pessoas que querem o seu bem.

– Sei disso e é justamente por saber que não quero abusar.

– Mas quem já foi contar a você o que aconteceu? – Perguntou Verônica, levemente irritada.

– A Soraia, que estava aqui ontem jogando, ligou-me para contar.

— Aquela víbora. Aposto que fez isso apenas para que você ficasse insegura e com ciúmes do Conrado.

Sofia riu bem-humorada.

— Se essa foi a intenção dela, não conseguiu. O Conrado sabe o quanto confio nele e também que não sou nem um pouco possessiva. Amo-o de verdade e se ele me ama também, nada, nem ninguém, vai nos separar. E se um dia ele conhecer alguém e deixar de me amar, saberei compreender. As pessoas são livres e devem fazer o que o coração manda, sempre! E depois, se ele tivesse que me trair, não precisaria ser justamente com alguém que está em sua casa como hóspede. Para quem deseja ser desleal, enganar e mentir, não é necessário nada além de ter vontade e praticar o ato.

— Esqueci o quanto minha cunhada é segura de si – disse Verônica, em tom irônico.

— Não se trata de segurança em mim. Confio na vida e não prendo as pessoas. Conrado vai estar comigo só até quando quiser e achar que deve.

— Invejo sua forma de pensar, querida – disse Rebeca. – No mundo de hoje, onde os sentimentos de posse predominam e arrastam milhões aos crimes passionais, é raro existir uma pessoa como você. As minhas amigas, por exemplo, andam morrendo de medo que os maridos as traiam, algumas até contratam detetives para segui-los o tempo inteiro.

– É que as pessoas ainda não entenderam que ninguém é de ninguém. Acham que, por amarem, têm a posse absoluta do outro. Grande ilusão, nós só pertencemos a nós mesmos. É conosco que viveremos por toda a eternidade. Embora uma companhia seja agradável e desejável, chega um momento em que precisamos andar sozinhos, na compreensão de que o amor verdadeiro não se resume a uma só pessoa, mas a toda a humanidade.

Rebeca fez ar de zombaria.

– Sei que é uma jovem à frente de seu tempo, mas não sei até onde essas coisas que diz são verdade.

– Experimente e verá.

Durante a fala de Sofia, Daniele prestou atenção em como os olhos de Conrado brilhavam enquanto a fitava. Naquele momento sentiu que ele amava a noiva verdadeiramente. Mais que isso, amava e admirava. Daniele teve de reconhecer que Sofia era realmente encantadora. Ficou triste. Fosse pelo momento que estava vivendo, fosse pela carência, acabou se deixando levar pela admiração e paixão que sentia em relação a Conrado. Agora via que deveria esconder seus sentimentos, jamais teria alguma chance. Sofia era bela, charmosa, sábia.

Dr. Gustavo pediu licença e retirou-se para a biblioteca. Costumava ficar lá após as refeições, lendo alguns dos seus livros favoritos.

Enquanto na sala a conversa seguia acalorada e interessante, conduzida pelo papo inteligente e sensato de Sofia,

Adelina retirou-se sem que as pessoas percebessem e foi procurar o patrão na biblioteca. Encontrou-o fumando seu cigarro importado, como sempre.

– O que deseja, Adelina?

– Vim conversar com o senhor sobre essa moça.

– Que tem ela?

– Ora, senhor Gustavo! Trabalho aqui muito antes de Conrado nascer. Sabe como sou grata por ter me acolhido depois que perdi minha família naquele desastre. Minha vida passou a ser cuidar desta casa e de todos vocês. Não posso deixar de alertá-lo.

Gustavo confiava em Adelina, por isso deixou o cigarro de lado e pôs-se a ouvi-la com atenção.

– Ontem eu não quis me meter, os ânimos estavam exaltados e Verônica, descontrolada. Mas ela está certa. O senhor e a Dona Rebeca com essa mania de serem caridosos podem estar cometendo um erro grave ao deixar essa tal de Daniele morar aqui. Não conheço uma pessoa sequer neste mundo que faria o que vocês estão fazendo, a fortuna da família não é segredo para ninguém e pode atrair aproveitadores.

– Você não conhece porque não sai desta casa, vive aqui em seu mundo, onde não sabe das misérias humanas. Existem muitas pessoas, tão bondosas como nós, que fariam o mesmo por uma pessoa em dificuldade.

– Não vou discutir com o senhor, só peço que pondere. Pense melhor no que está fazendo. O senhor tem dois filhos jovens. E se essa moça fizer parte de uma quadrilha, que a mandou para cá, no intuito de conhecer melhor a casa a fim de assaltar?

Gustavo riu.

– Você e sua mania de ficar dentro do quarto assistindo a filmes de suspense, lendo romances de Agatha Christie e Sidney Sheldon. É nisso que dá. Fique calma, Adelina. Daniele é uma moça boa e não tem cara de bandida.

– E bandido tem cara?

– Quem vive no submundo do crime não tem uma aparência tão saudável, nem gestos tão delicados como os dela. Se você for menos dramática e mais realista, irá constatar que ela não passa de uma pessoa em dificuldade. E peço que não continue com essas desconfianças, não quero que Daniele fique magoada.

Adelina não conseguia entender como um advogado tão brilhante como Gustavo deixara se envolver numa trama como aquela. Por isso, disse:

– Durante a madrugada, levantei-me e passei pelo quarto de hóspedes em que ela dormia. Quando abri a porta, percebi que ela estava tendo um pesadelo e dizia, em voz alta, que era perseguida e que iriam matá-la. Se essa moça não for uma bandida, pode estar sendo perseguida por um.

– Ora, Adelina. E você acha que eu, um criminalista acostumado a lidar com os piores bandidos e marginais, não reconheceria um?

– O que sei é que o senhor ainda não conseguiu se livrar de suas culpas e por isso sente-se no dever de ajudar todos, sem nenhum bom-senso. Dei meu recado, se algo de ruim acontecer, não esqueça de que foi avisado.

Adelina saiu sem esperar que ele respondesse, batendo a porta com leveza. Gustavo reacendeu o cigarro e, preferindo não acreditar que ajudava as pessoas não por bondade verdadeira, mas sim por remorso, resolveu esquecer o assunto. Por mais que fosse loucura colocar uma desconhecida dentro de casa, era isso que deveria fazer e não mais voltaria atrás.

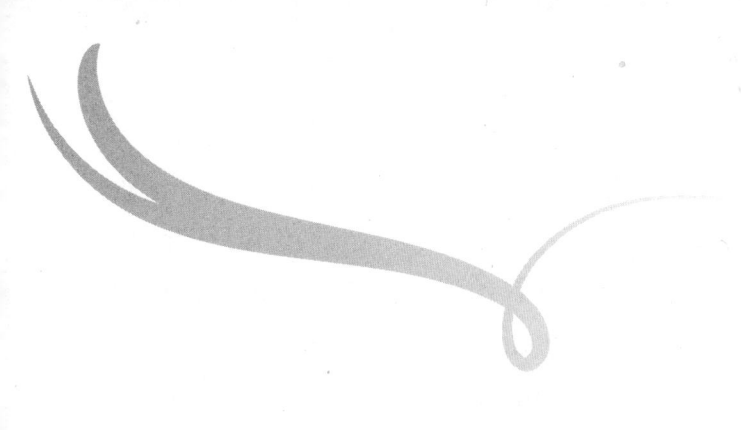

O sonho

A tarde chegou e Conrado pediu licença, dirigindo-se para a faculdade, levando consigo Sofia. Gustavo retornou ao escritório e então Verônica sugeriu:

— Podemos ir agora fazer compras pra você. Iremos também num bom cabeleireiro, pode ser o da mamãe. Que acha?

Daniele respondeu pouco à vontade:

— Preferia que nada disso tivesse acontecendo. Além de casa e comida, vocês também têm que se preocupar com minha aparência.

— Mas fazemos isso com todo o prazer, querida — tornou Rebeca, afável. — Vá às compras com Verônica, que é especialista nisso e pode gastar à vontade.

— Vamos, Daniele, não seja resistente — retorquiu Verônica, excitada por poder sair mais uma vez para comprar, ainda que não fosse para ela. — Vou te emprestar um vestido que tenho para que possamos sair e lá a escolha será totalmente sua.

Sem poder mais recusar, Daniele acabou saindo com Verônica. A moça mostrava-se em uma alegria exagerada, eufórica e ia comprando tudo o que via pela frente. Daniele provava os vestidos com rapidez e os aprovava, eram lindos e de muito bom-gosto. Compraram sapatos, joias, bolsas, cremes para a pele e, por fim, carregando inúmeras sacolas com a ajuda do chofer, foram para o cabeleireiro.

Quando Daniele chegou à mansão, já passava das sete da noite. Vestida num costume rosa-claro, cabelos repicados, maquiagem leve, onde sua beleza estava, de fato, realçada, causou ainda mais admiração nos presentes. A casa, como sempre, já estava cheia de pessoas que vinham para as reuniões noturnas.

Após os elogios a Daniele, Conrado aproximou-se. Ele estava no quarto estudando, longe do burburinho da sala, quando percebeu a chegada da moça. Desceu e, quando a viu, seu coração disparou. Não conteve o impulso de abraçá-la, dizendo:

– Está linda! Mais do que nunca.

Vendo que ela havia ruborizado e que ele tinha passado um pouco dos limites, desculpou-se:

– Não desejo que você fique constrangida, apenas foi um elogio. Agora fique à vontade, voltarei a estudar.

– Não vai ver a Sofia hoje? – Perguntou Verônica, curiosa.

– Não. Ela também está ocupada preparando avaliações para suas turmas. Boa noite a todos.

Verônica olhou para Daniele dizendo, com malícia:

– Sei não. Estou sentindo cheiro de frieza no ar. Meu irmão não me engana, ele está encantado por você e já até perdeu um pouco o interesse pela Sofia.

– Não diga isso, Verônica – tornou Daniele, entre o medo e a alegria. – Não quero ser motivo de desavenças ou separação entre um casal. Não estou aqui para isso e se perceber que Conrado está, de fato, gostando de mim, pode ter a certeza que saio desta casa.

– Deixe de ser boba! Se ele a quiser será ótimo, seremos cunhadas!

– Você não pensa, não? Sofia e Conrado são noivos. Ela é querida por todos nesta casa e pude perceber o quanto Conrado a ama. Depois, não sabemos nada sobre mim, se sou casada, se tenho filhos, se realmente tenho algum envolvimento com coisas erradas.

Daniele deixou que uma lágrima escorresse do canto do olho.

– Desculpe-me, não queria fazê-la sofrer. Mas é que, apesar de gostar da Sofia, eu sou a favor do amor. Quem ama deve ficar junto. Se ele deixar de amá-la para amar você, eu serei a primeira a apoiar.

A conversa foi interrompida pela chegada de algumas amigas de Rebeca querendo conhecer Daniele. As perguntas inoportunas, os questionamentos desagradáveis, culminaram numa outra crise de choro da moça. Verônica a levou para o quarto, onde ficaram conversando até mais tarde.

Em seu quarto, Conrado não mais conseguia prestar atenção aos estudos. Seus pensamentos iam para Daniele com uma força que ele não conseguia conter:

"Meu Deus! Nunca senti nada parecido por ninguém. Pensei amar Sofia, mas vejo que não é amor, é admiração, encantamento. Eu amo Daniele. Sua beleza, sua pele, seu jeito de falar, seus olhos... Onde é que já vi esses olhos? Teria sido numa outra encarnação?"

Levantou-se da cama e foi até a janela. Vislumbrando a beleza do céu estrelado, continuou a pensar:

"Como queria tê-la em meus braços, dizer o quanto a amo e o quanto a quero comigo, dividindo minha vida, sendo a mãe de meus filhos. Daniele é a mulher que desejo para toda a minha vida. O que fazer?"

Sem perceber, Conrado foi invadido por uma camada de energia calmante vinda do espírito do seu avô Francisco, pai de Rebeca, que viera ajudá-lo.

– Tenha calma, meu neto. A vida tem seus mistérios e nada acontece na hora errada. Não se precipite, pois a precipitação e o agir por impulso são os erros mais frequentes dos seres humanos e que os levam a situações de sofrimento completamente desnecessárias. Seja firme e forte no bem. Não faça nada antes de saber o que realmente sente por Daniele. Que Deus o abençoe.

Francisco saiu do quarto, deixando Conrado leve, com o pensamento mais equilibrado, confiante na vida. Resolveu que não iria fazer nada, nem pensar mais no assunto enquanto não tivesse a certeza do que sentia. Ele não acreditava em amor à primeira vista antes de conhecer o Espiritismo. Mas depois que o conheceu, sabia que as almas encarnadas na Terra já haviam vivido muitas vidas, em que tiveram vários encontros e reencontros com amigos, inimigos e amores. Uma alma pode reconhecer outra que lhe foi afim numa simples troca de olhar, ainda que se vissem pela primeira vez. Assim aconteceu com ele. Quando viu Daniele naquela chuva, sozinha, desesperada, sem memória, seu coração a reconheceu como uma alma muito querida. Tinha certeza que a amava. Decidiu entregar-se a Deus e, numa prece sincera, foi envolvido em um torpor que o fez adormecer em cima dos livros.

Já era tarde quando Verônica deixou o quarto de Daniele, que se dizia sonolenta e queria dormir. Desceu as escadas e percebeu que a reunião ainda continuava. Ao ver sua mãe entre uma taça de vinho e outra, seu pai fumando sem parar e todas aquelas pessoas jogando, pensou: "Quanta gente chata! Dá vontade de fazer um escândalo e mandar todos embora".

Decidiu subir novamente, quando foi abordada por Soraia, uma grande amiga da família:

– Quer dizer que você já está tão amiga assim da desconhecida?

Verônica, notando o tom irônico, respondeu azeda:

– Até onde sei isto não é da sua conta. Cuide de sua vida.

– Nossa, quanta amargura numa moça tão jovem... Já lhe ocorreu que isso pode ser falta de um namorado? Dizem que ficar sem sexo dá nisso e...

Verônica não esperou que ela continuasse e, num impulso raivoso, deu-lhe uma bofetada tão forte que a fez cair, derrubando a taça de vinho, que se estilhaçou completamente ao chão.

Todos correram para ver o que estava acontecendo e logo Soraia foi ajudada a se levantar. Rebeca estava nervosa:

– Mas o que aconteceu aqui? Você enlouqueceu, minha filha?

– A Soraia merecia esse tapa faz tempo. É uma mulherzinha cínica e vulgar. A senhora não lembra que foi ela quem ligou para a Sofia contando que Daniele estava morando conosco?

– Por que fez isso, Soraia? – Perguntou Rebeca, visivelmente chateada.

– Não foi bem assim. Liguei para falar com a Manoela, mãe da Sofia. Como ela não estava, acabamos conversando e, por acaso, surgiu o assunto.

– Como é cínica – disse Verônica, vermelha de ódio. – É claro que a Dona Manoela não estaria em casa. Todos nós sabemos que ela está a trabalho na Europa faz semanas. Você é uma falsa. Saiba que não a quero mais na minha casa. Pensa que não noto seus olhares de interesse para meu pai?

Soraia ficou pálida. Como aquela menina sonsa havia percebido que ela estava tentando seduzir Gustavo? Tentou sair da situação encenando um choro e dizendo:

– Sua filha me odeia, Rebeca. Você sabe que eu jamais faria isso com você e que Gustavo, para mim, é apenas um grande amigo.

– Calma, Soraia, perdoe a Verônica. São coisas da juventude.

– Sua filha é doente e precisa de um tratamento psiquiátrico. Deu-me uma bofetada apenas porque sugeri que arrumasse um namorado.

Rebeca tornou:

– Verônica é temperamental, fique calma.

– Mamãe? A senhora ainda fica dando asas a essa víbora? Eu não posso ficar aqui para ver isso. Vou subir e se outro dia a Soraia tiver a coragem de aparecer novamente, não saberá o que a espera.

Verônica subiu feito um furacão, deixando todos na sala sem jeito. A reunião foi encerrada, as pessoas foram saindo e, quando Soraia ia despedir-se, Rebeca tornou:

– Desculpe-me, Soraia, mas depois do que aconteceu não posso mais permitir que volte a vir aqui para nossas reuniões.

– Não acredito, Rebeca. Somos amigas há muito tempo, conheci seus filhos quando ainda eram crianças.

– Sei disso, mas Verônica tem humor instável, é nervosa e nem sei o que poderá fazer se a vir novamente aqui. Pelo menos enquanto ela estiver assim, pedirei que não venha mais.

Soraia mordeu os lábios de ódio, mas procurou disfarçar:

– Compreendo. Só peço desculpas por tudo. Sei que será difícil ficar sem vir aqui durante as noites. Desde que Orlando morreu, sinto-me muito solitária, só aqui e com vocês sinto-me preenchida.

– Tudo vai passar, Soraia – disse, por fim, Gustavo. – Com o tempo, a convidaremos novamente.

– Entendo a postura de vocês, são pais exemplares. Adeus.

Sem esperar ser conduzida para a porta pelo casal, Soraia saiu, deixando que lágrimas de ódio banhassem o seu rosto crispado. Já no jardim, disse, num sussurro:

– Maldita pivete! Logo agora que meus planos estavam indo tão bem, e eu já estava conseguindo trocar olhares com Gustavo, vem essa doida pra me atrapalhar. Ela que me aguarde, voltarei aqui triunfante e ainda destruirei essa família.

Soraia foi para a garagem, manobrou e saiu cantando pneu. O ódio morava em seu coração.

Era alta madrugada, a mansão estava calma e um silêncio gostoso invadia todo o ambiente. Remexendo-se inquieta na cama, Daniele sonhava.

Estava com seis anos, em frente a uma pequena casa de madeira, tendo sua mãe ao lado segurando-a pelo braço enquanto implorava, chorando:

– Deixem nossa família em paz! Eu os suplico, tenham piedade!

Dois homens montados a cavalo, rostos crispados de ódio, diziam:

– Eles escolheram, agora não temos mais nada a fazer.

A mulher começou a chorar e gritar desesperadamente, enquanto Daniele, ao seu lado, chorava também, dizendo:

– Não chora, mãezinha, não chora.

De repente os dois homens desceram do cavalo e começaram a jogar querosene por toda a casa. Os gritos da mulher tornaram-se mais agudos e angustiados, enquanto via a pequena casa queimar-se em meio aos gemidos angustiados de quem estava lá dentro.

Daniele soluçava, gritando:

– Paizinho, não se vá, não morra!

O sonho foi tão forte que ela acabou acordando Adelina com os gritos de pavor.

Adelina a sacudiu com força, dizendo:

– Acorde, menina! Foi um sonho, já passou.

Daniele tremia qual folha sacudida pelo vento. Quando se acalmou, disse:

– Foi o sonho Adelina, foi o sonho!

– Que sonho?

– É um sonho que me atormenta sempre. Disso eu consigo lembrar. Sei que tenho frequentemente esse pesadelo horroroso.

– Acalme-se, vou buscar um copo com água e você me conta tudo.

Adelina saiu e, pouco depois, voltou com a água açucarada. Quando Daniele se refez, ela disse:

– E agora? Vai me contar o sonho?

– Sim, preciso desabafar com alguém.

Daniele foi contando tudo e, quando terminou, estava completamente refeita.

– Esse sonho pode nos ajudar a chegar até sua família.

– Como?

– Deve haver alguma maneira, vamos contá-lo ao senhor Gustavo e ele contará à polícia.

– Mas a polícia não vai ligar para um sonho.

– Os sonhos revelam muitas coisas. Os próprios psicólogos afirmam isso. Agora acalme-se e, mesmo que a polícia não dê importância, tenho certeza que o senhor Gustavo dará.

Adelina por instantes deixou a desconfiança de lado e, vendo que Daniele estava realmente precisando de ajuda, abraçou-a e ficou alisando seus cabelos até vê-la adormecer.

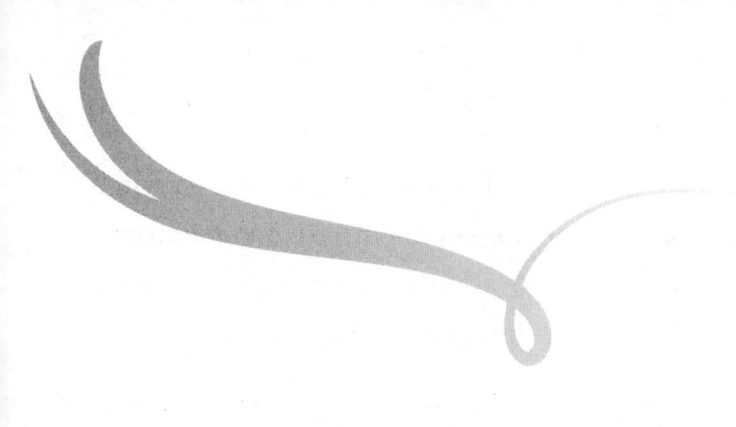

Maurílio

Na manhã seguinte, à hora do café, Adelina contou o que havia presenciado à noite e finalizou:

– Sei que os sonhos são reveladores. Daniele disse que lembra ter esse mesmo pesadelo repetidas vezes. Não acham que é uma boa pista para começar?

Gustavo pensou um pouco e respondeu:

– É muito pouco. O que Daniele vê nesse sonho pode ser uma simples lembrança de sua infância. Não dá pra fazer nada com isso. Mas, a partir de amanhã, o doutor Robson, que é psiquiatra, e a doutora Paula, que é psicóloga, irão começar um tratamento que poderá fazê-la recuperar a memória totalmente. Precisamos ter calma.

– Eu ainda acho que o senhor deveria contar esse sonho para a polícia – insistiu Adelina.

– Não, isso não vai levar a nada. Eles nem levariam a sério.

Conrado tornou:

– Não é melhor deixar o tratamento psicológico com Daniele para mais tarde? Afinal, não tem nem uma semana que ela está conosco e a perda de memória é muito recente. Até onde estudei sobre neurologia e psiquiatria, a memória volta sozinha e com o tempo adequado, exceto em casos onde há lesões cerebrais ou demência. O que não é o caso dela.

– Como sabe que não? O doutor Robson irá pedir uma série de exames para verificar tudo com precisão. E tenho certeza que Daniele logo ficará bem. Só espero que não nos abandone.

– Isso é pedir demais, meu amor – tornou Rebeca, com elegância. – Se Daniele recobrar a memória, certamente saberá onde está sua família e até um possível marido. Quem sabe já não é casada e tem até filhos?

– Não creio – interrompeu Conrado, nervoso com aquela possibilidade. – Observei as mãos de Daniele e pude notar que não há nenhuma marca de aliança de noivado ou casamento. E depois, com o corpo que tem, é impossível que tenha tido filhos.

– Humm, anda observando demais a Daniele. Deixa só a Sofia saber... – Gracejou Verônica, com malícia.

– Apenas observei, que mal há nisso? Por favor, Daniele, não leve a sério as bobagens da Verônica. Logo perceberá que de dez palavras que ela fala, só se aproveitam duas.

– Eu falo só a verdade. Por que será que a verdade incomoda tanto, hein?

– Por favor, não discutam à hora do café – disse Rebeca. – Que péssimo exemplo de etiqueta estamos dando à nossa hóspede.

O jeito meigo e delicado de Rebeca fez com que Conrado e Verônica interrompessem a discussão que iniciava.

Terminada a refeição, Conrado e Gustavo saíram juntos, como sempre, e Rebeca foi junto com Adelina dar ordens na cozinha. Apesar de ter governanta há tantos anos, ela não dispensava seu toque pessoal em quase tudo que era feito ali.

Daniele e Verônica foram para a sala conversar e ouvir músicas. Daniele, timidamente, perguntou:

– Você não faz nada? Quer dizer, não trabalha ou estuda?

– Não. Ainda não descobri o que gosto de fazer. Enquanto isso, vou levando a vida.

– Penso que viver assim não deve ser bom. Não lembro nada sobre minha vida, mas creio que não saberia ficar o tempo inteiro sem fazer nada. Acho que vou pedir a Adelina para ajudá-la.

– Não faça isso. Você aqui é nossa hóspede, mamãe jamais vai aceitar que você trabalhe.

– Mas é uma questão de ocupação.

– Se é ocupação que você quer, eu tenho várias. Minha agenda vive lotada. Podemos fazer compras, ir ao Jóquei, ao Clube Paulista, cinemas, teatros ou a muitas festas em casa de amigos. Sempre tenho o que fazer.

– Mas isso é diversão, me refiro a uma ocupação útil.

– Por acaso está me chamando de inútil, de fútil? – Tornou Verônica, irritada.

– Não me interprete mal. Você nasceu rica, tem tudo, foi criada assim, por isso gosta dessa vida, não a estou criticando. Mas eu sinto que necessito de trabalho, de fazer algo para me sentir bem, mas que seja trabalho. Talvez eu seja uma pessoa muito pobre e que dê duro para sobreviver.

Verônica refletiu naquelas palavras e concluiu que a amiga estava certa. Ela dizia estar feliz com aquela vida, mas era mentira. Só Deus sabia o vazio interior, a sensação de solidão e tristeza que a acometia quase todos os dias. Tinha horas que aquelas sensações eram tão fortes que ela pensava até mesmo em tirar a própria vida. Nesses momentos, dava vazão ao choro e só Adelina a entendia. Procurou mudar de assunto e disfarçar para que Daniele não percebesse o que lhe ia ao íntimo.

– Nesse caso, vamos ver o que você pode fazer. Mamãe participa de várias atividades filantrópicas, você pode se engajar em uma delas. Mas, por enquanto, vamos ouvir músicas e ver essas revistas.

Verônica, muito entusiasmada com uma revista de fofoca, foi mostrando:

– Está vendo esse casal aqui? Eu os conheço, vivem de falsa felicidade, um trai o outro. E essa outra mulher aqui? Uma viciada em drogas, olha só pra cara de morta-viva. E essa outra aqui? Já fez mais de dez plásticas, está ficando cada vez mais horrorosa.

Daniele não gostou daqueles comentários, mas o humor de Verônica começou a contagiá-la e ela nem viu o tempo passar.

Conrado estava na praça de alimentação de um *shopping* esperando por Sofia, enquanto pensava, aflito:

"Meu Deus, o que fazer com o que estou sentindo por Daniele? Tenho um compromisso com Sofia, gosto dela, mas não a amo. Como vou fazer para terminar um relacionamento tão sólido e bonito e entrar em uma aventura? Sinto que Daniele também me deseja, mas não sabemos sua origem, se tem família, se tem alguém. Meu Deus, ajude-me, a partir do momento que a vi, não posso mais viver sem ela."

Estava absorto nesses pensamentos quando Sofia chegou, dizendo:

– Advinha quem veio almoçar conosco?

O rosto de Conrado encheu-se de satisfação:

– Maurílio! Que felicidade em vê-lo. Só nos encontramos uma vez por semana nos estudos. O que o fez sair de sua vida tão ocupada para vir almoçar conosco?

– É que não resisti aos encantos de sua namorada. O que ela pede que eu não faço, hein?

Ambos riram. Maurílio era um rapaz alto, forte, moreno claro, cabelos e olhos castanhos, sorriso de menino que lhe dava um ar jovial, diminuindo em até dez anos sua verdadeira idade. Formado em Letras, era dono de uma editora grande, responsável pela publicação de revistas de moda. Espiritualista e médium, trabalhava em várias casas espíritas dando palestras e participando de estudos. Há pouco tempo, querendo estudar a vida com verdades mais amplas, havia fundando um centro de estudos em uma das alas de sua editora, onde, junto com os amigos, todas as quintas-feiras debatiam os problemas da vida sob o enfoque das mais diversas filosofias.

Maurílio era rico, filho de industriais. Logo saiu de casa e foi viver por conta própria. Não gostava de se apegar a nenhum relacionamento e ia trocando de mulher com uma rapidez invejável. Dizia querer viver a vida sem coleiras e ninguém entendia como uma pessoa tão sábia, que tanto pregava responsabilidade, pudesse viver daquele jeito.

Maurílio tinha um ótimo humor e logo estava fazendo Sofia e Conrado soltarem gargalhadas. Enquanto almoçavam, Maurílio encarou Conrado com profundidade e disse:

– Você não pode faltar hoje à nossa reunião.

– Mas eu nunca falto. Veja a semana passada, mesmo com a ameaça da chuva eu compareci.

– Mas eu sinto que forças ocultas farão o possível para que você não vá justamente hoje.

Conrado e Sofia pararam para ouvir com atenção. Eles confiavam plenamente em Maurílio e sabiam que, naquele momento, ele estava sendo intuído. Maurílio continuou:

– É bom que você vá e leve a Sofia.

– Mas eu já vou também todas as quintas. Não o estou entendendo. – comentou Sofia.

– Eu estou pedindo que o Conrado passe em sua casa e a leve com ele. Não deixe que vá sozinha, pois pode correr o risco de haver algum problema que a faça desistir de ir.

– Ai Maurílio! Agora você me deixou assustada. O que está acontecendo?

Parecendo sair de um transe, Maurílio mexeu os gelos no copo de guaraná e disse, calmamente:

– Nada demais. Sinto que os espíritos amigos querem dar algum recado especial a vocês. Só isso.

Conrado se entusiasmou:

— Deve ser sobre a Daniele. Será que eles vão falar algo sobre ela?

Maurílio sentiu um leve arrepio, controlou-se e perguntou:

— Quem é Daniele?

Sofia desculpou-se por não ter contado a novidade ao amigo e, depois de narrar toda a história com a ajuda de Conrado, finalizou:

— Estamos tentando ajudar essa moça. Deve ser muito difícil ficar perdida, sem memória, tendo que viver na casa dos outros.

Maurílio fez um ar enigmático ao dizer:

— Imagino como está sendo difícil para ela.

A conversa girou em torno de Daniele por mais alguns segundos e logo depois começaram a falar sobre novos assuntos. Maurílio revelou estar querendo lançar livros de escritores espíritas e espiritualistas em sua editora, o que animou os demais. Pouco tempo depois, pagaram a conta e regressaram aos seus afazeres.

Advertência do plano espiritual

A noite chegou e foi com alívio que Maurílio recepcionou Conrado e Sofia na sala de estudos. Sentia que os espíritos bons tinham algo a dizer para o casal e temia que forças contrárias os impedissem de chegar. Mas estavam ali e Maurílio fez sentida prece íntima de agradecimento a Deus.

— Fiz como mandou, busquei Sofia, viemos normalmente, nada demais aconteceu. Precisava tanta advertência?

— Precisava, sim. Nada aconteceu aparentemente, mas ninguém sabe o esforço que a espiritualidade fez para que vocês chegassem aqui sem problemas.

— Vejo que é mais sério do que eu imaginava, já estou ficando com medo – tornou Sofia, visivelmente nervosa.

— Não precisa se preocupar. Os espíritos superiores jamais falam algo para nos assustar. Se alertam e advertem é porque podemos evitar muitas coisas que nos causariam sofrimentos.

O grupo já estava todo reunido num semicírculo e, em conversação alegre, nem viram a chegada dos colegas. Maurílio os chamou a atenção e disse que a reunião da noite iria começar.

Em penumbra, uma participante fez singela prece pedindo a Deus que enviasse os espíritos de luz àquele recinto e que todos pudessem absorver da melhor maneira os temas que seriam debatidos.

Quando ela terminou, Maurílio começou a falar:

– Continuaremos falando sobre a Lei da Atração. Onde paramos semana passada?

– Estávamos discutindo se poderíamos acreditar em Deus e em suas determinações e, ao mesmo tempo, na Lei da Atração. Paramos aí – tornou Melissa, atenta.

– O que vocês acham? – Maurílio jogou a pergunta ao grupo. – É possível acreditar em Deus e na Lei da Atração ao mesmo tempo?

– Para mim, essa pergunta não faz nenhum sentido – disse Sofia, convicta. – Todas as leis existentes no universo foram criadas por Deus e nada acontece sem sua permissão. Logo, se Ele nos deu o poder de conseguir tudo o que quisermos através da Lei da Atração é porque realmente temos esse poder.

– Mas, partindo da premissa da existência da Lei de Causa e Efeito, não podemos ter tudo o que queremos. Só poderemos ter o que fizermos jus com nossas atitudes nas vidas passadas – tornou Alexandre, um jovem novato no grupo. – Não é assim? Penso que o homem não pode ser tão poderoso a ponto de burlar essa lei.

A consideração era importante e Maurílio tentou elucidar:

– A Lei de Causa e Efeito não existe da forma como imaginamos. Muitos pensam que ela é hermética, fechada. Imaginam que um ato feito no passado terá um reflexo fatal no futuro e que isso é imutável. É um engano no qual muitas pessoas acreditaram durante muito tempo sem questionar. Deus seria injusto e até mesmo cruel se nossos atos ditos "maus" não tivessem outra chance de reparação que não fosse a dor. Ocorre que, entre o efeito e a causa, a vida concede um tempo para que aquele que a praticou possa modificar-se, alterando os resultados. A Ciência moderna nos mostra que um fenômeno é a consequência das muitas variáveis envolvidas no processo. Qualquer alteração nas variáveis, por menor que seja, pode alterar totalmente o fenômeno. Se isso acontece nas leis físicas do mundo, o que dizer das leis espirituais? Elas são muito mais elásticas e reagem de acordo à mente de cada um. Deus não pune, não castiga, não premia. Ele criou leis imutáveis que regem o mundo com perfeição e sabedoria, visando a evolução de cada ser. Quanto mais evoluirmos pela lei de amor e pela inteligência, menos sofreremos e, a depender do esforço, poderemos até mesmo não sofrer nada. É aí onde entra a Lei da Atração. Ela não burla as outras leis, coexiste com elas.

Conrado já conhecia aquelas explicações, mas pediu:
– Pode ser mais claro?
– Sim – respondeu Maurílio, educado. – A Lei da Atração existe desde todos os tempos, embora pareça ter sido descoberta agora. O homem sempre a usou para suas descobertas, para a melhoria de suas vidas e todos os grandes profetas e iniciados a conheciam. Mas todos sem exceção a usaram e usam para o próprio bem ou para o mal, ainda que inconscientemente. Ao pensarmos, criamos sentimentos e, ao sentirmos, criamos energias para o universo, que vai responder de acordo. Podemos afirmar que tudo o que acontece na nossa vida fomos nós que atraímos pelas nossas crenças, pensamentos e atitudes. Pode até ser que um fato de agora tenha tido origem em vidas passadas, mas ele só acontece quando nos mantemos nas mesmas vibrações.

Fez pequena pausa e, percebendo que era ouvido com atenção, continuou:

– Quem mais conhecia a Lei da Atração era Jesus e em todo o Evangelho não deixou de ensiná-la. Em toda cura que realizava, dizia: vá em paz, tua fé te curou! Ou então dizia: faça-se conforme a sua fé! O que é a fé, senão a Lei da Atração colocada em prática? Quem tem fé, acredita que vai receber aquilo que deseja ou pediu. A crença absoluta de que algo pode acontecer aciona poderosas forças que vão fazer exatamente aquilo que a pessoa crê. É infalível. Só com isso podemos explicar as chamadas curas milagrosas, aquelas que a medicina, até então, não está apta a explicar, como também os casos em que vidas destruídas, depressões, pobreza e vícios morais são vencidos quando ninguém mais acreditava que fosse possível.

– Eu pensei que as curas vinham pelo merecimento do espírito – disse Alexandre, pensativo.

– O merecimento ainda é mal entendido pela maioria. Muitos acreditam que devem ser pessoas certinhas, ter créditos com Deus para conseguir as coisas. Pura ilusão! O merecimento está na vida presente, no esforço que fazemos para ficar no bem, no pensamento positivo, na luta que empreendemos pela nossa melhoria interior e na educação mental. Todo o mérito vem da nossa persistência e confiança incondicional nos desígnios do Criador.

Devemos saber que a Lei da Atração não torna o homem mais poderoso que Deus, mas sim um auxiliar do Criador na construção de um mundo melhor. Jesus falou claramente nessa lei quando disse que nós somos deuses e que, se quisermos, poderemos fazer tudo o que ele fez e muito mais. Existe algo mais claro que isso?

Todos ficaram mudos. Maurílio, quando estava nesses encontros, parecia outra pessoa. Deixava a criança grande de lado e assumia ares de grande sábio. Sofia e Conrado não tinham dúvidas de que se tratava de um espírito com grande vivência.

– Mas essa lei pode ser extremamente perigosa nas mentes de pessoas más, sem escrúpulos ou moral. Elas também podem conseguir tudo o que desejam sem que Deus interfira? – questionou Alexandre.

– Claro que sim! Deus deu o livre-arbítrio ao ser humano e não intervém em seu uso. Os grandes déspotas da humanidade, que semearam o sofrimento, que dizimaram milhões de vidas, são a prova concreta da Lei da Atração usada para o mal.

– E eles ficarão sem receber nada em troca? Sem sofrer?

– Receberão o mal que fizeram. Quem se envereda pelo caminho do mal geralmente não quer enxergar a bondade da vida, ignora o poder do bem e, como cada um recebe o que dá, irá recolher da vida tudo quanto semear. As pessoas iludidas com a maldade podem conseguir muitas coisas, mas a vitória do mal é apenas momentânea, enquanto que a do bem é eterna.

Algumas pessoas fizeram outras perguntas e Maurílio respondia com calma uma a uma. Depois de uma hora ele pediu que desligassem as luzes, deixando o ambiente em penumbra para a segunda parte da reunião. Era o momento em que os espíritos amigos poderiam se expressar através dos médiuns ali presentes, orientando ou simplesmente deixando palavras de paz.

Alguns mentores se comunicaram ratificando as palavras de Maurílio, falando sobre a importância da fé, e de que, se quisermos encontrar a felicidade, devemos insistir em só pensar em amor, riqueza, fartura, saúde, espiritualidade, sucesso, prosperidade, amizade e luz.

Uma médium que estava próxima de Sofia e Conrado estremeceu levemente e, olhando-os, disse:

– Preciso falar com vocês. Sigam-me.

Eles foram conduzidos para outro ambiente iluminado com pequenas lâmpadas verdes, ficaram sentados em frente à médium, que logo começou a falar:

– Me chamo Lourdes e fui encarregada de lhes trazer uma mensagem do plano superior.

Conrado e Sofia estavam nervosos, mas, ao mesmo tempo, confiantes.

– Os amigos espirituais desejam dizer que, para vocês, irá iniciar um tempo de muitas lutas. Afirmam que seus pensamentos e os assuntos pendentes dessa e de outras vidas acabarão por atrair situações que os farão pensar, refletir e rever valores. Pede que permaneçam firmes na confiança em Deus e dizem que nunca estarão sós. Esse aviso é para que possam estar mais preparados para a hora dos desafios, que sempre chega para aqueles que ainda permanecem presos às suas culpas, sem entender que a vida é amor e harmonia. Contudo, acreditem que o nosso Criador jamais dará fardo pesado que não possam carregar. Se tiverem fé, sairão desses momentos mais fortalecidos e seguros.

Conrado, mesmo envolvido pelo clima do aviso, lembrou-se de Daniele e perguntou:

– Pode nos falar algo sobre Daniele? Pelo menos dizer se ela vai reencontrar a família?

– O que posso dizer por agora é que Daniele é um espírito muito necessitado e que está na Terra para aprender o valor do amor verdadeiro e do perdão sem máculas. Se vocês forem firmes, poderão ajudá-la para que encontre seu verdadeiro rumo neste mundo. Nada acontece por acaso e não foi à toa que ela entrou na vida de vocês.

Conrado ia perguntar mais, quando Lourdes encerrou:

– Que Deus e Jesus possam fortificar vocês hoje e sempre!

A médium voltou ao normal e os chamou de volta à sala de reunião. O grupo já estava na prece final e eles acompanharam, emocionados.

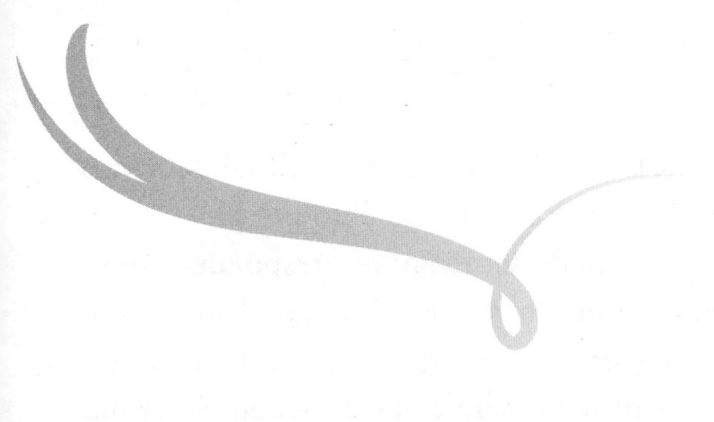

Conversa edificante

Passava da meia-noite quando os convidados da rotineira reunião das noites na casa de Rebeca e Gustavo começaram a despedir-se. Verônica havia ido ao cinema e, apesar de insistir para que Daniele a acompanhasse, a moça preferiu ficar em casa, reclusa em seu quarto.

Percebendo a infelicidade de Daniele e imaginando o que ela deveria estar sofrendo com aquela situação, Adelina a cada dia aproximava-se mais e, naquela noite, vendo-a só, levou-lhe um livro para que pudesse se distrair. Ela não podia ficar no quarto conversando, pois, a cada instante, alguém a requisitava na agitada sala. Assim, Daniele foi empolgando-se com a leitura, até que o sono a foi dominando e ela dormiu rapidamente, deixando que o romance desabasse ao chão.

Conrado, por sua vez, depois da reunião foi a uma lanchonete com Sofia e Maurílio e, enquanto lanchavam, ele perguntou:

— O que você acha do recado que a espiritualidade nos mandou? Penso que está vindo sofrimento por aí.

— Todo sofrimento pode ser evitado — respondeu Maurílio, com calma. — Contudo, se a espiritualidade os avisou e pediu para terem forças, creio que é porque ainda não se modificaram o suficiente para evitarem as dores. Tenho certeza, porém, que terão forças para enfrentar e saírem vitoriosos.

— Sinto medo. Não sei o que o futuro nos reserva — disse Sofia, com apreensão.

— O futuro depende apenas das nossas atitudes no presente. Não devemos ter medo do futuro quando estamos pensando e fazendo o bem. O espírito não falou em dores grandes, apenas disse que seriam lutas. E toda luta, quando aparece, vem para melhorar o nosso nível espiritual.

— Tenho medo de ficar muito doente — continuou Sofia. — Tenho horror a doenças, hospitais, médicos. E olhe que ironia: fui amar logo um médico.

Maurílio sorriu, perguntando.

— Por que tem medo das doenças?

— Acho que é porque não podemos controlá-las. Tenho verdadeiro pavor de ficar presa em uma cama sofrendo dores ou vendo meu corpo se decompor. Acho mesmo que fui muito doente em vidas passadas, pois nada na minha atual existência justifica esse medo.

— Não importa se você foi doente ou não no passado. E se foi, já era porque temia as doenças, tinha atitudes negativas que desequilibravam seu corpo. Quanto mais se teme uma coisa, mais ela se aproxima de nós. Por isso, se quer ter saúde, deve esquecer as doenças, os doentes e tudo o que se refira ao assunto. Sei que tem a mania de pesquisar o assunto. Diz não gostar de médicos, mas vive procurando saber tudo sobre a futura profissão de Conrado, o progresso da medicina, o surgimento de novas doenças. Você pensa que, fazendo isso, está se precavendo, mas é justamente o contrário. Ao entrar na faixa das doenças, você as está atraindo para si.

Sofia sentiu um calafrio.

– Você diz que devemos esquecer as doenças, eu até concordo. Mas esquecer os doentes é uma falta de caridade. Você diz isso, mas sei que sempre visita hospitais nos fins de semana e feriados. Está se contradizendo.

– Não, minha cara – continuou Maurílio, com firmeza. – Visitar os doentes do corpo e da alma, quando feito com o coração, é um ato de amor. Mas ao visitarmos ou cuidarmos de um doente, não devemos nos envolver emocionalmente no problema ou na doença dele. Se estamos indo levar conforto, consolação e paz, devemos estar bem, vibrar alegria, positivismo. Infelizmente, muitos que vão aos hospitais fazer visitas logo entram em tristeza com o quadro do sofrimento que veem, ou ficam perguntando, querendo saber tudo sobre a doença. Nada mais errado. Quem se contagia pela tristeza de um doente só faz somar com mais energias negativas para ele e, no final das contas, ninguém sai ajudado, podendo até ficar pior. Por isso nunca entro no problema de saúde de ninguém. Confio em Deus e sei que Ele fará o melhor para aquela pessoa quando for oportuno. Faço uma prece e entrego tudo em suas mãos. Quando saio do hospital, esqueço o problema, pois sei que Deus fará tudo que não está ao meu alcance.

Conrado aproveitou e disse:

– Maurílio tem razão. Em medicina, uma das primeiras coisas que devemos aprender é ter total equilíbrio ao lidar com os pacientes. Um médico não pode demonstrar insegurança, tristeza, dor, desespero. Se ele se envolver com o sofrimento dos seus pacientes, poderá meter os pés pelas mãos e errar feio. Diante do maior quadro de dor, devemos nos manter seguros, firmes, equilibrados. Só assim poderemos nos considerar médicos de verdade.

– Mas isso é frieza – replicou Sofia, irritada.

– Não é frieza, minha querida, é equilíbrio – corrigiu Maurílio. – Muitos pensam que ser solidário é entrar no desespero, chorar, sofrer junto. Mas garanto que nada disso ajuda a quem sofre. Lembremos das palavras de Jesus: "um cego guiando outro cego, ambos cairão no fosso". Na hora da dor, quem mais ajuda é quem mais está equilibrado, porque até mesmo para fazermos uma prece em favor dos que sofrem, o requisito básico é estar em paz.

– O que sei é que não tenho forças para lidar com doenças. Um simples resfriado me deixa temerosa.

– Se você não quer lidar com a doença, o primeiro caminho é fazer de conta que ela não existe. Não leia, não fale, não assista e nem pesquise nada sobre o assunto. É claro que exames de rotina são necessários, mas devemos deixar o vício em médicos. Conheço pessoas que vivem de consultório em consultório, fazendo dezenas de exames, tomando remédios, tudo sem a menor necessidade. São pessoas sadias, mas acabarão ficando doentes de tanto entrar na faixa das doenças. Trabalho com o ser humano há muito tempo, estudo o comportamento, faço pesquisas, e posso garantir que a maioria das pessoas que se dizem doentes e são viciadas em remédios, nunca precisariam tomar nada. Infelizmente, nem todos os médicos são éticos para esclarecê-las nesse sentido e é interesse da indústria farmacêutica que as pessoas adoeçam cada dia mais ou pensem que estão doentes. Muitos médicos entram nisso e falham na missão espiritual que lhes foi outorgada por Deus no Evangelho: "Ide, consolai os enfermos e curai os doentes".

Conrado tornou:

– Ainda bem que tenho um amigo como você e tive a oportunidade de conhecer a espiritualidade. Não serei um médico comum, serei um médico a serviço da cura real, que é a da alma. Digo isso não por orgulho ou vaidade, mas pela gratidão de ter conhecimento sobre as leis divinas que regem a vida.

– Faço votos que você consiga, meu amigo – disse Maurílio, com um brilho indefinível nos olhos. Logo depois, consultou o relógio e levantou-se apressado, dizendo:

– Já ia esquecendo do meu compromisso. Estou atrasado!

– Quem é a vítima dessa vez, hein? – Gracejou Sofia.

– Eu sou a vítima, afinal, as mulheres usam e abusam de mim – tornou Maurílio, com graça.

– Sei disso, não. Quero ver quando você vai tomar juízo em sua vida afetiva.

– E para quê juízo no amor? Quero mais é ser livre!

Saiu sorrindo e Conrado não conteve o comentário:

– Tão sábio, mas um desregrado na vida sexual. Eu juro que, por mais que tente, nunca vou entender uma coisa dessas.

– Também não consigo entender. Maurílio não tem responsabilidade alguma quando o assunto é amor. Vive de aventura em aventura, cada semana com uma mulher diferente. E o pior é que ele magoa muitas delas.

– Vamos deixar Maurílio e suas loucuras sexuais e vamos para casa, amanhã temos um dia cheio.

Após pagarem a conta, foram para casa.

Maurílio chegou à sua editora e, como já previa, encontrou Ariane à sua espera. Ela era sua secretária e a única, até aquele momento, a saber de seus segredos mais íntimos. Maurílio a olhou e perguntou:

– Ela já chegou?

– Sim, está à sua espera. Como sempre, fiz tudo como o senhor mandou. Ninguém percebeu nada e, na saída, pode me ligar que estarei aqui, como de costume, para levá-la de volta.

– Ariane, Ariane... – disse Maurílio, abraçando a secretária com carinho fraternal. – Não sei o que seria de minha vida sem você.

– Deixe disso, sabe como sou sua amiga. Mas acho que essa situação está ficando cada dia mais perigosa. Não acha que está na hora de parar?

– E você acha que eu consigo?

– É, sei que não... – Fez pequena pausa e concluiu: – Estarei em casa, não irei dormir, ligue-me quando for a hora.

Ariane saiu e Maurílio dirigiu-se a um bonito quarto que ele mantinha na sua empresa, reservado para seus instantes de amor. Em poucos momentos estava entregue a momentos de paixão, ternura e afeto que preenchiam ainda mais sua vida.

Horas depois, Ariane retornou à editora e ficou à espera. A pessoa misteriosa seguiu com ela, entrou no carro e partiram. Maurílio, vendo-os sumir na curva da esquina, pensou firme: "O que seria de minha vida sem vocês?".

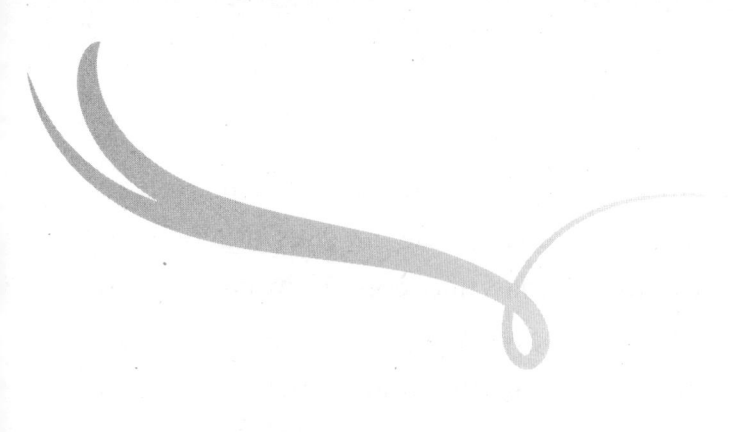

Entrega ao amor

Passava da uma da manhã quando Conrado chegou à sua casa. A mansão estava às escuras e ele procurou não fazer barulho. Tinha levado Sofia em casa e, conversando sobre a vida, acabou não percebendo o rápido passar das horas. Tanto ele quanto a noiva tinham compromissos no outro dia cedo e não podiam dar-se ao luxo de dormir tão tarde.

Enquanto caminhava para o seu quarto, foi pensando em sua relação com Sofia. Só agora ele podia entender que o seu sentimento por ela não era amor, mas admiração, companheirismo, amizade. Sofia era uma excelente pessoa, boa amiga, profissional esforçada. Certamente seria também a esposa ideal. Contudo, Daniele havia aparecido em sua vida e seus sentimentos haviam se modificado. Tinha certeza absoluta que a amava com todas as forças de seu coração.

Ao pensar no amor que sentia, Conrado viu seu coração disparar. Como seria feliz se a tivesse em seus braços! Entrou no quarto, deitou-se, mas não conseguiu conciliar o sono. O rosto de Daniele aparecia forte em seus pensamentos e, depois de um tempo, não aguentando mais a pressão dos seus sentimentos, vestiu uma camiseta e foi em direção ao quarto onde sabia que ela estava dormindo.

"Não consigo mais me conter" – pensava. "Preciso ficar próximo, pelo menos para conversar". Com esse pensamento, bateu de leve à porta. Como não ouviu resposta, concluiu que ela estava em sono profundo, mas, ainda assim, não iria desistir. Começou a chamá-la baixinho:

– Daniele, por favor, acorde. Abra a porta, sou eu, Conrado. Preciso falar com você.

Dentro do quarto, já totalmente acordada, Daniele tremia. Ela sabia que aquele momento iria chegar, mas não tinha coragem de ceder àquele amor. Seria mais prudente não atender ao chamado do rapaz, embora fosse o que seu coração mais desejasse no mundo. Fingiu que continuava a dormir, mas Conrado, ainda que baixinho, continuava a chamá-la insistentemente. Resolveu abrir, dizendo para si mesma que aquele momento não passaria de uma conversa entre amigos.

Quando Conrado a viu vestida em trajes de dormir, corpo à mostra, semblante delicado e indefeso, pensou em como pôde ter vivido até aquele momento longe daquela criatura. Controlou as emoções e disse:

– Posso entrar? Quero muito conversar com você.

– Não acho que seja adequado, Conrado. Já é madrugada e, por mais que seus pais sejam pessoas de mente aberta, não vou me sentir à vontade tendo-o em meu quarto. Além de tudo, você é noivo e pode...

Ele a interrompeu colocando o indicador nos seus lábios com carinho.

– Deixe-me entrar. Prometo que nada de mal vai acontecer. Confie em mim. Você não confiou quando estava sozinha no meio daquela chuva?

– Foi o instante mais bonito de minha vida.

Aquelas palavras calaram fundo na alma apaixonada de Conrado e ele, sem poder mais resistir, tomou-a nos braços, beijando-a com ardor.

Sem ser vista, Verônica, que tinha emendado uma festa depois do cinema e chegara minutos antes de Conrado, acompanhou do corredor toda a conversa e presenciou o beijo até que a porta do quarto se fechou. Uma felicidade muito grande a acometeu. Finalmente os dois haviam se acertado. Ela torcia muito por isso. Gostava de Sofia, admirava seu bom-senso, educação e sabedoria, mas Daniele havia conquistado a sua amizade, definitivamente.

As conversas que mantinham, os mesmos gostos pelas músicas e algo mais que Verônica não sabia explicar em palavras, fizeram com que aquela desconhecida passasse a ser mais que uma irmã, uma verdadeira alma afim. Tinha muito medo que Daniele recobrasse a memória e os deixasse para sempre. Agora estava segura que isso jamais iria acontecer. Apaixonada por Conrado, por mais que descobrisse sua família, tinha certeza que não teria forças suficientes para abandoná-lo. Mas Verônica também estava muito feliz pela felicidade do irmão, que ela tanto venerava desde a infância. Não era ciúmes o que ela sentia por Conrado, mas zelo, cuidado. O que menos queria era que ele se metesse com alguma aventureira que o fizesse sofrer. Feliz da vida, recolheu-se para dormir.

No quarto, Conrado e Daniele entregavam-se ao amor.

Quando a emoção serenou, ele a encarou com amor, dizendo:

– Nunca senti nada parecido. Você é a mulher da minha vida.

– Eu também não me recordo de haver um dia experimentado um sentimento tão forte, tão sublime. Conrado, eu não sei mais viver sem você.

Após dizer aquela frase, sem saber o porquê, Daniele entrou em um choro que foi aumentando rapidamente e logo estava num pranto convulsivo. Conrado não sabia o que estava acontecendo e pedia, assustado:

– Acalme-se, meu amor. Eu a amo, estou do seu lado. O que está acontecendo? Lembrou-se de alguma coisa?

Ela continuava chorando, parecendo não ouvir o que ele dizia. Percebendo que ela não iria falar, Conrado a aninhou nos braços e começou a alisar-lhe os cabelos carinhosamente. Aos poucos, o pranto passou e ela foi voltando ao normal. Olhou para ele e disse:

– Desculpe-me. Não sei o que me aconteceu. Apenas senti uma tristeza infinita, uma amargura tão grande que só consegui chorar.

– Logo depois que fizemos amor? Será que é seu inconsciente acusando-a de traição? Será que você é casada?

– Não sei, e é isso o que mais me assusta. Eu o amo como nunca amei ninguém nessa vida, mas, ao mesmo tempo, não sei nada sobre mim.

– Você não sabe, mas, mesmo que venha a saber, tenho certeza que nada vai nos separar. Eu pude sentir que nosso amor já veio traçado de outras vidas. Nosso destino é ficarmos juntos.

Mais uma vez se beijaram com muito amor e amaram-se novamente. Quando o dia estava clareando, eles acordaram e Daniele mencionou:

– Apesar do amor que sentimos um pelo outro, essa nossa relação é uma loucura. Você é noivo de uma moça maravilhosa que não merecia essa traição. Sinto-me culpada.

– Não se preocupe, já disse para confiar em mim. Sofia é uma pessoa realmente maravilhosa e é justamente por isso que vai saber entender e até apoiar a nossa situação.

– Mas não existe só ela. A polícia e os detetives continuam investigando minha vida. Estou nas mãos da justiça, sob tutoria de seu pai. Nunca poderemos nos casar ou formar uma família. E se eu nunca recuperar a memória? Tenho certeza que não conseguirei conviver com você com essa página em branco, como se nada houvesse acontecido.

Conrado percebeu que ela tinha razão em se preocupar, mas a amava demais para deixar que qualquer problema os separasse.

– Não vamos pensar nisso, no momento. O que aconteceu aqui não foi apenas um ato de sexo, mas sim um encontro de sentimentos entre duas pessoas que se amam. Por isso sei que Deus vai nos ajudar para que tudo dê certo. Hoje mesmo falarei com meus pais que a amo e que quero ficar ao seu lado.

Daniele empalideceu:

– Não faça isso, pelo amor de Deus! O que Dona Rebeca e o senhor Gustavo pensarão de mim? Que o seduzi e estou à cata de dinheiro.

– Tenho certeza que meus pais jamais pensarão isto de você.

– Mas eu prefiro que as coisas sejam mais naturais, mais devagar...

– Mais natural do que foi nosso amor essa noite? Impossível. Prepare-se e fique mais linda do que nunca para o café da manhã, quando falarei com meus pais.

Daniele não queria aquilo, embora o amasse com profundidade. As coisas estavam acontecendo rápido demais e ela se sentia perdida. Mas, diante daqueles argumentos, resolveu ceder.

Conrado foi para seu quarto e, antes que Daniele voltasse a se deitar, percebeu que alguém batia novamente à porta:

– Abra, Dani, sou eu, Verônica.

"O que Verônica queria em seu quarto àquela hora da manhã?"

Ao abrir a porta, Daniele foi surpreendida com um forte abraço e vários beijos nas bochechas. A alegria de Verônica era contagiante e logo Daniele percebeu que ela a havia visto com o irmão.

Verônica a conduziu para um pequeno sofá ao lado da cama e, pegando em suas mãos, tornou, alegre:

– Eu sabia que isso ia acontecer! Você fará parte de minha família pra sempre! Como estou feliz!

– Acalme-se, Verônica. As coisas não são tão simples como você imagina.

– Mas é claro que são. Para que complicar? Você ama meu irmão, meu irmão a ama. Agora é viverem juntos, serem felizes, encherem essa casa de crianças.

– Seria muito bom que isso pudesse acontecer exatamente assim, mas esqueceu que ninguém sabe quem realmente sou? Meu passado está apagado. Tenho muito medo de envolver Conrado numa situação que pode não terminar bem.

– Seja você quem for, sei que não é casada, nem noiva. Não há marcas de aliança em seus dedos. Você é livre para amar!

– Ainda assim estou assustada. Não tem nem um mês que estou aqui e, apesar de estar sendo bem tratada, vivendo uma situação que até parece um sonho, convivendo com pessoas tão maravilhosas como vocês, não sei se é adequado abusar tanto. Sofia vai sofrer e não sei se seus pais irão concordar com nosso amor.

– Sofia pode até sofrer, pois ela também ama meu irmão, mas sei também que vai saber superar o sofrimento. Conrado não a ama. Nunca vi um brilho tão grande em seu olhar como o que vejo quando a olha. Perto de você, meu irmão fica tão radiante que não consegue esconder.

Verônica, mais uma vez num gesto espontâneo, abraçou a amiga, cobrindo-a de beijos.

Mais tarde, à hora do café da manhã, Verônica e Daniele notaram que não havia ninguém à mesa. Adelina as esperava com olhar de preocupação.

— O que aconteceu, Adelina? Onde estão todos? Por que papai e mamãe não desceram? Onde está Conrado?

— Conrado está lá em cima com o senhor Gustavo. Seu pai acordou com pressão alta, sentindo muita tontura e dor de cabeça. Conrado aumentou a dose do remédio e pediu que não descesse. Dona Rebeca está lá com eles.

Verônica fez ar de deboche.

— É o de sempre. Papai e mamãe têm esses piripaques de vez em quando. Vamos sentar e tomar café nós duas.

— Isso não são chiliques, menina. Seu pai é hipertenso e sua mãe também. Você sabe que os dois vivem nos medicamentos. Estou preocupada, temo que aconteça coisa pior.

— Vira essa boca pra lá, Adelina. Não é você que é sempre tão otimista?

— Sou, sim, mas seus pais não atendem às ordens médicas. Bebem, fumam, exageram em alimentos que não podem ingerir. Canso de falar, mas eles não me ouvem.

Conrado desceu e Adelina inquiriu:

— Como ele está?

— Melhor. A pressão já está baixando. Agora é a da mamãe que está alta. Com o susto de acordar e ver papai doente, acabou por adoecer também. Mas já chamei o doutor Augusto. Logo chegará.

— Ainda bem — murmurou Adelina.

– E vocês, como estão?

– Estamos ótimas, não é, Dani?

– Não tão ótimas assim. Não podemos ficar bem com o senhor Gustavo e Dona Rebeca doentes.

– Está certa, Daniele – tornou Conrado, ainda mais admirado pela preocupação da amada. – Verônica é que parece viver no mundo da lua.

– Se continuar assim, a próxima que terá pressão alta aqui serei eu – disse Verônica, já irritada. – Vamos tomar café em paz?

Todos começaram a comer mesmo sem tanta fome e, calados, não trocaram mais palavras. Conrado, sentindo-se frustrado por não poder declarar sua situação com Daniele por conta da doença dos pais, e Daniele, por sua vez, aliviada. Deus a havia ajudado para que as coisas não acontecessem tão depressa.

Lição de vida

Nos dias que se seguiram, Rebeca e Gustavo foram melhorando e acabaram por retornar às suas atividades habituais.

Foi com ansiedade que Conrado esperou que esse dia chegasse: desejava contar logo aos pais sua paixão por Daniele, embora ela se mostrasse temerosa e sempre querendo adiar o momento.

Durante aquela semana, enquanto seus pais se recuperavam, Conrado procurou por Sofia na saída do colégio. Queria pôr fim àquela relação e sabia que não poderia continuar enganando uma pessoa tão honesta quanto sua noiva. Aquele foi um momento bastante delicado para ele. Vendo-a sair, dirigiu-se a ela, procurando ser natural:

— Olá! Vim buscá-la porque precisamos conversar.

— Nossa, meu amor! O que houve? Para você ter vindo até aqui deve ser algo relevante. Noto pelo seu rosto que não está bem.

Conrado pediu que ela entrasse no carro, deu partida e logo estavam numa elegante confeitaria. Olhando-a nos olhos, com a coragem que só o amor dá, ele começou:

— Sofia... Você sabe que sempre lhe fui fiel, sempre a respeitei e cuidei de nosso amor.

Ela assentiu e ele continuou:

— Você também sempre foi honesta comigo, me ensinou a amar e a entender muitas coisas sobre a vida. Se hoje sou espiritualista, devo isso a você. Justamente por ser você a pessoa que é e por sempre ter me ensinado a ser verdadeiro com meus sentimentos é que hoje estou aqui para dizer que nosso amor acabou.

Sofia, mesmo esperando por aquilo há dias, deixou que seus olhos enchessem de lágrimas e que elas escorressem pelo seu rosto. Contudo, controlou-se e, enxugando-as com delicado lenço de seda, pegou as mãos de Conrado e disse, com carinho:

— Eu sabia que um dia isso iria acontecer. Estava apenas esperando que você se posicionasse e tomasse coragem. Caso não fizesse isso, eu mesma faria.

Conrado tomou um susto. De repente pensou que Sofia poderia ter descoberto que ele se envolvera com Daniele. Mas como? Ia falando, quando ela o interrompeu com delicadeza:

— Não fale nada, deixe-me continuar. Desde que Daniele apareceu, notei que você mudou comigo. A princípio pensei ser por causa dos estudos, não queria acreditar que você estivesse gostando dela. Contudo, comecei a observar seus olhares e não tive mais dúvidas. Vi que a amava e que eu havia perdido o lugar em seu coração.

Conrado estava com a cabeça baixa e, vendo sua pausa, só conseguiu dizer:

– Me perdoe...

– Não precisa me pedir perdão. Quem nesse mundo pode mandar nos sentimentos? Eles nascem no fundo da alma e não temos escolha a não ser aceitá-los e vivenciá-los. Amamos as pessoas, mas, por amar, não lhe temos nenhuma posse. Quanto mais libertamos as pessoas, mais provamos que as amamos. Ninguém nesse mundo precisa pedir perdão por amar. Amar nunca foi, nem será, crime. Sou consciente e sei que, quando um sentimento termina, não dá para voltar atrás. Embora eu o ame muito, não posso e nem devo querer amarrá-lo a mim. Uma relação só dá certo quando é espontânea e livre. Por isso, não tenha nenhum receio de amar Daniele e ser feliz com ela. Terá todo o meu apoio e a minha bênção. Seremos amigos e aprenderemos a conviver sem ciúme, sem raiva, sem disputa. E então? O que me diz?

Completamente emocionado, Conrado a abraçou e chorou sentidamente.

– Você é uma pessoa maravilhosa, não merecia isso.

– Deixe de bobagem. Quem sabe o que está me reservando o futuro? Vamos entregar tudo a Deus e viver o presente.

– Quero, sim, que seja minha amiga. Se você jura que isso não a magoará, desejo que faça parte de minha vida com Daniele, de minha carreira, de tudo.

Sofia sorriu.

– Isso se ela não for ciumenta!

– Não será, tenho certeza.

Conrado refletiu um pouco e depois disse:

– Sabe que você é uma pessoa rara? Nenhuma outra mulher agiria como você agiu agora. Se eu não a conhecesse bem, diria que nunca me amou e ficou até feliz por nossa separação.

– Não sei se sou rara, mas uma coisa eu sei: tenho aprendido muito com a espiritualidade e procurado colocar em prática. Maurílio me ensinou que o conhecimento teórico e intelectual de nada vale se não usarmos no dia a dia. Além disso, creio que muita coisa já nasceu comigo. Sempre tive muita facilidade em compreender a vida, em olhar tudo com bons olhos. Um espírito disse-me certa vez que já desenvolvi alguns lados do meu espírito em outras encarnações, mas não levei muito a sério. O que posso afirmar é que minha forma de ser me torna uma pessoa alegre, preenchida, feliz. É isso que quero continuar sendo. Aprendi que o fim de uma relação é a porta para outra muito melhor. Em vez de ficarem se lamentando e correndo atrás do que se foi, as pessoas deveriam se abrir para novas e mais sinceras relações. Nosso coração é imenso e podemos amar outras vezes e encontrar a felicidade.

– Diante de tudo isso eu só tenho a agradecer. Não só por sua compreensão, mas pela vida em ter me dado a chance de conhecer e conviver com pessoas tão maravilhosas.

De repente, Sofia se arrepiou e teve um mau pressentimento. Foi envolvida por uma sensação estranha e, num ímpeto, pegou as mãos de Conrado, olhou-o fixamente e disse:

— Aconteça o que acontecer, nunca se esqueça de que jamais estará sozinho. Se tudo der errado, se o sofrimento bater à sua porta, me procure, estarei esperando-o disposta a ajudar.

Conrado sentiu que não era Sofia sozinha quem falava, mas alguém através dela. O que seria aquilo? Uma previsão de que não seria feliz com Daniele?

Quando Sofia voltou ao normal, ele indagou:

— Por que me disse isso?

Agindo com normalidade, ela respondeu:

— Me deu vontade. Agora vamos terminar o lanche, nosso sorvete já está todo derretido.

Conrado sorriu, mas, no íntimo, as últimas palavras da ex-noiva não deixavam de ecoar.

Ao chegar em casa, encontrou Verônica na sala distraída com revistas de fofoca.

— Minha irmã! Contei tudo a Sofia e ela compreendeu. Foi melhor do que eu previa!

— Eu sabia que Sofia não ia ligar. Também pudera! Uma mulher como ela, linda, culta, admirada, independente, rica, não precisa ficar presa a homem nenhum.

— Da forma como você fala dá a entender que Sofia queria se livrar de mim.

— Não foi isso que quis dizer. Só acho a Sofia muito mulher, sabe? Não é daquelas bobas que choram por homens. Logo, logo, vai estar com um gatão!

Conrado sentiu uma ponta de ciúme. Será que Sofia seria capaz de, em pouco tempo, aparecer com outro? Não conteve a pergunta:

— Você está sabendo de alguma coisa? Algum outro cara no clube pensa em namorar a Sofia?

— Claro que sim! Inclusive o Ricardo Gouveia. Você sempre soube que ele arrasta um caminhão por ela. Agora que está solteira, tenho certeza que a conquistará.

Conrado começou a se arrepender de ter terminado o noivado. Foi interrompido nos pensamentos por Verônica, que perguntava:

— Espero que você tenha sido corajoso o suficiente para ter dito que fez amor com Daniele aqui em casa...

— Claro que não ia e nem vou dizer! Está maluca? Não quero que a Sofia se sinta traída. Aliás, nem conversamos detalhes. Apenas confirmei minha paixão por Daniele. Creio que foi o suficiente.

Verônica fez ar de pouco caso e voltou a folhear a revista. Conrado perguntou:

— Onde está Daniele?

— Você não está lembrado?

Conrado meneou a cabeça negativamente.

— Está trancada na biblioteca com a psicóloga e o psiquiatra desde cedo. Não sei o que tanto fazem lá dentro, isso não vai dar em nada.

— Nossa, agora foi que lembrei! Hoje começam as sessões para tentar fazer com que ela recupere a memória. Confesso que fico entre a cruz e a espada. Quero que ela lembre, mas, ao mesmo tempo, sinto medo.

– Sei como é. Mas fique tranquilo. Não acredito que esse tratamento vá surtir algum efeito.

– Por que diz isso?

– Não gostei muito da cara desses profissionais. A psicóloga é arrogante e metida, e o psiquiatra, como todo psiquiatra, tem cara de doido.

– Você hoje está pior do que o costume.

– Sou sincera. Li numa revista que quem perde a memória só recupera aos poucos e de maneira espontânea. O que esses dois querem é arrancar dinheiro do papai.

– Vamos ver. Vou subir. Quando Daniele sair da sala, me chama no quarto, tá?

– Sim, mano.

Conrado subiu e Verônica continuou folheando a revista. Vez por outra olhava para a porta trancada da biblioteca desejando que a amiga saísse para que pudessem dar uma volta no *shopping*. Daniele já estava saindo sozinha e começou a gostar dos passeios com a futura cunhada. Já Verônica havia encontrado temporariamente uma forma de preencher o vazio interior.

Suspeitas

Meia hora depois, a porta da biblioteca se abriu e Daniele foi a primeira a sair. Verônica percebeu pelo seu semblante que havia chorado e estava muito nervosa. O que aqueles dois tinham feito com ela?

Não deu tempo de chamar a amiga, que subiu as escadas feito um furacão, trancando-se no quarto. Dra. Paula e Dr. Robson aproximaram-se de Verônica e a psicóloga indagou:

— Onde o seu pai encontra-se nesse momento?

— Está no escritório. Por quê?

— Precisamos falar com ele urgentemente.

— Infelizmente, terá que esperar o fim da tarde. Raramente meu pai almoça em casa e minha mãe está ocupada com os serviços dela. Queiram se retirar, por favor.

Notando o tom irritado de Verônica, a Dra. Paula não se intimidou:

— O que tenho para falar com seu pai é muito sério. É do profundo interesse dele e de toda a sua família.

– Então vá ao escritório, oras.

Dr. Robson interferiu:

– Não é assunto que possamos tratar num escritório de advocacia. Queremos saber se há algum inconveniente se ligarmos para ele pedindo que venha para casa o mais rápido possível. Embora nos tenha deixado todos os seus números de contato, não sabemos ao certo suas ocupações e se pode atender a um pedido desses.

– Ao contrário de vocês, os advogados costumam ter todo o tempo ocupado. Creio ser melhor irem embora e que voltem no final da tarde.

A Dra. Paula estava fazendo o possível para se controlar diante daquela criatura que, a seu ver, era insuportável e irônica. Tentou contemporizar:

– Vamos ligar, sim. A gravidade do caso nos obriga a fazer isso.

Sem pedir permissão, a Dra. Paula tirou o fone da base e ligou. Após pedir a Gustavo que viesse para casa e ter ouvido uma resposta positiva, sentou-se e pôs-se a esperar. O Dr. Robson a acompanhou.

Verônica deixou a revista de lado e, encarando a psicóloga, perguntou:

– Mas o que tem de tão urgente para falar com meu pai? Por acaso descobriram quem Daniele é? Fizeram com que ela recobrasse a memória?

– Ainda não – disse Paula, em tom formal. – Contudo, descobrimos outras coisas bastante relevantes.

– Então podem falar pra mim. O que estão esperando?

– Minha querida, não foi você que nos contratou. E o assunto é bastante importante para ser dito a outra pessoa que não seja seu pai. De posse da informação que lhe passarei, aí ele poderá contar até aos empregados – tornou Paula, com ironia.

– Antipática! – Bradou Verônica, dando as costas e subindo para o quarto de Daniele.

Bateu de leve e ouviu sua voz pedindo que entrasse.

Daniele estava deitada com o rosto enfiado nos travesseiros, parecendo chorar. Verônica aproximou-se, alisou seus cabelos com carinho e perguntou:

– O que aqueles dois patifes fizeram com você?

– Nada demais – tornou Daniele, com voz entrecortada.

– Ah, conta outra. Você saiu da biblioteca muito nervosa, abalada. Vai me dizer agora o porquê.

Daniele levantou-se, enxugou o rosto com as costas das mãos e disse:

– Eles me deixaram bastante constrangida. Foram fazendo perguntas por cima de perguntas, às quais eu não sabia responder. A psicóloga em determinado momento começou a conversar comigo como se eu fosse uma marginal. Me senti muito humilhada. Vou pedir ao Dr. Gustavo que troque de profissionais. Não sei quem sou, mas tenho dignidade.

– Bem eu vi que aquela Dra. Paula não prestava. Não precisa pedir. Eu mesma falarei com papai.

– Você faria isso por mim?

— Claro que sim, Dani. Leio muito e sei que se um paciente não se dá bem com determinado profissional da área de saúde mental, ele pode ficar até pior.

— Só tenho a lhe agradecer.

As duas se abraçaram e logo Daniele estava recuperada e confiante. Mas a confiança durou pouco. Olhando-a em seus olhos, Verônica tornou:

— A psicóloga está lá embaixo dizendo que quer falar com meu pai em caráter de urgência. Até ligou para o escritório dele pedindo que viesse antes do almoço para casa. Disse que fez algumas descobertas sobre você.

Daniele empalideceu.

— Será que ela me reconheceu? Será que sabe quem sou?

— Não. Disse que descobriu outras coisas relevantes.

— O que será? — questionou Daniele, angustiada e nervosa. — Vivo com medo que descubram coisas ruins sobre mim. De repente sou de uma família envolvida com a polícia ou até mesmo casada. Temo que não consiga realizar o sonho de me casar com Conrado.

Vendo que Daniele recomeçava a chorar, Verônica pegou em suas mãos, consolando-a:

— Seja o que for que descubram, sempre estaremos ao seu lado. Você ama Conrado e ele também te ama. Pode haver algo mais forte que isso?

Daniele não falou mais nada. Assustada e aflita, aninhou-se nos braços da amiga, tentando acalmar-se.

Faltava pouco para o meio-dia quando o Dr. Gustavo chegou. Foram logo para a biblioteca, fecharam a porta e ele começou:

– Confesso que fiquei bastante preocupado, doutora. Sua ligação e seu tom de voz denunciavam um problema grave. O que foi?

Dra. Paula olhou-o nos olhos e foi direta:

– Daniele está mentindo. Ela não perdeu a memória.

Gustavo tomou um grande susto.

– Como assim?

– É isso mesmo o que o senhor ouviu. Essa moça está mentindo para o senhor e para toda a sua família.

– Como conseguiu chegar a essa conclusão? – perguntou Gustavo, nervoso.

– Além de psicóloga, sou especialista em linguagem corporal. Fiz algumas perguntas-chave, ela se perdeu, cometeu atos falhos e pude comprovar que está mentindo. O senhor precisa fazer alguma coisa. É extremamente perigoso deixar uma pessoa mentirosa que o senhor mal conhece debaixo de seu teto.

Gustavo sentou-se na cadeira. Ainda não estava acreditando que aquilo fosse verdade. Olhou para o Dr. Robson, o psiquiatra, que se mantivera calado, e perguntou:

– O senhor também concorda com isso?

– Não tenho a especialização da minha colega, mas posso garantir também que ela está mentindo. Percebi em seus olhos que não fala a verdade. A minha vivência como psiquiatra, acompanhando todo tipo de gente, não deixa enganar-me.

– O que me sugerem fazer?

– Expulse-a de sua casa imediatamente – disse a psicóloga, com energia. – Ninguém sabe quais são os motivos que levaram essa moça a mentir e se infiltrar aqui. Pode ser perigosa.

– Como pude me enganar tanto? Daniele é uma pessoa boa. Se está mentindo é por um bom motivo. Depois, ninguém conseguiu identificá-la. Os melhores investigadores estão cuidando do caso e nada até agora.

Dr. Robson observou:

– Talvez ela não seja daqui.

– Como assim?

– Estou dizendo que ela não é de nosso estado ou de nossa região. Eu e Paula notamos que seu sotaque paulista é forçado. Parece que teve de aprender muito como falar como nós. Algumas vezes dá a entender que é uma nordestina.

Gustavo sentiu-se gelar. O que uma pessoa do nordeste estaria fazendo em sua casa? Há tempos esquecera daquela região onde enfrentou enormes problemas. Só agora podia perceber que realmente Daniele forçava o sotaque paulista e que, em sua fala, havia realmente um quê de pessoas do nordeste. Como fora tão cego? Pensou um pouco e decidiu:

– Não vou mandá-la embora.

– Como assim? – Perguntou a Dra. Paula. – Quer ser vítima de uma pessoa sem escrúpulos?

– Pode até ser que ela esteja fingindo, mas não acredito que seja uma pessoa ruim. Sou advogado há muitos anos, acostumado a lidar com bandidos. Sei que têm muitos com cara de anjo, mas em algum momento eles se traem. Daniele mora conosco há mais de um mês e não consegui flagrá-la em um ato sequer que contradiga sua bondade. Essa moça pode estar fugindo de algo muito sério e eu desejo ajudá-la.

– Eu não direi mais nada. Meu papel foi feito. Agora é com o senhor.

Os doutores foram se levantando e Gustavo pediu que Adelina os acompanhasse até o portão. Ficou na biblioteca fumando um cigarro atrás do outro sem saber o que fazer. Não poderia contar aquilo a Rebeca, nem aos seus filhos. Por outro lado, sabia que a Dra. Paula não estava enganada. Era famosa e muito boa no que fazia, inclusive havendo dado excelentes contribuições à polícia. Por isso a contratou. O que fazer?

Pensou um pouco mais e decidiu:

– Vou dizer a todos que tanto a psicóloga quanto o psiquiatra disseram que Daniele não precisa de tratamento. E, quanto ao que descobriram, direi apenas que supõem que ela seja nordestina. Isso até ajudará para que ela se abra conosco.

Na hora do almoço, todos estavam em silêncio, embora quisessem perguntar o que havia se passado na biblioteca. Gustavo notou que Daniele estava muito nervosa e mal tocava nos alimentos.

Quando terminaram, foram para a sala de estar e, entre um licor e outro, Gustavo tornou:

— Sei que estão curiosos para saber a opinião dos especialistas e a descoberta que fizeram. Têm todo o direito, principalmente você, Daniele.

Pelo tom amável e cordato de Gustavo, ela percebeu que não havia nada demais e por isso não era necessário preocupar-se. Ele, percebendo que todos o escutavam com atenção, prosseguiu:

— Tanto a Dra. Paula, quanto o Dr. Robson, chegaram à conclusão que Daniele não precisa de tratamento algum. Disseram que sua perda de memória ocorreu devido a um trauma e que irá recuperá-la espontaneamente, sem necessidade de tratamento.

Verônica sorriu, alegre:

— Não disse? Li que a amnésia por si mesma se resolve.

Conrado estava desconfiado:

— Mas e se a amnésia for por conta de uma lesão no cérebro? Eles não requisitaram nenhum exame?

Gustavo foi pego de surpresa. Tentou encontrar uma desculpa:

— Se não pediram, foi porque não viram necessidade. Além de tudo, se Daniele estivesse com alguma lesão cerebral, certamente estaria sentindo dores, desmaiando, etc. E você, como estudante de medicina, sabe muito bem disso.

Conrado calou-se e Verônica perguntou, com euforia:

– E qual foi a descoberta que a antipática disse ter feito?

– Ah sim, ela me disse que tem quase certeza que Daniele é nordestina.

Aquela frase caiu como uma bomba na mente de Daniele. Completamente desesperada, tentou disfarçar:

– Nordestina? Será que sou de lá?

– Isso não pode ser verdade – disse Verônica, com ênfase. – Os nordestinos não falam como nós, o sotaque deles é diferente.

– Mas ela disse que parece que Daniele aprendeu a falar com sotaque de paulista. Provavelmente está há pouco tempo na cidade. E se vocês notarem, às vezes ela fala como se estivesse cantando, o que é comum em alguns estados do Nordeste.

Verônica percebeu que estava tão empolgada com a nova amiga que não havia observado esse pequeno detalhe. Era verdade. Por mais que Daniele se esforçasse para falar como eles, às vezes escorregava. Conrado pensou a mesma coisa e disse:

– Então as investigações sobre sua origem devem mudar de rumo.

– Não sei como fazer isso, filho – tornou Gustavo, com calma. – O Nordeste possui muitos estados. Creio que será difícil.

Ninguém percebeu, mas Rebeca, que ficara o tempo inteiro calada, havia transformado seu semblante, que ficou pálido e contraído. Aquela história envolvendo o Nordeste mexera com ela. Procurou controlar a ansiedade e manifestou-se:

— Vamos com calma. Notem como Daniele está nervosa. Isso não é bom para ela. Se veio de outra região, iremos descobrir. Isso não vem ao caso agora.

— Disse bem, meu amor. Vamos com calma.

Conrado tornou:

— Creio, meu pai, que não será possível termos tanta calma assim.

— Por quê? — Indagou Gustavo, olhando o filho com desconfiança.

Tomando coragem e vendo que era a hora, Conrado soltou:

— Descobri que amo Daniele e que ela também me ama. Desde o dia em que a encontrei na calçada, não consigo esquecê-la um só instante.

Completamente nervoso, Gustavo perguntou:

— Isso é mesmo verdade?

— Tanto é verdade que terminei meu noivado com Sofia. Agora sou um homem livre, posso me casar com quem realmente amo.

Enquanto Conrado enviava olhares amorosos para Daniele, Gustavo e Rebeca trocavam olhares de preocupação. Procurando conter-se, disse ao filho:

— Você é adulto e sabe que nunca, nem eu nem sua mãe, interferimos em sua vida. Então só podemos aprovar e abençoar essa união.

Rebeca tentava sorrir, embora estivesse bastante nervosa, a ponto de explodir. Conrado tornou:

– É por isso que necessito que o senhor torne ainda mais urgente essas buscas pelos parentes dela. Não podemos casar sem saber de seu estado civil.

– Paciência, meu filho. Vamos acelerar, mas, ainda assim, pode ser que demore muito.

Verônica tomou a palavra:

– Mas pra que esperar casar no papel ou na igreja? Vocês podem morar juntos desde já aqui mesmo na mansão. Podemos derrubar uma parede e crescer o quarto do Conrado para que fique adequado a um casal.

– Não vê que não quero uma união assim para Daniele? – Disse Conrado, irritado com a falta de senso da irmã. – Quero tudo correto. Enquanto não casarmos, viveremos como estamos, em quartos separados.

– Que feio! – Retorquiu Verônica. – Pensa que não sei que vocês já fizeram amor? Que adianta dormir em quartos separados se durante a noite você pula para a cama dela?

– Você agora passou de todos os limites, Verônica. Mais uma palavra e nunca mais falo com você.

– Desculpe. Mas só falei a verdade e você sabe que aqui nunca teve esses problemas. Nossos pais são liberais.

– Somos liberais – tornou Rebeca –, mas concordo com seu irmão. Um quarto de casal parece algo que já foi oficializado. Se ele quer manter tudo como está, não vamos opinar.

Verônica calou-se, mas pensou:

"Quanta idiotice! Que diferença faz uma simples parede de um quarto?"

Terminada a conversa, Gustavo e Rebeca pediram para se retirarem aos seus aposentos, enquanto os três continuaram conversando animadamente. Conrado não estava mais com raiva da irmã e Daniele mostrava-se mais tranquila, dizendo a todos querer encontrar seus familiares.

Apenas Adelina, a um canto da sala, olhava desconfiada para ela e intimamente se perguntava:

"Onde será que vi esse rosto?"

Preocupações

Assim que entraram no quarto e fecharam a porta, Rebeca e Gustavo mostraram-se extremamente nervosos. Ela dizia:

– O mais certo seria entregar essa moça às autoridades. Não gostei nada de saber que é nordestina. Lembra o que essa região já nos trouxe de problemas?

Gustavo, sentando na cama, coçava a cabeça sem saber se dizia ou não a verdade à esposa. Por fim, resolveu:

– Deixe de andar em círculos e sente-se aqui. Tenho algo importante a dizer.

Rebeca viu o rosto sério do marido e prontamente obedeceu.

– Minha querida, fiz uma descoberta hoje que muito me assustou. Sei que, ao saber, ficará mais assustada ainda, mas não posso deixar de contar a você.

– Diga logo, está me deixando ainda mais nervosa.

– O psiquiatra e a psicóloga que fizeram hoje a primeira consulta com Daniele afirmaram que ela está mentindo, que nunca perdeu a memória.

O coração de Rebeca acelerou ainda mais.

— Eles têm certeza disso?

— Sim. Me garantiram que ela está enganando a todos nós.

— Estou horrorizada. Então o caso é pior do que eu pensava. Por que fomos cometer a loucura de abrigá-la aqui?

— Acalme-se. Não acredito que Daniele seja uma pessoa ruim ou esteja com más intenções. Principalmente porque notei que está realmente apaixonada pelo nosso filho e nunca, desde que chegou, demonstrou maldade em qualquer atitude.

Rebeca olhou para o marido com pavor:

— Será que você está perdendo o juízo com a idade? Os piores bandidos são esses que têm cara de gente de bem. Vamos expulsá-la daqui agora.

— Não, querida, acalme-se. Eu sei muito bem quando estou lidando com um marginal ou alguém dissimulado. Sei que esses com cara de anjo são os piores, mas sempre se contradizem e, no olhar, traem o que são. Daniele não é nada disso. Tenho certeza que está fugindo de algo ou de alguém e procurou amparo.

Rebeca pareceu se acalmar, mas disse:

— Nossos filhos precisam saber.

— Não vamos contar nada agora. Vou tentar arrancar dela o máximo de informações possíveis. Uma hora ela deixa escapar algo.

— É muito arriscado.

— Não tenha medo. O que uma moça como Daniele pode nos fazer?

— Eu não sei, eu só sei que, como diz o ditado, quem deve, teme. E teme muito. Só nós sabemos como conseguimos tanta fortuna. Apesar de estar arrependida e de fazer tudo para sanar minha parte nos erros, vivo estremecida por uma sensação de culpa que às vezes parece que vai me enlouquecer.

Gustavo levantou-se, foi até a mesinha de cabeceira, pegou um cigarro e acendeu.

— Eu também não esqueço como fizemos fortuna, e também me arrependo e me culpo todos os dias. Temos dado uma vida digna aos nossos filhos e lhes passamos os mais altos valores de moral. São pessoas de bem. Contudo, não consigo deixar de me culpar.

— E o que me deixa mais intrigada é o fato de ela ser nordestina.

— A psicóloga não afirmou isso, apenas sugeriu.

— Mas agora percebo que seu sotaque paulista é forçado, e sua fala é um tanto carregada. Como não nos demos conta disso antes? Esqueceu que também somos nordestinos e conheço muito bem o nosso modo de falar?

— Ficamos tão envolvidos com a doçura de Daniele que não demos conta. E foi justamente lá que cometemos os nossos maiores crimes.

Gustavo meditou no que disse e deixou que uma lágrima discreta escorresse do canto do olho. Enxugou-a com as costas das mãos e tornou:

— Contudo, sei que Daniele é uma pessoa boa e essa história de ser do Nordeste pode ser simples coincidência.

Rebeca sentiu um arrepio estranho e abraçou o marido, que lhe correspondeu o abraço. Foram deitar, mas nenhum dos dois conseguiu sequer tirar um cochilo, ficando cada um imerso em seus próprios pensamentos.

Sem que eles percebessem, três espíritos de homens olhavam-nos com extremo ódio. O mais velho olhou para os outros dois e, deixando que uma gosma caísse de sua boca, disse:

– Não adianta ficarem preocupados, nem terem feito tanto bem. O destino de vocês é o abismo, onde faremos questão de levá-los assim que morrerem. Miseráveis!

Dizendo isso, avançou para cima do casal, seguido pelos companheiros, e os envolveram em uma gosma verde. Rebeca e Gustavo começaram a sentir diversas dores pelo corpo. Tomaram analgésicos e procuraram relaxar, mas as dores continuaram por longas horas.

Enquanto isso, na sala, a conversa seguia animada entre Verônica, Conrado e Daniele, embora ela tentasse esconder certa preocupação no olhar. Em dado momento, Conrado sugeriu:

– Que tal sairmos para lanchar e assistir a um bom filme?

Verônica vibrou:

– É claro que sim! Há filmes novos ótimos em cartaz. Mas você não tem nada pra fazer da faculdade hoje à tarde?

– Sempre tenho muito o que estudar e fazer, mas num momento como esse dou-me ao luxo de esquecer essas coisas. E então? Vamos?

Daniele fez que sim com a cabeça e, em poucos instantes, estavam assistindo a uma comédia romântica. Logo após, foram para uma lanchonete próxima e, enquanto aguardavam os pedidos, Conrado tornou:

– Nem me dei conta que estamos a poucos passos da editora do Maurílio.

– Não estamos apenas a poucos passos da editora, estamos também a poucos passos do próprio Maurílio – disse Verônica, apontando Maurílio, que distraidamente conversava com uma mulher elegante e jovem a um canto da lanchonete.

– Vou lá falar com ele e chamá-los para sentar aqui com a gente.

– Não! – Verônica segurou o braço do irmão com força. – Não vê que ali é uma conversa amorosa? Aliás, amorosa não, sexual. Porque esse seu amigo Maurílio é um pilantra que só pensa em sexo e vive usando as mulheres. E o pior é que esse desclassificado ainda quer dar uma de espiritualizado dando cursos de autoajuda. Não sei como vocês ainda frequentam aquele lugar.

Conrado olhou melhor e percebeu que, de fato, Maurílio estava bastante entretido, parecendo querer conquistar mais uma. Resolveu não interferir.

O lanche chegou e, entre uma conversa e outra, Verônica olhou para Daniele e disse:

– Eu tenho muito medo que tudo isso acabe.

– Como assim? – Tornou Daniele, sem entender.

– A psicóloga já disse que você veio do Nordeste. Essa informação será passada às autoridades e talvez agora finalmente encontrem sua família. Estamos tão felizes que temo uma separação.

Daniele se enterneceu com a sinceridade de Verônica:

– Não pense assim. Como disse, seja eu quem for, jamais deixarei de estar com vocês, que se tornaram minha verdadeira família. Amo Conrado, estou muito feliz com ele e por nada ou ninguém o deixaria.

Conrado se emocionou e, mais uma vez, percebeu o quanto a amava.

As duas amigas continuaram conversando e não perceberam quando Maurílio pagou a conta e saiu discretamente por uma das portas laterais. Conrado observou bem e reconheceu a mulher que ele estava: era Leila, uma jovem rica e casada com o empresário Guilherme de Lima. Pela animação dos dois e pelo clima romântico, Conrado teve certeza absoluta de que estavam tendo um caso. Pensou: "Maurílio não tem limite algum quando o assunto é mulher. Talvez minha irmã tenha razão e ele não seja a pessoa mais indicada para nos passar valores espirituais, ainda que já nos tenha ajudado muito".

Quando chegaram em casa mais tarde, já era a hora do jantar. Apesar das conversas descontraídas e até das risadas de Gustavo, era notório que tanto ele quanto Rebeca estavam preocupados.

Quando o jantar terminou, começaram a chegar os primeiros convidados para a tradicional festa da noite. Conrado fez questão de apresentar Daniele a todos como sua noiva. Algumas pessoas falaram mal pelas costas, outras admiraram a coragem do rapaz.

A festa ia alta quando Conrado e Daniele resolveram recolher-se. Quando a casa estava às escuras, ele foi para o quarto dela, onde, mais uma vez, viveram uma noite de amor.

Os dias que se seguiram foram tranquilos. Parecia que Gustavo e Rebeca haviam se recuperado do susto e já não demonstravam nenhum temor. Numa noite, enquanto dormia, o espírito de Gustavo saiu do corpo e, pela primeira vez, viu os três espíritos infelizes que o acompanhavam querendo vingança. Assustou-se a princípio, pois não os reconheceu, mas a cabo de poucos minutos, enquanto o mais velho o olhava com muito rancor, ele gritou:

– João?! É você mesmo? O que faz aqui? Você morreu!!

Gustavo estava tremendo muito e assustado. Percebendo o estado do advogado, o espírito de João bradou:

– Pensou que podia me matar, não é, infeliz? Mas não conseguiu. Eu e meus filhos continuamos vivos e, desde aquele instante, esperando uma hora para nos vingar. E essa hora chegou, será o seu fim.

Gustavo, assustado, disse, num fio de voz:

– Me perdoe, João. Não sabe o quanto estou arrependido desse e de todos os outros crimes.

O espírito gargalhou alto, deixando que uma gosma verde escorresse pelo canto de seus lábios.

– Eu nunca o perdoarei. Nem a você, nem a essa sua mulherzinha que o induziu a tudo o que fez. Vocês dois serão nossos escravos no abismo.

Gustavo, aterrorizado e sentindo que era verdade, começou a chorar.

– Não adianta chorar. Agora é tarde. Seu choro não vai devolver a vida de minha família. Também não precisa ficar com medo agora. Não faremos nada de mal a você. Mas saiba que nunca escapará da justiça e essa justiça eu farei com minhas próprias mãos quando chegar a hora. Foi para essa vingança que me preparei desde que morri e você nunca escapará. Nunca escapará!

Uma gargalhada estrondosa ecoou em todo o ambiente e o espírito de Gustavo, culpado e aflito, buscou refúgio no corpo físico, que acordou subitamente.

Gustavo tentou se localizar no quarto e percebeu que estava em sua cama, onde, a seu lado, Rebeca dormia tranquila. Acendeu o abajur, tomou um gole de água, mas não conseguiu conciliar o sono. Sensações de pavor perpassavam seu corpo e ele, sem conseguir mais se conter, acordou a mulher:

– Rebeca, Rebeca!

– O que houve, querido? Está sentindo-se mal? – Tornou a mulher, com visível cara de sono.

– Sim. Estou nervoso e com medo.

– Ah, não venha dizer novamente que é a história de Daniele. Nem eu estou mais preocupada.

– Não é sobre Daniele. Sente-se aí. Vamos conversar.

Rebeca, já totalmente acordada, ajeitou o travesseiro nas costas e fitou o marido, pálido feito cera.

– Eu tive um sonho com o João.

– João? Mas quem é João? O seu *office-boy*?

– Não. Sonhei com o João lá do Nordeste.

– Lá vem você novamente com o Nordeste. Está é impressionado com o que a psicóloga disse.

– Não, não estou. Nem fui dormir pensando nisso.

– Mas quem é esse tal João? Não me lembro de nenhum João.

Gustavo foi contando toda a história e Rebeca começou a mudar de fisionomia. Não gostava de lembrar daquele caso fatídico. Por isso, interrompeu o marido:

– Está bem, não precisa contar tudo. Lembro-me muito bem. Mas João está morto e enterrado, não pode nos fazer nenhum mal.

– Mas ele afirmou que vai se vingar de mim e de você.

– Besteira. Os mortos não têm nenhum poder.

– E se for verdade o que nosso filho fala? E se quem morre continua vivo em outro lugar? Estaremos numa enrascada, pois não foi apenas a João que fizemos mal, mas a muita gente. E todos eles deverão estar ao nosso redor querendo vingança.

Rebeca estava assustada, mas contestou:

– Seu filho está metido com isso de Espiritismo, por isso diz tanta bobagem. Eu não acredito.

– Eu tenho minhas dúvidas. Por mais que tenha me envolvido no meio acadêmico, têm certas coisas na vida, principalmente na vida de pessoas envolvidas com a justiça, que só podem ser explicadas espiritualmente. Há pouco tempo li um livro que era de Conrado, era um romance que me deixou bastante impressionado. Trata-se de "A Verdade de Cada Um", de Zíbia Gasparetto. Esse livro explica com clareza como os espíritos interferem em nossa vida. Temo que o João esteja aqui nesse quarto. Eu o vi ali, próximo ao guarda-roupa.

Rebeca abraçou o marido com medo.

– Não quero mais falar sobre esse assunto que me deixa nervosa. Vamos rezar e dormir.

– Rezar? Você nunca foi disso.

– Esquece que faço parte de diversas pastorais?

– Você ajuda, mas sei que nunca foi religiosa.

– Mas agora quero rezar. Me acompanhe.

Eles começaram a balbuciar um Pai-Nosso mecanicamente, enquanto os espíritos de João e dos filhos riam e rodopiavam ao redor. Aquela oração, feita sem nenhum sentimento de amor a Deus e sem nenhuma emoção, não fez efeito algum. Vendo que não conseguiriam mais dormir, tomaram uma dose alta de ansiolítico e, meia hora depois, estavam apagados.

Devido ao efeito do remédio, os espíritos de Rebeca e Gustavo também dormiam alguns centímetros acima do corpo físico.

João, com semblante que o ódio deformava, olhou para Jair, seu filho mais velho, e para Jackson, seu caçula, dizendo:

– Vamos fazer a nossa parte.

A essa ordem do pai, os dois espíritos juntaram-se a ele e começaram a apertar o coração de Gustavo e Rebeca, deixando sobre os órgãos uma energia escura.

– Pronto! – disse João, satisfeito. – O estado emocional deles, junto com nossa energia, é suficiente para uma nova crise de hipertensão.

Jair falava com ódio:

– Tomara que dessa vez seja fatal.

– Não se preocupe, filho. Se eles não morrerem de infarto, temos aquele outro meio que não irá falhar. Esqueceu?
– Não. Jamais.
Os três espíritos continuaram ali, esperando os próximos momentos para consumarem a vingança.
Como os leitores podem ver, os espíritos desencarnados que ainda estão em estado de ódio, vingança, rebeldia e inferioridade geral podem fazer com que os corpos dos encarnados adoeçam. Contudo, esse fato só acontece quando o encarnado não tem uma vida equilibrada, sadia, não cultiva bons pensamentos nem o hábito da prece verdadeira, são pessimistas e não cultivam a espiritualidade. Quem faz tudo isso está automaticamente protegido pelas próprias energias e pelos espíritos iluminados.

Aprendendo com Maurílio

Era noite de quinta-feira e, por muito insistir, Conrado conseguiu convencer Daniele e Verônica a participarem de uma reunião de estudos espirituais na editora de Maurílio. Já passava das sete e meia e Verônica não descia, deixando o irmão irritado e com receio de perder a parte inicial do trabalho. Tempos depois Verônica, vestida num costume verde esmeralda, descia as escadarias com elegância e um brilho de felicidade no olhar. Conrado, que nunca a tinha visto tão linda como naquele momento, não conteve a admiração:

– Minha irmã! É você mesma?
– Sim, seu palhaço. Quem mais poderia ser?
– É que você está tão linda que... que...
– Que...?
– Bem... que nem parece você.

Conrado gargalhou enquanto era estapeado pela irmã. Daniele interveio:

— Verônica é linda. Será que só hoje porque está vestida diferente é que você notou?

— Ela sabe que estou brincando. Mas só quero saber qual o motivo de tanta produção. Afinal, vamos para um estudo sobre espiritualidade e não a uma festa.

Verônica irritou-se:

— E você pensa que não sei que nessa tal reunião só vão mauricinhos e patricinhas? Vejo como sai daqui vestindo as melhores roupas só para ir até lá. Olhe como está a Daniele, linda como uma princesa. Por que só eu iria de gata borralheira?

— Você sabe que não é assim. Lá vão pessoas de todos os níveis sociais. Eu gosto de estar sempre bem vestido, algumas pessoas que vão lá também. Outras vão com roupas do dia a dia. O primeiro mandamento para quem frequenta o nosso estudo é respeitar o outro em sua individualidade. Ninguém critica ou fica reparando no outro. Apenas vamos para aprender.

— Sei... Não sei o que vocês aprendem com aquele leviano. Aliás, só resolvi ir para ver aquele dementado dar seu espetáculo de bom moço.

— Por que você tem essa raiva toda do Maurílio, hein?

— Porque é um falso, hipócrita.

— Você não o conhece. Aliás, não conhece ninguém e fica julgando todo mundo.

— Você é que é um bobo, não percebe as coisas e...

Vendo que a discussão iria se alongar, Daniele interrompeu:

– Vamos logo, parem com isso. Parecem duas crianças mimadas. Querem perder o início dos trabalhos?

Conrado percebeu o papel ridículo que estava fazendo discutindo com a irmã, pegou as chaves do carro e partiram.

Chegaram faltando poucos minutos para começar. Conrado adorava a parte inicial, em que Maurílio fazia uma bela prece de evocação dos espíritos superiores e ensinava cada um a entrar em contato com seu mentor. Era incrível a sensação de paz que ele sentia naqueles momentos. Daniele também se deixou levar e estava encantada. Nunca havia participado de nada parecido. Só Verônica é que não estava concentrada, olhando para todos com olhos de crítica.

Quando terminou, Maurílio tomou a palavra:

– Leram o trecho do Evangelho que combinamos?

Em uníssono, todos responderam que sim. Ele, percebendo que era ouvido com atenção, prosseguiu:

– O Evangelho de Jesus fala de salvação. Mas, o que é salvação? O que é ser salvo?

Suzana, uma das participantes, comentou:

– Segundo as religiões cristãs dominantes, ser salvo é ir para o reino dos céus, para a morada dos eleitos. Afirmam que Jesus morreu para nos salvar e quem acreditar n'Ele encontrará a salvação.

– Perfeito! – Tornou Maurílio, empolgado. – Sem nenhum espírito de crítica a qualquer religião, podemos perceber que esse conceito de salvação está completamente distorcido. Se Jesus morreu para nos salvar, então não precisamos fazer mais nada, podemos até mesmo continuar no mal despreocupadamente, pois sabemos que, por sua morte, já ganhamos o reino dos céus. Não acham incoerente?

Conrado tomou a palavra:

– Completamente incoerente. Contudo, não consigo entender. É exatamente essa ideia que o Evangelho passa.

– O Evangelho precisa ser compreendido além da letra – continuou Maurílio. – As religiões se apegam à letra que mata e não ao espírito que vivifica. Foi por isso que Jesus prometeu o consolador, que, na figura do Espiritismo, chegou à Terra no momento predito. Certas passagens do Evangelho e até mesmo da Bíblia, em geral, só podem ser perfeitamente compreendidas com a chave que nos dá o conhecimento espírita.

Ele parou um pouco e continuou:

– Embora eu não me considere espírita, mas sim espiritualista independente, devo dizer que a doutrina espírita é a única capaz de responder, com clareza, não só as questões obscuras do Evangelho, como também os acontecimentos da nossa vida. Unida à metafísica moderna, podemos entender qual o nosso papel no planeta Terra, porque vivenciamos a dor, a maneira de nos libertarmos dela e finalmente saber para onde vamos.

No tocante à salvação, vemos de maneira diferente. Jesus morreu não para nos salvar, mas para nos ensinar o caminho da salvação. Sua morte aconteceu não para que nossos supostos pecados fossem lavados, mas para que refletíssemos sobre nossa própria ignorância e começássemos a traçar o caminho da própria redenção.

Que adianta dizer que Jesus morreu por nós, gritar que estamos salvos, se continuamos a ser hipócritas, avaros, desejando o mal e julgando o nosso semelhante? Entendemos a salvação não como encontrar um lugar no céu, mas conhecer a verdade para nos libertarmos do sofrimento. Esta é a verdadeira salvação. O reino de Deus para os salvos não é um céu de nuvens onde a ociosidade impera, mas a paz interior, a consciência tranquila, a felicidade que nos cabe neste mundo.

Algumas pessoas ficaram refletindo, até que Conrado tornou:

– Há quem diga que é impossível ser feliz na Terra...

– Nada mais errado. Quem diz isso são aqueles que estão colocando fora sua felicidade e a jogando para o futuro. A Terra tem tudo para oferecer felicidade a seus habitantes, mas somos nós que precisamos aprender a ciência de ser feliz. Quem espera encontrar a felicidade no futuro está se candidatando a sofrer desilusão. Só podemos ser felizes no momento presente, no agora. Muitas pessoas sofrem de depressão, solidão, vazio interior justamente por colocarem sua alegria nas mãos de outras pessoas ou coisas. Ser feliz depende apenas de nós.

Verônica sentiu-se tocada por aquelas palavras. Ela vivia sempre com muita insatisfação, vazio interior e solidão. Mesmo morando com a família, tendo amigas, e mesmo após a chegada de Daniele, ela continuava sentindo um buraco enorme no peito que nada preenchia. Lembrou-se que, quando entra no quarto e se vê sem ninguém, parece que o mundo acabou e uma amargura muito grande toma conta de sua alma.

Tentou preencher o vazio com namorados. Mas, por mais que tivesse namorado firme, com rapazes que a adoravam e faziam-lhe todas as vontades, o vazio continuava. Seria ela uma pessoa iludida? Estaria jogando fora sua chance de ser feliz procurando algo que nunca encontrava? Ela precisava saber. De repente, toda a antipatia por Maurílio desaparecera como que por encanto. Ela o iria procurar para conversarem pessoalmente.

Maurílio voltou a falar sobre Jesus e mais algumas pessoas participaram, ora colaborando com suas falas, ora tirando dúvidas. Quando encerrou o momento do estudo, iniciaram a parte onde os mentores, através dos médiuns, dariam suas mensagens.

Quase perto da prece final, um médium chamou Daniele a uma sala contígua, pois precisava lhe falar em particular. Conrado, curioso, tentou ir junto, mas ele não permitiu. A prece foi feita e, quando todos estavam saindo, Daniele voltou da sala com o rosto vermelho, enxugando algumas lágrimas.

– O que aconteceu, meu amor? O que o mentor lhe disse?
– Foram coisas tão lindas que me emocionei.
– Conte para nós – pediu Verônica, com empolgação –, também fiquei bastante emocionada esta noite.
– Ele me pediu para orar mais, falou de Deus e fez uma prece que não sei repetir. Ao final estava chorando sem conseguir me conter.

Foram interrompidos pela chegada de Maurílio:

– E então, moças! Gostaram do encontro?

– Eu adorei. Confesso que não esperava muito de qualquer coisa feita por você, mas caí do cavalo – disse Verônica, olhando séria para Maurílio.

– Você me subestimava? Coitado de mim – gargalhou ele.

– A palavra não é subestimar, afinal, inteligente todo mundo está careca de saber que você é. Só não acreditava muito que uma pessoa que leva a vida descontrolada como você pudesse oferecer algo de espiritual a alguém. Me desculpe, mas estou sendo sincera.

– Sei que você é o poço da sinceridade, Verônica, e agradeço. Contudo, não vejo nada demais na vida que levo. Não engano ninguém, sou o que sou.

– Mas isso está certo quando envolve mulheres solteiras, contudo, quando envolve uma pessoa comprometida, já acho demais.

Conrado ficou vermelho de vergonha. Jamais iria imaginar que a irmã falasse aquilo. Tentou se desculpar:

– Não leve a sério minha irmã, Maurílio. Você sabe como ela é. Não faz nada além de ir às compras e assistir filmes. Por isso tem essa imaginação fértil.

Maurílio fez uma careta engraçada e tornou:

– Vejo que você está muito informada sobre minha vida. Convido-a para um lanche, aceita?

Verônica ia dizer que não, mas lembrou-se do que ele falou sobre a solidão e resolveu aceitar.

– Aceito, mas se você me der uma cantada, taco essa bolsa em sua cara.

Dessa vez todos foram forçados a rir.

Enquanto Verônica saía com Maurílio, Conrado e Daniele retornaram para casa, onde uma surpresa desagradável os esperava. A mansão estava vazia e apenas Adelina se encontrava no sofá, parecendo rezar sob a luz fraca do abajur.

Conrado foi acendendo as luzes e perguntou, preocupado:

– O que está acontecendo aqui Adelina? Cadê todo mundo?

– Os convidados foram todos embora mais cedo. Seu pai passou mal, quis desmaiar, ficou sem ar de repente. Logo percebemos que era mais uma crise de pressão alta. Chamamos o médico imediatamente, mesmo a contragosto dele. Fizemos bem, pois Dona Rebeca, por ver o senhor Gustavo passando mal, acabou por ficar mal também. Dr. Augusto afirmou que a pressão dos dois estava altíssima. Foram medicados e agora estão descansando.

Conrado estava nervoso.

– E por que você não me chamou? Por que não ligou para a editora do Maurílio?

– Não quis preocupar você, afinal, essas crises são normais.

– Mas não estão tão normais assim. Antes não eram tão frequentes. Você sabe dizer se alguma coisa ou alguém contrariou meu pai?

– Não percebi nada de anormal. Só notei que hoje, durante o costumeiro encontro de jogos com os amigos, tanto ele quanto Dona Rebeca pareciam tensos, não conseguiam relaxar ou sorrir. Mas durante o dia tudo correu como sempre.

Conrado pegou a mão de Daniele e subiu rapidamente as escadarias, indo para o quarto dos pais. Abriu a porta com cuidado e percebeu que eles conversavam baixinho. Ao perceberem o filho e Daniele, pararam e sorriram.

– Demos outro susto em você, meu filho. Mas já estamos bem – tornou Rebeca, tentando parecer calma.

– Alguma coisa aconteceu que o preocupasse, papai?

– Nada, meu filho. Nem entendo por que essa pressão subiu assim de repente.

– Não me engane, papai. Não tenha receios com Daniele, ela fará parte da família e pode saber dos nossos problemas. Adelina me garantiu que hoje, durante a reunião, tanto o senhor quanto a senhora estavam tensos e preocupados.

– Coisas de Adelina, sempre vendo o que não existe. Estávamos como sempre.

Vendo que o pai não ia mesmo falar, Conrado desviou o assunto:

– O Dr. Augusto aumentou a dose da medicação?

– Não. Ele mudou a medicação. Disse que há uma droga nova no mercado excelente para quem sofre de hipertensão. Deixou-nos algumas amostras, mas amanhã cedo mandarei Adelina comprar as caixas.

– Deixa ver – Conrado foi até a mesinha de cabeceira e olhou o remédio, que era em cápsulas. Ele não conhecia aquela substância, mesmo cursando medicina. – Pode deixar que eu mesmo farei questão de comprar. Adelina é distraída e pode esquecer.

Rebeca sorriu e falou, demonstrando cansaço:

– Não precisa se preocupar tanto assim. O que precisamos mesmo é de uma boa noite de sono.

– Vamos deixá-los à vontade, mas deixem a porta aberta. Sabem que tenho o sono sobressaltado e acordo várias vezes durante a noite. Sempre que acordar, virei aqui ver como estão.

Conrado e Daniele saíram, deixando-os a sós. De repente, Conrado sentiu um medo indefinido de perdê-los. Tentou desviar os pensamentos enquanto fazia amor com Daniele, mas logo depois a sensação de perda voltou com muita força e só aliviou quando ele fez sentida e profunda prece.

Solidão

Verônica e Maurílio foram para uma confeitaria elegante e, enquanto aguardavam os pedidos, conversavam amenidades. Ela não deixou de notar como ele olhava de forma sensual para as mulheres, flertando abertamente mesmo com aquelas que estavam acompanhadas. Tentou não julgá-lo e, assim que começaram a comer, ela tornou:

— Maurílio, confesso que adorei ter sido convidada por você para sair e podermos conversar. Se você não me chamasse, eu mesma faria isso.

— Humm... As mulheres estão cada vez mais liberadas. Depois dizem que somos nós, os homens, que somos descarados.

— Você é mesmo um palhaço. Sabe que não tenho nenhum interesse em você. Preciso conversar sobre outra coisa.

Maurílio percebeu que Verônica mudou o tom de voz na última frase e, com um gesto de cabeça, pediu que ela continuasse.

— Hoje me senti abençoada por ter ido ao seu estudo. Como disse, confesso que não esperava muito, mas você falou umas coisas que me tocaram fundo.

— Nossos estudos são assim mesmo, direcionados para os problemas humanos. Não queremos mais doutrinar as pessoas ou ensinar religião. Queremos ensinar a lidar com as emoções, com os problemas de comportamento, com os pensamentos e crenças negativas que só trazem infelicidade.

— Foi isso o que eu percebi. E você será a única pessoa além de Adelina que vai saber como sou e como me sinto na realidade.

Maurílio estava curioso. O que ela tinha a dizer sobre si que ele não sabia? Todos comentavam que Verônica era uma jovem desligada dos estudos, que só vivia para curtir a vida. Seria ela uma pessoa infeliz? Naquele momento Maurílio percebeu que nunca havia observado-a profundamente. O que aquela alma estava querendo dizer?

Percebendo que Maurílio a escutava com atenção, Verônica ingeriu rapidamente o guaraná que tinha nas mãos e, com certo nervosismo, comentou:

— Ninguém sabe como me sinto por dentro. Todos me veem por fora e só sabem dizer que sou uma pessoa muito feliz, pois sou rica, tenho pais amorosos, amigos para festas e posso namorar quem quiser.

— E não é verdade? Sempre a vi muito feliz, alegre. Nunca reclama de nada.

— Eu não sou triste, embora conviva desde a adolescência com uma sensação horrível de solidão e vazio interior. Isso me angustia e às vezes chego aos prantos de choro. Só

Adelina me conforta e me entende, mas, ao mesmo tempo, não consegue me ajudar. Talvez por ser uma pessoa que tenha vivido poucas experiências na vida, sei lá. Mas quando você falou hoje que as pessoas sentem depressão, solidão e vazio interior porque colocam a felicidade fora delas, senti que é o único que talvez possa me ajudar.

Verônica estava emocionada, com olhos cheios de lágrimas. Maurílio pegou em suas mãos com carinho e perguntou:

— E você nunca fez nada para se ajudar nesse sentido?

— Sim. Pra falar a verdade, já fiz de tudo. Primeiro fui a uma psicóloga e comecei a fazer terapia. Ela me disse que eu me sentia sozinha porque não tinha um namorado certo, que eu precisava ter alguém ao meu lado. Afirmou que, se eu encontrasse um namorado, nunca mais sentiria solidão. Saí de lá feliz, pois sempre fui espontânea e não seria difícil encontrar alguém para namorar. Até gostava de um rapaz e então resolvi firmar uma relação. Nos primeiros meses a solidão acabou, me sentia completa, feliz. Mas logo depois a sensação voltou. Fabrício havia me deixado em casa após uma noite maravilhosa, fui tomar banho e, ao retornar ao quarto e ver minha cama, senti uma solidão horrorosa. O vazio foi aumentando aos poucos e então resolvi ligar para ele. Conversamos durante uma hora, mas, quando desliguei o celular, a solidão voltou. Parecia que eu entrava em um abismo e afundava cada vez mais. Chorei tanto que cheguei a soluçar.

Maurílio não ousava interromper. Sabia que Verônica precisava daquele desabafo. Ela continuou:

— A partir desse dia minha relação com Fabrício nunca mais foi a mesma. Continuávamos a sair juntos, namorar, ir a festas. Mas a sensação de vazio continuava. Voltei à psicóloga e ela me disse que o problema é que eu não amava esse namorado, e a solução seria amar alguém e casar. Só casada era que o vazio passaria. Eu não conseguia entender, pois naquele momento eu amava, sim, o Fabrício. Podia até ser que não fosse o grande amor de minha vida, mas eu me sentia muito bem ao seu lado, ele era carinhoso, me cobria de atenções. Eu amava estar com ele.

— Posso até adivinhar o que veio depois.

— Pode?

— Sim. Aposto que você terminou seu namoro com Fabrício e foi em busca de sua alma gêmea. Aquele que ia aparecer para suprir todas as suas necessidades emocionais.

— Acertou! Mas o pior é que fui trocando de namorado e essa busca ficou interminável. Até o dia que concluí que devo ser uma pessoa anormal, doente. Desde esse dia vivo tentando fazer coisas, ocupar ao máximo meu tempo com muitas atividades para não sentir o vazio.

— E conseguiu?

— Claro que não! Quando todas as atividades terminam, quando tudo que me ocupa passa, volto a sentir solidão – ela fez pequena pausa e suplicou: – Por favor, Maurílio, sinto que só você pode me ajudar.

— Você é uma pessoa muito carente, Verônica. É altamente iludida e carente emocional. Também posso afirmar que foi burra quando seguiu as instruções dessa psicóloga.

Também posso dizer que é ignorante. Tudo isso é que faz você sofrer.

Maurílio falava de maneira espontânea, natural. Ainda assim, Verônica se irritou:

– Estou aqui para lhe pedir ajuda e não para ser ofendida.

– Calma, nem pense em se levantar dessa cadeira, ou melhor, vamos pagar a conta e conversar em outro lugar.

Ela ia dizer que não, mas Maurílio foi mais ágil e, com um gesto, chamou o garçom. Já no carro, enquanto procuravam um lugar sossegado, ele ia cantarolando músicas da moda. Por alguns instantes, Verônica pôde notar o quanto Maurílio era lindo. Rosto com traços nórdicos, olhos castanho-claros, dentes perfeitos, sorriso cativante. Nunca o tinha observado daquela maneira. Vendo-o cantar, parecia mais uma criança travessa, cantando para enganar os pais.

Chegaram a um jardim e Maurílio parou o carro num local sossegado. Olhou para ela e disse:

– Por mais que as palavras não tenham sido bonitas, falei a verdade. Vamos começar. Você é carente, muito carente. Mas não é de pessoas ou de um homem. Você é carente de você!

Aquela frase nunca pareceu tão profunda e certa para Verônica como naquele momento. Ele continuou:

– A solidão, seja de quem for, não é por falta de pessoas ao redor, muito menos pela falta de um homem especial ou uma mulher. A solidão é um problema da alma, é um distúrbio do espírito que se abandona, que não dá importância a si mesmo e ao que veio realizar na Terra. Você está sozinha e abandonada, mas por você mesma. O vazio interior ou vazio existencial, como queira chamar, é um alerta de sua alma dizendo que ela não está sendo ouvida. Nosso espírito, ao reencarnar, traz um programa a ser desenvolvido aqui no planeta. Trazemos nossas vocações, nossos desejos de realização, que, se forem satisfeitos, nos levarão à felicidade completa. Mas, a maioria das pessoas se envolve pela sociedade e seus papéis e esquecem da própria essência. Quando isso acontece, aparecem todas essas sensações ruins que você sente. É por isso que as pessoas buscam as drogas, o vício do álcool, do cigarro e até mesmo os remédios antidepressivos e ansiolíticos. É que essas drogas entorpecem e momentaneamente suprem o que está faltando. Nunca se perguntou por que acontece o vício?

– Já me perguntei muitas vezes. Acredito que os viciados são doentes. Pelo menos é o que diz a medicina.

– A medicina não está errada. Mas falta à medicina o conhecimento de que toda doença física começa na alma atormentada e infeliz. A dependência química é uma doença, sim, mas que se originou no espírito, como todas as outras, sem exceção. O vício se caracteriza pela dependência da substância e pela necessidade do aumento de sua dosagem com o passar do tempo. Ao usar uma droga que interfere em nosso sistema nervoso central, há uma ilusão de que o problema terminou. Contudo, a alma continua abandonada e esse abandono é o que faz a substância perder o efeito e aí a pessoa terá que aumentar a dose, até provocar novamente a ilusão, que, depois de um tempo, vai se desfazer e pedir mais droga. Inicia-se, então, o círculo vicioso.

Verônica estava perplexa. Nunca havia pensado daquela maneira.

– Então é por isso que é tão difícil vencer o vício?

– Exatamente. Enquanto a alma não for curada e se sentir preenchida de si mesma e de Deus, ninguém consegue se livrar de um vício.

– Ainda bem que não busquei as drogas – murmurou Verônica, aliviada.

– Mas será o próximo passo se você não acordar para a realidade.

– Eu jamais faria isso! – Protestou ela.

– Pode ser que você nunca fosse usar drogas ilícitas, mas, de tanto sofrer emocionalmente, logo teria a ideia de procurar um psiquiatra, que iria afirmar que você sofre de um distúrbio, receitando medicamentos que agiriam em suas substâncias químicas cerebrais. Uma vez modificadas pela ação dos medicamentos, essas substâncias nunca mais voltariam a agir sozinhas e você se veria obrigada a tomar remédios para o resto da vida.

– Que horror! Então quer dizer que todas as pessoas que tomam esses remédios estão iludidas e devem parar de usar?

– Não foi isso que quis dizer. Há casos severos que realmente exigem o uso dessas medicações, mas deve ser por tempo limitado. Nunca por muito tempo ou para o resto da vida. Mas voltemos ao seu caso. A solidão é a distância que você está de sua alma. E quanto mais acreditar que é um homem, pessoas ou trabalho excessivo que vão curá-la, mais vai senti-la.

— E qual é a solução? Não sei se é possível uma pessoa ser feliz sem um amor, sem a convivência social.

— Não foi isso que quis dizer. Amar, ser amado, ter alguém, é muito bom, saudável e desejável. Mas as pessoas não estão aqui para tapar nossos buracos emocionais. Elas têm que vir para somar com o que nós já temos e não para encher nossos vazios. As pessoas carentes nunca são felizes na vida afetiva, por mais que se casem, formem família, tenham filhos. O vazio emocional transforma a vida dessas pessoas num inferno de ciúme, possessividade, irritação, discussões que fatalmente terminarão em uma separação. Amar é somar, é colaborar para que o outro seja mais feliz do que já é. Portanto, se quer acabar com sua solidão, procure se conhecer, procure saber o que você está fazendo aqui na Terra, qual é a sua meta neste mundo.

— É difícil saber isso...

— Pode ser muito difícil mesmo, mas para as pessoas que estão voltadas ao materialismo. Quem se liga com o espiritual logo descobre onde está sua realização.

— Mas nossa realização não pode estar justamente em casar e ter uma família?

— Pode até ser, em muitos casos. Contudo, para atrair um casamento feliz, uma família harmoniosa e saudável, é preciso primeiro estar bem, cuidar das próprias necessidades, emitir energias de autoestima. Sem isso, nem adianta casar.

— Você tem razão. Percebo que muitas amigas de minha mãe, apesar de casadas, são infelizes.

— Eu tenho lidado há muito tempo com o sofrimento humano, estudado o comportamento das pessoas, e posso garantir que, apesar de um casamento feliz, com a pessoa amada, filhos saudáveis, se você não preencher a própria alma com a realização interior, com o gosto de viver, de contemplar o belo, ter contato com a natureza, ver beleza em tudo, e fazer um trabalho que lhe complete totalmente, nunca será feliz. Por mais que as pessoas amem, só o amor que há em seu coração é capaz de preencher o vazio que há em sua alma. Ninguém pode fazê-la feliz ou acabar com sua solidão a não ser você mesma.

Verônica estava tocada com aqueles ensinamentos. De repente, via sua vida como num filme. Sempre esperando fora a solução para o seu drama. Dali em diante faria tudo para dar atenção a ela mesma. Iria se ligar ao espiritual e tinha certeza que encontraria o caminho. Contudo, não conteve a curiosidade:

— E você, Maurílio? É feliz com a vida que leva?

Ele abriu um terno sorriso e, espreguiçando-se gostosamente, respondeu:

— Muito! Acredito no bem maior, faço o que minha natureza pede, trabalho no que gosto. Sou feliz e realizado.

— Mas como alguém pode ser feliz causando a infelicidade do outro?

— Como assim? Não faço mal a ninguém.

— Me desculpe, mas eu vi quando você e a Leila estavam conversando naquela lanchonete próxima à sua editora. Você não nos viu, mas eu estava lá com Conrado e Daniele.

Ficou claro para mim que vocês estão tendo um caso. Ela é casada!

Maurílio sabia que relações com mulheres comprometidas era seu ponto fraco. Sentia que não estava agindo certo, mas se sentia atraído de maneira forte por mulheres casadas e, quando via, já estava envolvido. Tentou contemporizar:

– O marido de Leila nunca vai ficar sabendo. Somos amigos, ele nunca vai suspeitar de mim. Portanto, ninguém vai sofrer.

Verônica sentiu um desgosto por ver uma pessoa tão sábia agir de maneira tão irresponsável. Resolveu não continuar com aquele assunto, pois não lhe dizia respeito e certamente Maurílio encontraria todas as desculpas do mundo para continuar agindo como sempre agiu. Por isso, disse:

– Eu não tenho nada com sua vida, desculpe. Só quero agradecer o bem que me fez. Saiba que a partir de hoje serei uma nova mulher.

– Que o universo conspire a seu favor!

Dizendo isso, num gesto espontâneo, Maurílio abraçou-a, beijou-lhe o rosto e ficou por alguns minutos alisando seus cabelos. Verônica sentiu uma emoção forte tomar conta de todo o seu ser. Junto com o abraço, ela pôde sentir seu delicioso perfume, suas mãos carinhosas, o calor de seu corpo. Deixou-se levar por aquele momento e, uma hora depois, quando chegou em casa e deitou-se para dormir, além de não sentir solidão, tinha a certeza de que estava perdidamente apaixonada por Maurílio e tudo faria para conseguir esse amor.

Maurílio entre a vida e a morte

A sexta-feira transcorreu tranquila e Maurílio, ocupado entre uma tarefa e outra, na edição de mais um número de sua famosa revista, não via a hora de o tempo passar e chegar a noite.

Como sempre fazia quando ia encontrar-se com Leila, fechava a editora mais cedo e pedia a Ariane, sua amiga íntima e secretária, para caprichar na arrumação de um belo *closet* fixado ali para seus encontros. Logo após, como era de praxe, Ariane ia em seu próprio carro "convidar" a amiga para espairecer, deixando-a de volta ao lar pontualmente às onze, como recomendação de Renato, marido de Leila. Ele acreditava cegamente que as duas iam conversar, distrair-se, não se preocupando nem com as vezes em que a mulher chegava um pouco além do horário marcado.

Naquela noite não foi diferente e, em alguns minutos, Leila e Maurílio estavam se amando, enquanto Ariane ficava na recepção ou ia dar uma volta sozinha, regressando assim que Maurílio desse um toque em seu celular.

Na recepção, ela pensava:

"Não sei por que me sujeito a fazer essas coisas pelo Maurílio. Tudo bem que nossa amizade vem de longa data, foi ele quem me deu esse emprego onde ganho muito bem e posso sustentar minha família. Mas não concordo em enganar os outros, trair como estou fazendo, embora nunca consiga dizer um 'não' a ele".

Resolveu ir a uma lanchonete próxima e, quando abriu o portão, um homem forte, com luvas nas mãos e capuz na cabeça, a segurou com força. Ela tentou gritar, mas viu sua boca e nariz serem embebidos por clorofórmio e logo estava desmaiada. O homem pegou-a nos braços e a jogou atrás do balcão da recepção. Foi seguindo por um grande corredor, mirou na fechadura de uma das portas e atirou. A arma estava no silencioso e tanto Maurílio quanto Leila só vieram a dar-se conta de que haviam sido pegos em flagrante quando Renato, olhos injetados de fúria, mirava a arma para os dois, dizendo:

– Malditos! Mil vezes malditos! Como ousaram me trair dessa maneira?

Maurílio, nervoso e temendo uma tragédia, tentou contemporizar:

– Nós íamos falar com você, Leila ia pedir a separação.

– Cale-se, vagabundo. Não viverá mais para enganar os outros com sua voz mansa e sua pose de homem de bem. Morra!

Nem bem disse as últimas palavras, com toda a fúria, e Renato disparou três tiros certeiros em Maurílio, que tombou ao chão. Leila gritava e chorava desesperada, mas foi puxada pelos cabelos pelo marido, que disse:

– Obedeça, sua vagabunda! Vista a roupa e me siga calada. Ninguém vai saber quem atirou e esse patife vai agora se ver com os diabos no inferno. Mas o inferno não será só para ele: sua vida comigo, a partir de hoje, também será um inferno.

Vendo que Leila não obedecia e continuava chorando, abraçada ao corpo inerte de Maurílio, Renato deu-lhe uma bofetada que a fez girar no chão.

– Faça o que estou mandando ou morrerá junto com ele.

Renato apontava a arma e Leila, não duvidando que ele atiraria, resolveu obedecer. Foram descendo as escadarias, passaram pela recepção, onde Ariane ainda se mantinha desmaiada e, com cautela, alcançaram a rua, seguindo andando. Após caminharem por dois quarteirões, entraram no carro e foram para casa.

* * *

Ariane acordou sentindo-se tonta, sem lembrar-se ao certo o que tinha acontecido. Levantou-se fazendo esforço e, a cabo de poucos minutos, lembrou que um homem encapuzado a imobilizara, fazendo-a desmaiar. Um arrepio de horror e um mal pressentimento tomaram conta de todo o seu ser e, sem pensar em mais nada, prevendo uma tragédia, correu ao quarto de Maurílio.

A cena à sua frente fez com que gritasse alto e corresse em direção ao amigo, lavado em sangue. Nervosa, colocou os dedos em seu pescoço e percebeu que ele ainda vivia. Sentiu um alívio e correu ao telefone. Logo o socorro chegou junto com a polícia e, após retirarem o corpo, começaram a lhe fazer perguntas:

— Eu ia sair quando senti que mãos de homem me agarravam com força. Logo desmaiei e, quando acordei, indo ao quarto, vi toda essa tragédia.

— O que a senhorita fazia com seu patrão àquela hora da noite? – Perguntou o delegado, desconfiado.

— Nós estávamos trabalhando em uma matéria para o próximo número de nossa revista mais famosa. Costumamos ficar até tarde sempre que necessário.

— Ora, mocinha, não subestime minha inteligência. O senhor Maurílio foi encontrado nu, com três tiros certeiros. Quer me dizer que vocês trabalham sem roupa, dentro de um quarto e em cima de uma cama?

Ariane corou. Na verdade, não sabia mentir, mas, aquele era o momento. Não podia falar da vida íntima de Maurílio. Iria rezar para que ele sobrevivesse e falasse tudo para a polícia, contudo, ela não podia arriscar. O assassino estava solto, podia voltar a qualquer instante para terminar o serviço. Por isso, pensou rápido e mentiu:

— Devo confessar que somos amantes. De repente, sem que pudéssemos prever, um homem alto, forte, encapuzado, entrou no quarto e atirou no Maurílio sem que eu ou ele pudéssemos nos defender.

— Suponho que, sendo sua amante, a senhora sabe quem fez isso.

— Não sei. Não faço a menor ideia.

— É casada?

– Não.
– Tem ou teve algum compromisso recente?
– Também não.
Olavo olhou-a com profundidade, enquanto disse:
– Gostaria que contribuísse com o trabalho da polícia. Sei que esconde algo. Se sabe quem foi, é melhor dizer.
– Eu não sei. Mas devo confessar que Maurílio tinha uma vida amorosa muito irregular. Mete-se em aventuras, algumas delas com mulheres casadas. De repente, pode ter sido algum marido enciumado.
– Boa hipótese. De qualquer forma, mandaremos uma intimação para que a senhorita possa depor de maneira formal. Maurílio é uma pessoa da mais alta sociedade e um crime desses não pode ficar impune. Por agora, está liberada.
Ariane, sentindo-se aliviada, entrou em seu carro e dirigiu-se para o hospital, onde Maurílio fora levado. Lá chegando, encontrou a senhora Constância e o senhor Leopoldo, pais de Maurílio, nervosos e chorando na sala de espera. Ela os abraçou e Constância disse, entre soluços:
– Estão operando, mas não é muito certo que ele consiga se recuperar.
– As balas atingiram o pulmão direito, outra se alojou na coluna e a outra perfurou o fígado. Só um milagre poderá salvar nosso filho – tornou Leopoldo, chorando discretamente.
Ariane apertou sua mão.
– Vamos orar. Ele sempre nos ensinou que, na hora da tormenta, quando tudo parece estar perdido e sem solução, é a hora de se ligar com Deus por meio da prece.

Os três deram as mãos e Ariane fez singela e profunda prece rogando a Deus pela vida do amigo e que o desse uma nova chance de viver na Terra para que pudesse reparar seus erros.

Quando terminou, a senhora Constância indagou:

– Como isso foi acontecer logo ao nosso filho, que tanto prega a paz e a harmonia entre as pessoas?

– Eu não sei, Dona Constância, não podemos ficar julgando nada nesse momento. Vamos continuar em prece pedindo a Deus por ele.

Vendo que os pais de Maurílio estavam mais calmos, Ariane ligou para casa, onde a mãe encontrava-se aflita:

– Acabou de passar na televisão. Estou horrorizada e nervosa. E se você tivesse sido morta também?

– Calma, mamãe. Estou viva e é isso que importa.

– Eu te falei várias vezes para não ajudar esse libertino em suas conquistas amorosas. Agora teve que dizer que é amante dele só para despistar o verdadeiro assassino. Ai, que vergonha! Ainda bem que Agenor, seu pai, não está mais aqui para passar por esse constrangimento.

– Fique calma, tudo será esclarecido. Liguei para avisar que só chegarei em casa quando tudo tiver resolvido aqui no hospital e Maurílio estiver bem.

– Deus queira que ele se safe dessa.

– Deus queira mesmo.

Ariane desligou o telefone sentindo-se triste. Não pelas coisas que a mãe tinha dito, já estava acostumada com os sermões de Dona Edite, mas pela possibilidade de perder o amigo de tantos anos. Continuou a rezar quando viu chegar Sofia, Conrado, Daniele, Rebeca e Gustavo. Todos estavam consternados e orando pelo melhor.

Enquanto seu corpo físico era operado e passava por uma situação delicada, Maurílio, em espírito, acordou poucos centímetros acima do corpo de carne e logo se deu conta do que havia acontecido. Olhou para a equipe médica, auxiliada pelos espíritos iluminados, e chorou de emoção, não se sentindo merecedor.

Em poucos minutos, Ethel apareceu-lhe, dizendo:

— Vamos sair daqui e conversar em outro lugar. Como viu, seu corpo de carne está muito bem assistido. Seu espírito agora é que precisa de cuidados.

Maurílio, ainda mais emocionado por ver sua mentora, não se opôs e seguiu com ela. Logo estavam sentados num banco simples de um imenso jardim. Maurílio, apesar de lúcido, ainda sangrava pelas marcas das balas em seu perispírito. Ethel tornou:

— Você não precisa conservar essas impressões. Já tem conhecimento suficiente para saber que seu perispírito está livre, sadio. Vamos, volte ao seu estado normal.

Ela colocou a mão direita sobre a testa de seu pupilo e ele, fechando os olhos, foi imaginando seu corpo saudável, perfeito. Logo estava refeito e normal.

— Agora que já recuperou sua forma natural, vamos conversar.

— Errei muito, não é? Sei que só recebe a violência quem violenta os outros ou está se violentando.

— Não estou aqui para falar em erros ou acertos. Esse é um conceito mundano que não nos ajuda muito. Estou aqui para falar de intenções. São elas que movem todos os fatos em nossas vidas e mostra quem somos de verdade.

— Então sou uma pessoa má intencionada.

— Você não é mal intencionado, mas fez certas coisas com intenções nem um pouco dignas. Estou aqui porque esse é um momento decisivo em sua vida. A escolha que fizer neste momento é que o manterá encarnado ou fará com que desencarne, regressando para nosso lado.

Maurílio assustou-se.

— É isso mesmo que ouviu. Disso dependerá sua atual encarnação na Terra.

Vendo que ele escutava com atenção, ela continuou:

— Você mudou esses anos todos, contudo, ainda não conseguiu vencer os velhos hábitos no tocante à sua vida sentimental. Se continuar assim, pode vir a se comprometer muito, então o melhor será que desencarne.

— Mas você sabe que gosto de namorar, de curtir uma aventura. Nunca quis, nem quero, me apegar a ninguém. Não vejo em que isso pode estar errado.

— Nisso não há nada errado. É até saudável, e, se você não quer realmente uma relação séria, ninguém pode te impor. O que não é bom é a forma como você faz isso. Para conseguir quem deseja não titubeia em mentir, enganar, trair, prometer céus e terra sem nenhuma intenção de cumprir. Isso é brincar com os sentimentos alheios.

Ele sentiu-se envergonhado. Era exatamente assim que agia. Quando viu Leila pela primeira vez, jurou que a teria para si. Não pensou duas vezes em aproximar-se de Renato, seu marido, fazer amizade, prometer a ela que a tiraria da vida infeliz no lar. Mas é claro que não pensava em fazer isso. Só queria diversão.

– Você está certa, Ethel. Sou um irresponsável.

– Não. Você está irresponsável, o que é bem diferente. E isso pode mudar a qualquer momento, basta querer. Ao violentar um lar como você fez, sem pensar em nenhum momento nas suas intenções malévolas, atraiu para si a violência corretiva para fazê-lo aprender.

Ethel fez pequena pausa e continuou:

– Além das intenções, há seu nível de conhecimento espiritual. Por tudo o que sabe, por tudo o que traz em seu espírito, já não pode mais agir assim. Por isso, este é seu ultimato. Ou promete modificar-se ou terá que sair prematuramente da Terra.

Maurílio, rosto voltado para o céu pontilhado de estrelas, volveu emocionado:

– Eu vou me modificar. Sei que a morte não existe, mas não quero deixar a Terra antes do tempo, sem cumprir tudo o que programei. Quero sair de lá vitorioso para poder acompanhar a evolução do planeta e poder reencarnar nele outras vezes.

– Sei que falou a verdade – tornou Ethel, emocionada também. – Deste lado não há como negar o que verdadeiramente se sente.

– Vou voltar e assumir minha vida com total responsabilidade. Sei que conseguirei. Além do mais, agora reencontrei Verônica. Como pude ter esquecido o quanto a amava?

– Você esqueceu porque sua vida amorosa estava em outra trajetória. Isso é muito comum. Existem inúmeras almas afins convivendo lado a lado sem, contudo, terem despertado para o quanto se amam. Estão caminhando na mesma estrada, porém buscando propósitos diferentes.

Quando é a hora de ficarem juntos, o véu cai e acabam por perceber que se amam de verdade. Daí em diante, ficam juntos para sempre.

— Agora que a encontrei, farei de tudo para que sejamos felizes. Quanto tempo perdi!

— Não diga isso. Você havia escolhido viver de outra maneira, precisava e ainda vai precisar, durante algum tempo, viver assim, só que agora sem iludir ninguém, sem trair, deixando tudo às claras. Quando for o momento, vai se unir definitivamente com Verônica. Por outro lado, ela também precisa estar só até se descobrir, saber quem realmente é. Sempre buscou fora dela a felicidade. Não sabe quem realmente é, está perdida de si mesma. A solidão vem justamente para que as pessoas possam conviver com elas mesmas, se apreciarem, se conhecerem. Quando conseguem isso, não precisam mais estar sozinhas.

Maurílio abraçou Ethel com todo o carinho possível.

— Você é tudo em minha vida!

— E você é tudo na minha. Tenho que me virar para dar conta de você. Não quero que fracasse para que eu mesma não me sinta fracassada e tenha de recomeçar – disse, sorrindo.

— Isso não irá acontecer. Ainda terá muito orgulho de mim.

Abraçaram-se mais uma vez e, vendo Maurílio assumir o corpo de carne, sorriu e pensou:

— É um eterno menino!

Recuperando a dignidade

Os dias foram passando e, aos poucos, Maurílio melhorou. Os médicos estavam intrigados com a recuperação rápida do jovem, porquanto a cirurgia, além de altamente complicada, não lhes foi permitido retirar a bala que havia se alojado próximo à coluna. Maurílio teria que conviver com ela para o resto da vida.

No segundo dia após a operação, ele foi saindo do coma induzido e logo recuperou a consciência, lembrando-se de tudo o que havia acontecido. Envergonhou-se ao ver o carinho dos amigos, dos pais e de sua secretária, Ariane, todos o julgando vítima de um mal-entendido. Como iria revelar que estava tendo um caso com uma mulher casada e o marido lhe viera pedir as contas?

Foi com constrangimento que mentiu para a polícia, dizendo estar em um momento íntimo com Ariane, quando foram abordados por um homem encapuzado, que lhe disparou os tiros.

O delegado, desconfiado que ele mentia, redobrou os interrogatórios, mas, obtendo a mesma resposta, vendo que não conseguiria ir além, disse:

– Espero que o senhor esteja mesmo falando a verdade. Se não, saiba que está acobertando um assassino e ainda corre risco de vida, já que ele, seja quem for, não conseguiu matá-lo. Gostaria de comunicar que, apesar do seu depoimento, a polícia continuará investigando o caso.

Foi com alívio que Maurílio viu o delegado ir embora. Conrado, que estava presente no momento, encostou próximo ao leito do amigo, perguntando:

– O que realmente se passou? Sei que para mim você não vai mentir, nem negar. Sabemos muito bem que nunca teve nada com Ariane. A coitada está sendo uma vítima nessa situação toda.

– Por favor, Conrado – tornou Maurílio, com voz súplice. – Não torne as coisas ainda mais difíceis para mim. Tenho toda a confiança em você, mas sei que já causei mal a muita gente. O que aconteceu comigo envolve outras pessoas que não desejo mencionar. Quero ser digno pelo menos nisso. O que posso afirmar é que passei pelo que mereci. Simples assim.

Vendo que o amigo queria preservar sua intimidade, Conrado não insistiu. Pensou um pouco e disse:

– Há uma pessoa aí fora querendo vê-lo. Desde que soube o que aconteceu, está preocupada, quase entrou em depressão. Só voltou a sorrir quando soube que estava fora de perigo.

– Quem é?

– Você nem vai acreditar, mas é a Verônica.

Maurílio sorriu, incrédulo:

– Verônica? Sua irmã?

– Ela mesma. Quem diria! Ela, que o detestava, quase morreu por sua causa.

– Faça-a entrar.

Conrado chamou a irmã que, emocionada, foi direto até Maurílio, abraçando-o com cuidado. Quando o abraço terminou, ela disse, sorrindo:

– Que susto foi nos dar, hein? E se você tivesse morrido?

Maurílio gracejou:

– Garanto que para você não iria fazer nenhuma falta.

– Sabe que faria, sim. Gostaria que soubesse que, a partir daquela noite que conversamos, você mudou minha vida. Nunca poderei agradecer.

Maurílio recordou-se e sorriu ternamente:

– Lembro da nossa conversa, mas quero fazer uma pequena correção: foi você que mudou sua vida e não eu.

– Mas sem suas ideias, sua forma de ver a vida, eu não teria conseguido.

– Fui um agente, mas se a pessoa não estiver madura, não quiser mudar de fato, nada acontece. O mérito, na verdade, foi só seu.

Os olhos de Verônica tinham um brilho diferente quando disse:

– Espero um dia poder retribuir toda a felicidade que me deu.

Maurílio sentiu algo estranho. De repente, notou que Verônica estava diferente com ele, olhava-o de maneira profunda, e havia um brilho especial sempre que o fitava. Estaria apaixonada por ele? Não. Não poderia ser. Estava enganado. Livrou-se dos pensamentos e disse, alegre:

— Um dia você retribui. Sabe que adoro me vestir bem, né? Pode me dar muitas roupas das grifes que curto.

Conrado sorriu:

— Você não leva nada a sério. Não vê que minha irmã está realmente agradecida?

— Pois ela deve saber que não quero retribuição alguma além da amizade e do carinho.

Verônica abraçou-o novamente tentando, a custo, conter os sentimentos. Quando saiu de lá com o irmão, estava ainda mais convicta de que Maurílio era o homem de sua vida e que tudo faria para tê-lo.

Era alta madrugada quando Maurílio acordou com leves batidas na porta. Assustou-se, pois, apesar de estar fora da UTI, não era habitual que entrassem àquela hora no quarto. Logo o rosto pálido de Ariane se fez divisar.

— Ariane? O que quer aqui a essa hora? Está pálida, parece assustada. O que está acontecendo?

A moça, num tom de voz baixo, tornou:

— Nem sei como tive coragem de vir até aqui. Só posso mesmo não ter nenhum amor à minha vida, mas não pude recusar.

— O que foi? Diga logo, está me deixando nervoso.

— Estava na editora já de saída quando o telefone tocou. Era Leila. Após os cumprimentos, ela disse estar desesperada querendo lhe ver. Tentei acalmá-la e pedi que nunca mais o procurasse se tivesse amor à própria vida e à sua.

Ela, chorando muito, insistiu, pedindo que viesse hoje de madrugada aqui ao hospital para lhe ver. Disse-lhe que era impossível por causa de Renato, mas ela afirmou que dava um jeito. No horário marcado fui até o local combinado e a apanhei. Está aí.

O coração de Maurílio disparou. De repente, lembrou-se do encontro astral com Ethel. Ele precisava aproveitar a oportunidade. Tomou coragem e pediu:

– Faça-a entrar. Não podemos perder tempo.

Envolta num casaco de peles e usando uma peruca loira, Leila entrou e foi correndo beijar Maurílio com ardor. Ele não a retribuiu, empurrando-a levemente. Ariane, percebendo ser um momento apenas dos dois, saiu e ele começou:

– Não foi nada prudente você ter vindo, Leila. A polícia continua investigando, se souberem que você veio me visitar na calada da noite, certamente chegarão ao seu marido.

– Tudo se acalmou, a polícia não vai desconfiar, pois ninguém me viu entrar. Ariane entrou na frente e abriu uma das portas laterais que dá na avenida.

– Meu Deus! São malucas!

– Eu sou maluca por você. Só em pensar que pudesse morrer, sentia-me enlouquecer.

Leila ia envolvendo-o em abraços e beijos calorosos, mas ele os rechaçava educadamente.

– O que está acontecendo? – Tornou ela, nervosa. – Já não me ama mais?

– Não é isso...

— É medo do Renato? Ele não vai mais te fazer nada. Já sabe que você não o dedurou e, ainda por cima, assumiu um caso com a secretária. Está feliz, pois, se não o conseguiu matar, está livre da cadeia.

— Leila, presta atenção ao que vou dizer, porque será a última vez.

Ela ficou séria. Ele continuou:

— O que passei, o risco de vida que corri, me fez refletir sobre tudo o que estava fazendo da vida ultimamente. Eu não agi certo com você. Jurei amá-la, prometi que a tiraria do seu casamento infeliz, mas nunca tive a real intenção de fazer nada disso. O que queria com você era apenas uma aventura, como tantas outras que tive na vida. Mas o engano, a traição, o fato de brincar com seus sentimentos me custaram caro. Por isso, digo: eu não te amo, nunca te amei. Esqueça tudo o que aconteceu conosco. Procure viver sua vida e, se não gosta de seu marido, peça a separação, procure alguém que a ame de verdade. Eu não sou esse homem. Nunca amei ninguém, nunca senti nada especial por mulher alguma. Todas foram apenas diversões. Hoje sei que não estava tão certo agindo assim e quero corrigir esse erro. Me perdoe.

Cada palavra dita por Maurílio era como uma seta penetrando o coração tão sofrido de Leila. Sentindo que ele falava a verdade, ela começou a chorar baixinho e, aos poucos, foi entrando num pranto copioso.

— Pare com isso. É madrugada, mas as enfermeiras entram aqui de hora em hora para me ver. É melhor que saia e nunca mais me procure. Para o seu e para o meu bem.

Leila não sabia o que dizer. Tinha que se render às circunstâncias. O que iria fazer de sua vida dali em diante? Viver ao lado de um homem que, depois que a descobrira traidora, a agredia todos os dias?

Ariane entrou e pegou em seu braço, com delicadeza.

– Vamos, Leila. Já corremos riscos demais.

Antes de partir, Leila olhou para Maurílio com os olhos rasos d'água, como que a dizer que o amava, apesar de tudo. A porta fechou-se e, dessa vez, quem chorou baixinho foi Maurílio. Dava-se conta, pela primeira vez na vida, o quanto ferira um coração. Prometeu que dali em diante seria verdadeiro com as mulheres, jamais as enganando para conseguir noitadas prazerosas, que agora já não faziam mais nenhum sentido. Dentro de seu coração, contudo, uma chama de esperança começou a brilhar e veio-lhe à mente, como que soprada por um anjo, uma linda frase de Chico Xavier: "Embora ninguém possa voltar atrás e fazer um novo começo, todos podem começar agora e fazer um novo fim". Meditando nisso, finalmente conseguiu adormecer.

Tragédia inesperada

Com a melhora e saída de Maurílio do hospital, as coisas foram se normalizando para seus familiares e seu grupo de amigos. Aos poucos, ele foi retomando os estudos e cursos, para alegria de Conrado, Verônica e Daniele, que agora participava ativamente.

Em uma manhã, Verônica encontrava-se na sala lendo um dos livros espiritualistas que Maurílio lhe indicara quando Daniele desceu as escadarias e sentou-se junto com ela no sofá.

– Desculpe interromper seu momento de leitura, mas trago uma angústia no peito e sei que só com você posso desabafar.

Verônica colocou um marcador na página e olhou-a profundamente quando disse:

– Tenho notado que nos últimos dias não está tão entusiasmada. Até ontem na nossa reunião não a senti com alto astral. Mal falou. O que está acontecendo?

Daniele pareceu hesitar um pouco, depois disse:

— É minha situação com Conrado. Estamos vivendo uma ilusão que não vai levar nenhum de nós à felicidade.

— Sei que vocês se amam. Como podem estar vivendo uma ilusão?

Os olhos de Daniele encheram-se de lágrimas:

— O tempo passa e não consigo recuperar minha memória. Meu passado está em branco, não sei quem sou, se tenho família, filhos, não sei nem mesmo se sou uma pessoa de bem. Como poderemos nos casar e ser felizes assim?

— Também havia pensado nisso. Mas tenho a solução.

— Como assim?

— Vocês não podem casar nem no civil, nem no religioso, enquanto sua situação não for solucionada, mas podemos fazer aqui em casa um casamento simbólico. Na verdade, vocês já vivem como casados. Para que papel, padre, juiz?

— Seus pais são conservadores, principalmente a Dona Rebeca. Por mais que permita nosso namoro e que vivamos aqui, nunca vai aceitar que essa situação permaneça indefinida.

— Mas não permanecerá indefinida. Tenho fé que logo vai recuperar sua memória e descobriremos tudo.

— Tenho receio dessa descoberta. Não saberia mais viver sem vocês, uma família generosa que fez o que ninguém nesse mundo faria: acolher uma desconhecida sem passado.

— Meus pais sempre foram assim. Mas agora deixe esse rostinho de tristeza e vamos confiar na espiritualidade. Logo aparecerá uma pista, algo que nos revele sua origem.

Daniele meditou um pouco e mudou de assunto:

– Tenho notado que está diferente. Mudou para melhor.

A outra se surpreendeu:

– Como assim?

– Está mais alegre, interessando-se em ler sobre espiritualidade, pensando em entrar para a faculdade. Vejo hoje um brilho de alegria em seus olhos que antes não via.

– Mudei muito depois que comecei a frequentar as reuniões de Maurílio. Descobri que não estava no rumo certo, agora me encontrei. Esse é o motivo de minha felicidade.

– Creio que tem algo mais aí – tornou Daniele, maliciosa. – Vejo que está apaixonada.

Verônica corou. Será que o que sentia por Maurílio saltava assim aos olhos? Tentou mentir:

– Não estou apaixonada por ninguém. Nós, mulheres, temos essa mania de achar que quando outra está feliz é apenas por causa de homem. Saiba que não sou dessas.

– Para mim, não precisa mentir. Sabe o quanto somos amigas. Sei que está apaixonada por Maurílio.

– Como descobriu isso? Está tão na cara?

Daniele sorriu:

– Pode não estar para algumas pessoas, ou até mesmo para ele, contudo, pra mim, está muito claro. Noto como seus olhos brilham quando o fitam. Percebo que fica nervosa com sua aproximação e, vou além: noto que quando ele está conosco você não fica mais à vontade como antes. Isso é coisa de paixão. Por mais que tente esconder, eu percebi.

Verônica sorriu, vencida:

— É isso mesmo. Pela primeira vez na vida acredito estar amando alguém. Nunca achei que fosse possível, muito menos o Maurílio, que conheço há tantos anos. Mas a verdade é que penso nele com amor todos os dias, adoro ouvir sua voz, olhar dentro daqueles olhos expressivos e alegres. Não vejo a hora de estar nos braços dele.

— E o que está esperando?

— Não quero me iludir. Apesar de amá-lo, sei que ele não dá nem um pouco de valor às mulheres, só quer aventura.

— Mas isso pode mudar. Se eu fosse você, me declarava pra ele.

— Teria mesmo coragem?

— Claro que sim! Tudo bem que eu não lembro de meu passado, mas sei que hoje em dia as coisas mudaram, as mulheres podem muito bem procurar um homem sem serem vulgares ou parecerem oferecidas. Afinal, você vai apenas expor seus sentimentos.

— Não sei se teria coragem. Temo não ser correspondida.

— Você nunca vai saber se não tentar.

A conversa foi interrompida pela chegada de Rebeca, que abraçou as duas, dizendo:

— Hoje quem foi ao *shopping* fui eu. Quero dar uma renovada no guarda-roupas.

Verônica animou-se:

— Sei que tem bom gosto, quero ver tudo o que comprou. Vamos lá, Daniele?

Daniele obedeceu e, enquanto o motorista tirava as sacolas do carro e as levava para o quarto da patroa, as duas iam-se maravilhando por tudo o que viam.

O jantar decorreu alegre, mas se notava que Gustavo estava calado, demonstrando preocupação. Quando terminaram, após os licores, ele tornou:

– Eu e Rebeca já vamos nos recolher.

– Já, papai? – Tornou Conrado, estranhando. – Não vai haver reunião de amigos hoje à noite?

– Não, cancelamos.

– Algum problema? Tenho notado que está calado demais. Hoje, no jantar, mal falou.

– Eu e Rebeca estamos indispostos, preferimos dormir mais cedo. Tenho um processo complicado para ler amanhã cedo. Quero estar com a mente relaxada. Boa noite pra vocês.

Enquanto os dois subiam, Verônica comentou:

– É estranho. Hoje é sexta-feira, um dos dias da semana que esta sala fica mais animada. Amanhã é sábado. Até onde sei, papai não costuma ler processos aos fins de semana.

– Quando são importantes, sim. Mas o que acho estranho é o fato de meu pai se dizer indisposto. Ele parece tenso, preocupado, mas indisposto, não.

– Muito menos Dona Rebeca, que passou a tarde muito bem, fazendo compras nos *shoppings* – salientou Daniele.

— Vamos deixar pra lá. Afinal, eles sempre foram muito abertos conosco. Se fosse um problema grave, certamente nos diriam. Vamos para a sala de jogos? – Chamou Verônica, animada. – Hoje não terá estudos e o Maurílio ficou de passar aqui para jogar conosco.

— Vamos, sim – respondeu Conrado, alegre.

Meia hora depois, Maurílio chegou e ficou divertindo-se com os amigos até tarde. Passava da meia noite quando ele se despediu.

A mansão ficou às escuras, cada um recolhido a seu quarto. Contudo, Gustavo e Rebeca não conseguiam dormir. Ele dizia, nervoso, e passando a mão pelos cabelos:

— Precisamos fazer algo. Conrado precisa saber das nossas suspeitas. Ele não pode envolver-se mais com essa moça.

— Não podemos fazer nada antes de termos a certeza. E se estivermos sendo injustos? Já basta o quanto fomos injustos quase a vida inteira.

— Só não o comuniquei porque não quero cometer mais uma injustiça. De repente, eu estou errado e essa moça é uma pobre inocente.

— O melhor a fazer é tentarmos dormir. Estamos aqui há horas, girando em círculos pelo quarto, falando e falando, sem encontrar nenhuma solução. Vamos entregar nas mãos de Deus.

— Deus? – Tornou Gustavo, com voz entristecida. – E você acha que Deus terá alguma pena de pessoas como nós? Só não quero que nossos filhos sofram pelos nossos erros.

– Deus terá pena, sim, afinal, depois que caímos na real, passamos a nos dedicar à caridade e nos arrependemos de tudo o que fizemos.

– Não sei se isso adianta muito. O mais certo seria confessarmos todos os nossos crimes à policia.

– Você enlouqueceu? A essa altura a maioria já prescreveram e de que nos adiantaria agora irmos para uma prisão?

Gustavo limpou com as mãos o suor fino que cobria sua testa.

– Você tem razão, querida. O melhor mesmo é dormir. Continuarei investigando. Mas, no momento, não posso fazer mais nada.

– Vamos ter calma – Rebeca franziu o cenho como que a pensar, depois disse: – Acabei de lembrar que não tomamos nossos comprimidos para a pressão hoje à noite. Já passou do horário. Que cabeça a nossa!

Rebeca foi até o toucador, pegou as cápsulas e ingeriu uma, dando a outra ao marido. Deitaram e fecharam os olhos tentando conciliar o sono. De repente, Rebeca começou a sentir estranha falta de ar. A respiração cada vez mais curta fez com que levantasse e sacudisse o marido. Com horror, percebeu que Gustavo estava na mesma situação. Quase sem conseguir falar, disse:

– O que está nos acontecendo?

– Não sei. Estou com uma dor no peito. Acho que vou desmaiar.

– Vou correndo chamar os meninos.

Rebeca deu três passos até a porta do quarto quando uma dor aguda atingiu seu peito e ela desmaiou. Gustavo, vendo o que aconteceu com a mulher e sentindo que ia desmaiar também, soltou suas últimas palavras:
— Fomos envenenados.
Tombou ao chão, fulminado.

Família em desespero

Verônica acordou assustada com estrondosas batidas na porta de seu quarto.

– Verônica, abra! Rápido!

– O que foi, Conrado? Por que me acorda a essa hora? Hoje é sábado.

– Abra ou arrombo! Não estou brincando.

A voz de Conrado parecia desesperada e, ao mesmo tempo, chorosa. O que havia acontecido? Completamente acordada, ela abriu. Conrado entrou rapidamente em seu quarto, perguntando:

– Cadê ela? Onde está Daniele?

– Oras. Me acorda pra isso? Daniele está no quarto dela.

– Não. Ela não está lá, minha última esperança era que estivesse com você.

Verônica foi com Conrado ao quarto de Daniele e a cama, além de vazia, não estava desfeita. Ela não dormira em casa.

— Entendeu agora o motivo do meu desespero? Daniele não dormiu em casa. Assim que acordo, a primeira coisa que faço é ir ao seu quarto, beijá-la, desejar-lhe um bom dia. Mas hoje, como não a achei aí, desci e a procurei cômodo por cômodo, nada! Adelina está lá embaixo assustada, sem saber o que fazer.

Num ímpeto e como que guiada por intuição, Verônica abriu o guarda-roupas e percebeu que não havia nada lá. Seu coração gelou:

— Conrado, a Daniele foi embora.

Ele, petrificado, não conseguia se mover. Olhou para todos os compartimentos do móvel e nem um mínimo sinal. Sentou-se na cama, desalentado.

— O que poderá ter acontecido?

— Certamente lembrou-se de tudo durante a noite e decidiu não permanecer mais conosco. É a única explicação — tornou Verônica, também desolada.

— Não pode ser, ela me amava. Jurou que, por mais que descobrisse seu passado, jamais me deixaria.

— O que ela pode ter descoberto deve ter sido muito forte. Só por um motivo forte assim é que ela deixaria esta casa.

Foram interrompidos por Adelina que, nervosa e com as mãos trêmulas, acompanhada por Durval, o segurança, disse:

— Algo muito estranho aconteceu aqui esta noite. Ouçam o que Durval tem a dizer.

Durval, mostrando receio, começou:

– Peço perdão a vocês e, assim que os patrões acordarem, pedirei perdão também a eles. O que aconteceu comigo pode custar meu emprego.

– Fale logo, Durval – clamou Conrado, nervoso.

– Não sei o que me aconteceu, mas simplesmente entrei num sono tão profundo que caí no jardim, onde fiquei desacordado até agora. Quando dei por mim e levantei, vi que o portão estava aberto e, as chaves, penduradas pelo lado de fora. Pensei que tivesse sido um assalto. Corri para dentro, mas Adelina me garantiu que, fora o sumiço de Daniele, nada de anormal havia acontecido.

Creio que foi ela quem colocou alguma coisa em meu café para me dopar.

Verônica gelou.

– Mas por que Daniele faria uma coisa dessas?

– Porque queria fugir. Certamente descobriu seu passado – Conrado falava, mas no fundo não queria acreditar em nada do que estava acontecendo.

Adelina, vendo-o extremamente nervoso, resolveu contemporizar:

– Vamos todos descer e aguardar o senhor Gustavo e a Dona Rebeca descerem para o café. Só eles poderão nos orientar.

Todos desceram e Durval tornou:

– Senhor Conrado, peça a seu pai que não me demita. Não tive culpa. Se uso o café é para consegui me manter acordado durante a noite.

– Fique tranquilo, Durval. Você não teve culpa de nada. E, além de tudo, não sabemos se realmente ela colocou alguma droga na bebida. Teremos que averiguar.

– Não há outra explicação. Eu jamais dormi uma noite sequer em todos esses anos que trabalho aqui.

Adelina concordou e tranquilizou o vigia, que saiu, deixando-os a sós.

– Que horas são? – Perguntou Verônica, sentindo um grande aperto no peito.

– Já passa das oito e meia. Logo seus pais descerão e aí decidiremos o que fazer. O melhor agora é que se alimentem. Não adianta ficarem aí sem comer nada.

– Não quero nada, Adelina, só minha Daniele de volta.

– Eu também não conseguirei me alimentar enquanto tudo isso não for esclarecido.

O tempo foi passando e Gustavo e Rebeca não desciam. Já eram nove e meia quando Conrado, nervoso, resolveu:

– Vou chamar nossos pais. Eles nunca acordaram tão tarde. Logo hoje, com esse problema a resolver.

Adelina aquiesceu:

– É melhor chamarmos, sim, até porque estou com receio que algo também tenha acontecido a eles.

Verônica empalideceu:

– O que poderia ter acontecido? Não nos deixe mais nervosos do que já estamos.

– Trabalho aqui há anos e nunca os vi demorarem tanto para descer. Mesmo sendo final de semana, o Dr. Gustavo e a Dona Rebeca sempre acordam cedo. Temo que possam estar doentes.

Movido por um impulso, Conrado subiu as escadarias correndo, sendo seguido pela irmã e Adelina. Logo estavam batendo à porta com força. Nenhum resultado. Por mais que chamassem, eles não emitiam nenhum som.

– Vou arrombar a porta – disse Conrado, fora de si.

– Você não vai conseguir arrombar uma porta como essa. É melhor chamar um chaveiro.

Conrado olhou impotente para a madeira de lei que compunha a bela porta trabalhada e disse:

– Façamos isso logo. Não tenho o telefone de nenhum chaveiro. Nunca precisamos disso.

– Vamos chamar o Durval, certamente ele conhece.

Verônica entrou num desespero mudo e, prevendo o pior, chorava baixinho nos braços de Adelina. Durval chegou e, por sorte, ele conhecia um chaveiro, vizinho de bairro. Ligaram e se puseram a esperar. Sentados na sala, o rosto de todos demonstrava medo e desespero. Conrado olhou para a irmã, dizendo:

– Sinto que uma tragédia aconteceu com nossos pais.

– Não diga isso nem de brincadeira. Eles só devem estar desmaiados. Foi uma crise de pressão – tornou Adelina, sem querer pensar no pior.

– Estou estudando medicina, sei que, se tiveram algum problema de pressão mais grave, a essa altura podem estar mortos. Sempre pedi à mamãe que não trancasse a porta quando fosse dormir. Mas, achando que estava tudo bem, acabei esquecendo disso. Meu Deus! Por que tudo isso foi acontecer de vez e no mesmo dia?

— Você está se precipitando. De repente, nossos pais saíram mais cedo e ninguém viu.

— Não tente se enganar, Verônica, pelo seu rosto sei que, como eu, pensa no pior.

Os três se calaram e continuaram a esperar. Os empregados, que tudo ouviram, estavam agitados, comentando que a noiva do filho do patrão havia fugido e que os patrões estavam mortos.

Os minutos custavam a passar e só duas horas depois foi que Durval chegou com Jarbas, o chaveiro. Subiram rapidamente as escadas e, com o coração aos saltos, esperaram. Em poucos minutos a porta deu um clic e se abriu. Foi com horror que viram os corpos de Gustavo e Rebeca caídos no chão, cheios de manchas rochas. Um corpo perto da cama e outro próximo à porta. O grito estridente de Verônica, seguido de um desmaio, fez com que Adelina se recuperasse do susto e, junto com Durval, a colocassem na cama.

— Ela desmaiou. Precisamos chamar um médico.

— Se eu fosse a senhora, chamava a polícia também – disse Durval, com rosto sério.

— Polícia? – Assustou-se Adelina. – Para que a polícia aqui?

— Não entendo muito dessas coisas, mas acho muito estranho os patrões terem morrido justamente no dia que Daniele desapareceu. E, depois, aquelas manchas roxas no corpo parecem caso de envenenamento.

Adelina sentiu o mundo girar ao seu redor. Respirou fundo e tornou:

— Eles podem ter tido um ataque do coração.

– Os dois na mesma noite?

Adelina calou-se e Durval continuou:

– Já presenciei um caso onde uma pessoa morreu envenenada e ficou do mesmo jeito dos patrões.

– Tem razão. Chamarei um médico e a polícia.

Enquanto isso, no quarto, ao constatar que os pais estavam, de fato, mortos, Conrado chorava sentidamente sobre eles. Adelina entrou junto com Durval, o abraçou e disse:

– Saia daí, meu filho. Agora você já não pode fazer mais nada.

– Por que, Adelina? Por quê?

– Ninguém sabe nada nessa vida. Vamos esperar que o médico e a polícia esclareçam tudo.

– Polícia?

– Sim. Durval me convenceu que seus pais foram envenenados. Olhe para as manchas roxas nos corpos deles.

– Isso pode ter sido o resultado do ataque cardíaco.

– Você está na faculdade de medicina, e sabe que ataque cardíaco não provoca manchas como estas.

– Você quer dizer que alguém entrou aqui e envenenou meus pais?

– Exatamente!

– Mas a porta estava trancada, ninguém mais tinha a chave. Como fariam isso?

– Eu não sei, a não ser que...

– A não ser?

– A não ser que eles tenham se matado.

Aquela frase caiu como um raio sobre Conrado e ele reagiu:

— Como pode falar uma coisa dessas, Adelina? Meus pais jamais fariam isso! Conheço-os o suficiente para saber que nunca cometeriam suicídio. Minha mãe era cheia de vida, amava viver. Meu pai também. Essa hipótese está descartada.

Foram interrompidos por uma das criadas, anunciando a chegada do Dr. Marcondes. Após examinar os corpos, ele foi categórico:

— Mortes por envenenamento.

Conrado, chocado, perguntou:

— Como o senhor pode ter certeza? Só uma autópsia pode dar essa garantia.

— Sei disso, mas, como médico, não tenho dúvidas. Na rapidez com que morreram e na forma como as manchas aparecem nos corpos, posso afirmar com certeza que foram envenenados. Um ataque do coração não faz manchas como estas. Seus pais teriam motivo para se matar? Tinham algum inimigo?

— Não. Meus pais eram felizes, não tinham inimigos. Se bem que nos últimos tempos estavam mais calados, nervosos, apreensivos.

— Sei que Dr. Gustavo como advogado e atuante na promotoria condenou muita gente. Não teria sido um desses que o tenha matado?

— Impossível. Aqui na mansão ninguém tinha acesso.

A polícia acabara de chegar e, informada do ocorrido, começou a averiguar. O delegado Menezes olhou para Conrado e disse:

– Por tudo que nos disseram e pela opinião do Dr. Marcondes, aqui houve um crime. Os corpos serão levados para autópsia e o quarto deverá ser mantido fechado. Ninguém pode mexer em nada aí dentro. Vamos descer, preciso fazer perguntas a todos os moradores da casa.

Já na sala, Menezes perguntou:

– Além de vocês, alguém estranho esteve aqui ontem?

– Ninguém – respondeu Conrado. – Inclusive, ontem nem teve a costumeira reunião de amigos que meus pais faziam todas as noites.

– Ocorreu algum fato estranho com algum morador da casa?

Naquele momento o coração de Conrado acelerou e, ao lembrar-se de Daniele, teve um arrepio de horror. Olhando para Adelina e percebendo que ela pensava o mesmo, disse, nervoso:

– Uma hóspede nossa, minha namorada, fugiu de repente durante a madrugada, sem motivo algum. Mas ela não tinha nada contra meus pais. Davam-se muito bem.

Os olhos de Menezes brilharam maliciosos, parecendo haver achado ele muito rapidamente a solução do problema:

– Você disse fugiu? Ela não pode simplesmente ter saído para resolver algum problema urgente da família?

– Ela não tem família, pelo menos que se conheça.

– Como assim?

Conrado foi contando tudo detalhadamente: como Daniele surgiu na vida deles, como foi acolhida, da sua perda de memória e, finalmente, do romance que havia entre os dois. Ao final, disse:

— Como vê, ela não teria nenhum motivo para cometer um crime contra nenhum de nós.

— Já lhe passou pela cabeça que ela poderia estar infiltrada aqui justamente para matar o Dr. Gustavo e a Dona Rebeca?

De repente pareceu que um véu lhe foi arrancado da visão. Então Daniele era uma farsante! Como não tinha percebido antes? Tentou não acreditar:

— A polícia investigou, sua foto apareceu em jornais, na TV, ninguém nunca encontrou a menor pista.

— Se você garante que seus pais não tinham motivos para se matar, só pode ter sido ela. É por aí que vamos começar as investigações assim que o resultado da autópsia sair.

Vencido pela suspeita, Conrado sentou-se na poltrona, dando livre curso às lágrimas. Adelina foi chamada pelo Dr. Marcondes ao quarto de Verônica, que acabava de despertar, enquanto a polícia continuava seu trabalho. A partir daquele momento, ninguém mais seria o mesmo.

Do que a culpa é capaz

Assim que seus corpos tombaram sem vida ao chão, os espíritos de Rebeca e Gustavo foram se desprendendo deles em uma lenta agonia. Sentiam tonturas e a sensação de estarem mergulhando em um túnel sem fim. Quando finalmente o desprendimento total aconteceu, eles deram conta do que havia acontecido e, aterrorizados, desmaiaram.

Alguns minutos depois, Rebeca despertou e, confusa, chamou o marido:

– Gustavo, Gustavo! Acorde! – Ela o sacudia com força, enquanto olhava aterrada para seu próprio corpo inerte.

Gustavo acordou e, aos poucos, foi recobrando a memória:

– Rebeca, nós morremos! Morremos! Olha só os nossos corpos. Ela nos matou!

Os dois se abraçaram tendo sensações de medo, como que a querer proteger um ao outro.

— E agora? O que será de nossos filhos nas mãos dessa assassina? Por que não a mandamos embora antes que ela tirasse a nossa vida? – Tornou Rebeca, chorando.

— Não adianta mais, agora morremos. O que Conrado dizia era verdade: a morte é só uma passagem.

— Estou assustada e com medo, não só do que Daniele será capaz de fazer com o resto de nossa família, como também com nosso destino agora. Sempre tínhamos medo do inferno por tudo o que fizemos para adquirir fortuna, mas morremos e não estamos em inferno algum, estamos em nossa casa. Será que vamos ficar aqui para sempre?

— Eu li alguns livros espíritas e sei que, no mundo espiritual, existem cidades para onde vão os que morrem.

— Mas por que será que não fomos para lá?

— Eu respondo – uma voz grossa e pastosa ressoou no recinto e logo três sombras escuras e sinistras foram se formando e tomando o formato humano.

Rebeca e Gustavo abraçaram-se mais por ver João e seus filhos, olhos esbugalhados, roupas puídas, derramando uma gosma fétida pelos cantos da boca. O espírito raivoso de João se aproximou e bradou:

— Vocês não foram para lá porque vão ficar comigo pra sempre!

Gargalhadas ecoaram pelo ar.

— É isso mesmo que ouviram. Não gostaram de cometer todos aqueles crimes e nos matar? Agora irão para um lugar pior do que o inferno.

Gustavo, assustado e tremendo, suplicou:

– Perdoe-nos, João. Éramos jovens, queríamos subir na vida.

– Cale-se, bandido! Ou o mato de verdade – João estava colérico e, de seus olhos, saíam chispas de fogo. – A partir de agora, será meu escravo e vai passar por tudo o que merece. Tanto você como essa sua mulher aí. Nós, eu e meus filhos, programamos tudo para matar vocês e conseguimos. Finalmente, a justiça foi feita.

– Vocês nos mataram? Mas quem nos matou foi Daniele. Ela nos envenenou, provavelmente vingando algum outro crime que cometemos no passado.

João e os filhos gargalharam mais uma vez.

– Não achou o rosto dela parecido com o de alguém?

O silêncio se fez enquanto Rebeca e Gustavo, mesmo nervosos, tentavam ligar Daniele a João, mas não havia como.

– Daniele é minha filha.

O susto não poderia ter sido maior para eles.

– Daniele é aquela garotinha que sobreviveu ao incêndio? – Perguntou Gustavo, com medo de ouvir a resposta.

– Exatamente! Ela cresceu e os encontrou para se vingar. Minha filha foi fiel ao juramento que fez a mim. Agora vamos, amarrem-nos.

Jair e Jackson, filhos de João, com os rostos e corpos também deformados pelo ódio, avançaram sobre Rebeca e Gustavo e, em pouco tempo, os dois estavam amarrados com correntes fortes por todo o corpo. Sem dizer mais nenhuma palavra, os puxaram com força e, em pouco tempo, saíram do quarto, entrando em uma estrada pedregosa e cheia de fumaça.

Rebeca e Gustavo, vencidos pela culpa, deixavam-se arrastar como dois escravos capturados após uma fuga e conformavam-se com os seus destinos. Algumas horas depois de uma longa caminhada, João parou próximo a uma espécie de lago e, olhando para os dois disse:

– Estão vendo isso aí?

Eles não responderam.

– Esse aí é o lugar onde vocês irão viver a partir de agora. Deem adeus à mansão luxuosa, ao quarto confortável, aos travesseiros macios, às noites de festinhas com os amigos. Viverão na gelatina.

Em pensamento, Gustavo e Rebeca se perguntaram o que seria viver na gelatina. Olharam melhor para o lago e viram que nele havia muitos espíritos colados uns aos outros, mexendo-se com dificuldade, gemendo e chorando. Aterrorizados, pediram:

– Não, não nos coloque aí. Pelo amor de Deus!

– Isso é hora de vocês lembrarem de Deus? Ele não quer saber de gente como vocês. Agora calem-se.

Com um gesto brusco, ele e os filhos os empurraram para o lago de gelatina. Tentaram sair, debateram-se, mas em vão. Aquele líquido parecia grudar-lhes no corpo e, quanto mais se debatiam e gritavam, mais sentiam o corpo formigar e arder. Em pouco tempo eles sentiram-se como se estivessem imersos numa fogueira. Mas não havia fogo algum.

João, rindo muito, tornou:

– Ficarão aí até quando eu quiser. Quero que queimem seus corpos até nada mais restar. Hoje estamos vingados.

Dando às mãos aos filhos, disse:

– Agora vamos voltar à mansão para acompanhar de perto o sofrimento de todos eles. Como seremos felizes!

Já iam desaparecendo quando viram uma luz imensa surgir-lhes à frente. O espírito de Francisco, pai de Gustavo, os olhou com piedade:

– Até quando você vai ser infeliz alimentando essa vingança?

– Saia daqui seu velho insuportável! – gritou João, tentando tapar os olhos, que teimavam em fechar pelo efeito da luz forte que aquele espírito emanava. Jair e Jackson, agarrados e encolhidos aos pés do pai, tremiam. Não gostavam dos seres da luz.

Francisco continuou imperturbável:

– Tenho certeza de que você nunca foi feliz, João. Esse é o preço que toda pessoa vingativa paga. Quando conclui a vingança, sente-se mais infeliz do que antes.

– Mentira! Eu estou muito feliz! Afinal, após tantos anos e tanto sacrifício, consegui trazê-los para cá. Nunca ficaria em paz se não fizesse isso.

– Você fala em paz, mas posso garantir que esse sentimento nunca morou em seu coração e, a partir de agora, nunca mais vai tê-lo. A não ser que perdoe.

– Não se meta mais em minha vida, Francisco. Já tive que aturar você demais, sempre fazendo das suas para livrar seu filhinho e aquela mulher dele do destino que mereciam. Primeiro, induziu Conrado a procurar a espiritualidade, depois ficou falando ao ouvido de seu filho para que ele lesse aqueles livros espíritas ordinários. Mas nada disso adiantou. Rebeca e Gustavo estão presos pela culpa e disso nunca mais eles vão se livrar – fez pequena pausa e concluiu, colérico: – Não vou mais ouvir suas sandices. Vou para a ex-casa de seu filho querido presenciar o sofrimento de cada um e sorrir, sorrir muito com tudo aquilo.

Os espíritos desapareceram no negro da noite e Francisco aproximou-se do lago onde o filho e Rebeca debatiam-se numa agonia sem fim. Fez uma prece a Deus rogando auxílio, quando, de repente, sentiu uma presença amorosa ao seu lado. Era sua esposa Marilda, mãe de Gustavo.

– Sua prece foi linda e certamente ouvida por nosso Criador, que vai atendê-la no momento certo. Confiemos n'Ele e saiamos desse local. Infelizmente nada podemos fazer aqui e não é bom ficarmos vendo o sofrimento daqueles a quem amamos.

– Queria que tudo fosse diferente, que eles tivessem aprendido com o passado e não se culpassem mais.

— Não se lamente. Rebeca e Gustavo cometeram muitos crimes e isso lhes pesa muito na consciência. Olhe com mais atenção e veja a quantidade grande de espíritos que estão presos naquela gelatina. Todos cultivaram as culpas pelos seus crimes enquanto viveram na Terra, por isso foram trazidos para cá.

— Por que será que as pessoas não entendem que a culpa nunca resolve problema algum?

— Estamos trabalhando para que todos possam compreender essa verdade. Nosso filho e Rebeca acharam que estariam livres dos tormentos se fizessem muita caridade, ajudassem muito as pessoas. Agora estão vendo o quanto estavam enganados. Nossa ajuda ao próximo jamais deve ser interessada, só é verdadeira quando fazemos por amor, com inteligência, sem esperar nada em troca.

— Eles achavam que estavam se quitando com as leis de Deus.

— Quanta ilusão! Só estamos quites com Deus quando mudamos nossas crenças, reavaliamos valores, abrimos nossa consciência. Infelizmente, muitas pessoas não entendem isso e passam a fazer o bem com medo da consequência do que fizeram no passado. Até aqueles que acreditam na reencarnação vivem fazendo caridade achando que, assim, estarão livres das suas dívidas pretéritas.

— Infelizmente, é assim. Há muito o que se aprender sobre a caridade. Ela não tem valor algum quando a fazemos de maneira errada. O menor interesse anula o mérito do maior ato de caridade. Quem não quer sofrer necessita, antes de tudo, aprender as lições da vida, agir de acordo com as leis cósmicas, pensar sempre no bem, acreditar na fonte Divina. Quem mais faz a caridade real é aquele que nada deve, nem a si, nem ao próximo.

– Ainda assim, continuaremos orando para que eles aprendam isso e possam sair daqui.

Marilda e Francisco se abraçaram e, em poucos segundos, desapareceram daquele local de sofrimentos.

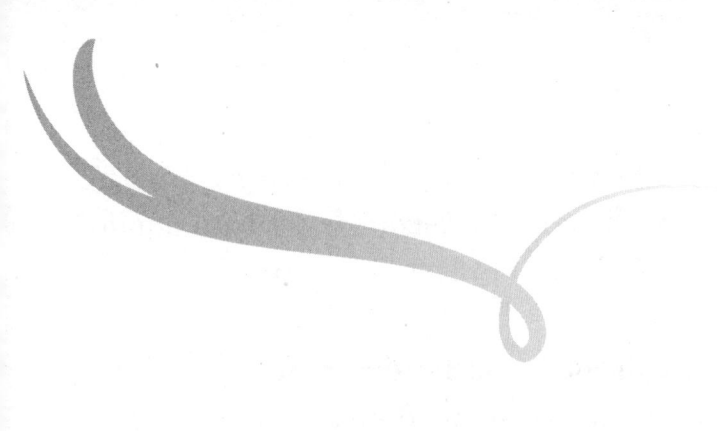

Daniele: quem é ela?

Enquanto na mansão os corpos eram retirados e levados à perícia, Daniele viajava com aparente tranquilidade no ônibus simples que a levaria à pequena cidade de Parnamirim, no sertão pernambucano. Seria impossível reconhecê-la. Em vez dos cabelos loiros levemente cacheados e do belo par de olhos azuis, víamos uma jovem de cabelos pretos, curtos e lisos, olhos castanhos, roupa discreta e óculos escuros. Carregava apenas uma pequena mala e, vez por outra, divisava a paisagem que ia mudando lentamente à medida que o ônibus vencia a distância.

Sabia que levaria dois dias para chegar ao destino, mas estava tranquila, porquanto não havia deixado pistas e a pessoa que a ajudara em tudo era discreta e, assim como ela, queria a desgraça daquela família.

Daniele só não contava com uma coisa: havia se apaixonado verdadeiramente por Conrado e o amava de todo o coração. Contudo, seu ódio era maior que o amor e agora estava vingada. Mesmo sabendo que perderia Conrado para sempre, jamais poderia deixar de ter feito aquilo pelo qual havia se preparado toda a vida: matar Rebeca e Gustavo.

Olhou seus documentos falsificados e sorriu. Jamais iriam encontrá-la. O sacolejar do ônibus não a deixava dormir e ela começou a relembrar como tinha feito para envenenar suas vítimas. Quando o médico receitou a nova medicação e ela percebeu que era em cápsulas, teve a ideia de trocar o conteúdo por um veneno mortal. Com ajuda de sua cúmplice, fingiu que ia às compras e foram comprar a substância provocadora de infarto fulminante. Sem que ninguém percebesse, pegou o frasco com os medicamentos que estavam no fim, abriu-os e substituiu o conteúdo pelo veneno. Sabia que, como sempre, naquela noite eles tomariam os remédios e que seria o fim. Pensou em como estava com medo de ser descoberta, principalmente quando a psicóloga havia afirmado que ela estava mentindo sobre a perda de memória. Sentia que o Dr. Gustavo e a Dona Rebeca a olhavam de forma diferente, inquisidora. Se não agisse rápido, certamente seria descoberta. Sorriu levemente pensando que, naquele momento, todos estavam chorando suas mortes.

Daniele poderia viver cem anos, mas nunca esqueceria a cena em que seu pai e irmãos foram mortos queimados na casa em que viviam, no interior do Maranhão. Sua mãe, desesperada, pedira clemência, mas não fora ouvida. Tudo por causa da ambição de Gustavo e Rebeca. Agora eles saberiam o que era a vingança. Acreditava que, quando acordassem no inferno, lembrariam de tudo e que ela se vingara. Sorriu feliz, pensando em como a mãe ficaria satisfeita ao saber que tudo havia dado certo.

De repente, estremeceu. Será que sua mãe iria perdoá-la por ter revelado seu verdadeiro nome? De qualquer forma, era uma pista. Mas quando viu Conrado pela primeira vez, não conseguiu mentir. Era provável que sua mãe não aprovasse essa atitude, muito menos seu amor por ele. Mas isso teria que enfrentar depois.

O asfalto agora estava em melhores condições e o ônibus já não sacudia tanto. Vencida pelo sono, Daniele recostou a cabeça na poltrona e adormeceu.

Era noite e, além do crepitar dos galhos secos de árvore quebrando-se pela força do calor, ouvia-se apenas o piar de corujas aqui e acolá no meio daquela caatinga.

Num casebre pobre, iluminado apenas pela bruxuleante luz de um candeeiro, vamos encontrar uma mulher alta, corpo forte, cabelos curtos, com roupas de homem e olhos miúdos, atenta a um noticiário na televisão. A repórter dizia:

"Confirmada a morte por envenenamento do casal Gustavo e Rebeca Brandão, durante a madrugada dessa sexta-feira. A família continua inconsolável, principalmente porque a principal suspeita do crime, a namorada do filho das vítimas, uma jovem chamada Daniele, da qual ninguém sabe a origem, desapareceu sem deixar rastros. A polícia continua investigando..."

A reportagem continuou, na qual algumas fotos de Daniele eram mostradas; finalizou informando onde os corpos estavam sendo velados e a hora do enterro no dia seguinte.

A estranha mulher desligou o aparelho de TV ainda em preto e branco, chuviscando na imagem, ligado à bateria, e foi para seu quarto. Abriu as janelas e, olhando para o céu cheio de estrelas, disse, em voz alta:

— Finalmente, João, finalmente hoje sua morte e a de nossos filhos foi vingada! Agora posso morrer em paz e ir ao seu encontro.

Ela não viu, mas ao seu redor estavam os espíritos de João, Jair e Jackson rodopiando e sorrindo em comemoração. Sem saber por que, a mulher sentiu-se fortificada, dirigiu-se ao fogão de lenha, onde labaredas altas faziam ferver o café, retirou o bule e se serviu. Enquanto tomava a bebida e mastigava um pedaço de pão, sentia a ansiedade crescer. Não via a hora do retorno da filha, para conhecer os detalhes.

Um dia depois, numa manhã ensolarada, Daniele finalmente chegou a Parnamirim. A cidade era pequena e, apesar de ter crescido ali, não tinha amizade com quase ninguém, a não ser com a senhora Ernestina, uma mulher rica, casada com o senhor Aristóteles, que davam serviços de lavagem de roupa e faxina para sua mãe. Por isso, quando desceu no terminal rodoviário, passou rapidamente pela praça principal, tomou um táxi e dirigiu-se até o povoado de São José. Sabia que quando chegasse lá ainda teria que andar dois quilômetros a pé, porquanto a pequena casa em que moravam ficava escondida no meio da mata, dentro de uma caatinga. Resolveram morar assim desde o início porque fazia parte de seus planos. Aliás, sua vida havia girado até aqueles 25 anos em torno da vingança, agora concretizada.

Enquanto andava com a pequena mala nas mãos, ia observando a paisagem seca e pensava: "passei meses fora, mas nada mudou, tudo continua igual".

Aproximou-se da pequena cancela que dava para o terreiro onde ficava o casebre e a abriu. Olhou de longe e viu sua mãe sentada em uma velha cadeira de balanço, presente de Dona Ernestina, fazendo o que ela mais gostava: fumar e observar brigas de galos.

Estava tão entretida que não ouviu os passos da filha em sua direção. Daniele parou a poucos metros e disse,

– Mãe, voltei.

Raquel virou-se rapidamente, encheu os olhos de lágrimas e correu a abraçar a filha. Enquanto a abraçava, alisava seus cabelos, dizendo:

– Estou orgulhosa de você. Nunca pensei que pudesse fazer tão bem feito.

Os olhos de Daniele brilharam.

– Sempre lhe disse que seria assim.

– Quanta saudade, minha filha. Parece que ficou anos fora. Vamos entrar, vou passar um café pra nós duas. Preciso que me conte tudo, em detalhes.

Os olhos de Daniele brilharam diferentes e Raquel não pôde deixar de notar. Vendo-a calada e sem querer andar, perguntou:

— O que aconteceu? Que olhar é esse?

Ela estava pensando em Conrado e olhando aquele ambiente em que voltaria a viver; por segundos começou a pensar se havia valido a pena. Disfarçou, dizendo:

— Emoção. Emoção por voltar, por lhe ver. Foi difícil ficar longe.

— Então entre, vamos!

Raquel fingiu acreditar na filha, mas percebeu que ela estava modificada. O que estaria acontecendo? Trataria de descobrir.

Enquanto tomavam café, Raquel apertou ainda mais os olhos miúdos e perguntou:

— Era tudo aquilo que a Soraia nos contava nas cartas? A mansão era deslumbrante, a vida era folgada, de rico?

— Muito mais do que isso, mãe. Eles viviam como se fossem reis. Criados por todos os lados, carros do ano, móveis luxuosos, dinheiro fácil. A senhora acredita que Dona Rebeca e Verônica gastavam fortunas nos *shoppings* quase todos os dias?

Raquel sentiu uma raiva surgir-lhe no peito, enquanto os olhos miúdos agora brilhavam rancorosos.

— Malditos! Tudo à custa da vida dos outros. Que ardam agora nas profundezas do inferno.

Daniele sentiu-se mal com o ódio de Raquel, apesar de ter passado toda a vida convivendo com aquilo.

— Mas agora eles já estão mortos. Mortos!

Raquel olhou para a filha e, mudando o semblante, questionou:

– Por que falou seu verdadeiro nome? Estava combinado de você dizer que se chamava Cristina.

– Eu... Eu... Eu preciso revelar uma coisa pra senhora.

– O que é? Que besteira você fez? – Havia agressividade na voz masculinizada de Raquel.

– Eu me apaixonei pelo Conrado. Me apaixonei à primeira vista. Justo no dia que o vi pela primeira vez chegando do estudo naquela noite de chuva. Por isso não consegui mentir meu nome.

Raquel levantou-se com rapidez e deu um tapa tão forte no rosto da filha que a fez desequilibrar-se da cadeira e cair ao chão.

– Como teve coragem de se levar por isso? Combinamos que vocês iam se envolver, mas que não teriam nada além. Me conte! O que houve entre vocês além do combinado?

Daniele apoiou-se na cadeira tosca e levantou-se, com assombro. Jamais esperava que sua mãe fosse lhe bater. Tentou contemporizar:

– Aconteceu, mãe, me perdoe! Não fomos em nada além do combinado. Juro!

– Espero que esteja mesmo falando a verdade e não tenha misturado seu sangue com o sangue maldito daquela família. Se isso aconteceu, nem sei o que seria capaz. Aliás, vou provar isso agora.

Raquel puxou Daniele violentamente pelo braço e a jogou na cama. Tirou sua calça com rapidez, a peça íntima e, sem nenhum embaraço, começou a remexer as partes íntimas da filha, que chorava envergonhada. Após o exame, Raquel, colérica, gritou:

– Vagabunda! Vagabunda! Mil vezes vagabunda! Eu poderia matá-la agora. Você se misturou com o sangue daquele demônio. O que posso fazer com você?

Raquel soluçava de ódio, enquanto Daniele se refazia e vestia-se. Abraçou a mãe e disse:

– Acredite, mãezinha. Me apaixonei, fiz amor com ele, mas não deixei de cumprir o que era determinado. Tenho certeza que fiz tudo certo. Acalme-se. Não se deixe levar pelo rancor logo agora que estamos vingadas.

Raquel percebeu que havia se excedido e saiu do quarto em direção à cozinha. Foi até uma sacola de cor indefinível e pegou um rolo de fumo, tirou um pedaço e começou a enrolar num papel, fechando-o com saliva. Logo estava soltando baforadas.

Daniele se aproximou. Sabia que quando a mãe fumava era porque estava mais calma. No íntimo, torcia para que a partir dali nada demais acontecesse. Só assim poderiam viver em paz. Se é que seria possível depois de tudo.

Sofia: um espírito iluminado

Após a missa de sétimo dia, Conrado, Verônica e Adelina estavam sentados na sala de estar remoendo a profunda tristeza pela morte trágica daqueles que tanto amavam. Como puderam se deixar enganar de uma maneira tão fácil como aquela? Ninguém ali conseguia se perdoar, principalmente Conrado que, além da culpa, agora carregava um ódio mortal por Daniele. Nunca a perdoaria. Adelina sugeriu:

— Melhor que tomemos um chá. Vai nos aquecer e ajudar a esquecer tudo isso.

— Nunca esquecerei, Adelina. Por mais que viva, vou me dedicar a procurar Daniele e lhe destruir a vida, não sem antes saber o motivo que a levou a matar meus pais.

— Como já disse, seu rosto era conhecido, pode ter sido a filha de alguém que seu pai tenha condenado no passado.

— Não acredito que seja só isso. Para uma pessoa fazer o que Daniele fez com tanta frieza é preciso que tenha muito ódio no coração. Se meus pais foram os culpados, devem ter feito alguma coisa hedionda. Ainda assim, não a perdoarei jamais, não só por tê-los matado, mas também por ter envolvido a mim e a Verônica.

– Juro que pensei que Daniele fosse minha única amiga. Com ela eu me abria, não tinha receios, foi uma identificação imediata. A polícia ainda não provou nada, pode ser que ela não tenha nada a ver com isso – disse Verônica, querendo não acreditar na culpa daquela em quem tanto confiou.

– E quem iria entrar aqui para trocar os remédios de nossos pais por veneno? – Tornou Conrado, irritado. – Ora, Verônica, faça-me o favor.

– Eu vou fazer o chá. Com licença.

Adelina saiu e os dois irmãos ficaram sós sem ter o que falar um ao outro. Poucos minutos depois a porta se abriu e Maurílio entrou junto com Sofia.

– Vim ver como estão e trazer Sofia para vê-los. Não deu tempo que ela chegasse para a missa, o voo atrasou.

– Meus pêsames, Conrado – Sofia abraçou Conrado com ternura e, nessa hora, ele desabou em um pranto sentido. Enquanto chorava, dizia: – Me perdoe, Sofia, como pude deixar você para me envolver com uma assassina sem coração? Por que fui tão cego?

– Calma, Conrado, não é hora de falarmos sobre isso. Vamos nos sentar.

Todos se sentaram e Maurílio comentou:

– Sei que o acontecimento foi trágico, mas vocês precisam reagir. Não podem e nem devem ficar chorando o tempo inteiro. Pelo bem de vocês e pelo bem dos espíritos de seus pais.

– Ainda é muito cedo, Maurílio – disse Sofia. – É natural que estejam assim.

– Mesmo que passe muito tempo, acredito que nunca mais serei feliz. Não porque eles morreram, mas pela forma como foram mortos. Se foi mesmo a Daniele, todos fomos culpados – disse Verônica, com lágrimas escorrendo pelos olhos.

– Já tem alguma pista? – Perguntou Maurílio.

– Nenhuma. Parece que a Terra a tragou. Mas seja onde ela estiver, um dia a encontrarei e me vingarei – Conrado falava de punhos cerrados.

Sofia olhou-o profundamente, pegou em suas mãos com carinho e disse:

– A vingança não vai lhe dar a paz que procura. Concordo que procurar Daniele e fazê-la pagar pelo crime diante da justiça é o correto, mas que isso não seja feito como um ato de vingança. Se foi ela mesmo que cometeu esse crime, certamente sua consciência um dia a acusará e ela mesma, cansada de sofrer, vai procurar o perdão e a reparação.

– Você é uma pessoa iluminada, Sofia, mas não consigo pensar dessa forma. É uma utopia dizer que as vítimas de um crime desse não queiram vingança. Só mesmo pra você.

– Pode ser uma utopia para quem vive no materialismo, desconhecendo as leis universais que regem todos os acontecimentos do planeta. Jesus nos disse que não cai uma folha da árvore sem que Deus permita. Então, se seus pais foram assassinados, foi com a permissão de Deus.

Aquela frase chocou Conrado e Verônica, pois, mesmo que participassem dos estudos espirituais, não podiam concordar com aquele absurdo.

– Como você pode dizer uma coisa dessas? Deus nunca permitiria um crime desses.

– E você acha que quem é maior? Deus ou o criminoso?

A pergunta pegou Conrado de surpresa.

– É claro que Deus é maior que tudo, ora essa.

– Então se Deus é maior e tem todo o poder, Ele poderia conter a mão do assassino se o quisesse. Se não o fez, foi porque o acontecimento, mesmo trágico, iria servir de lição e aprendizado a todos os envolvidos.

Conrado protestou:

– Não acredito que Deus tenha nada a ver com isso. Esses crimes acontecem por causa do livre-arbítrio do ser humano. Deus não interfere no livre-arbítrio de ninguém.

– Vejo que você ainda não entendeu muito sobre as Leis Divinas – disse Sofia, com voz suave. – Deus conduz o universo por meio de leis justas, sábias e imutáveis, por isso, apesar da visão do ser humano, nada que acontece na Terra é injusto perante as leis cósmicas. O livre-arbítrio é respeitado, sim, mas até certo ponto. Não temos liberdade ilimitada, como imaginamos a princípio. Estamos todos vivendo dentro das leis eternas, por isso, tudo no universo depende delas. Se você quiser matar alguém, Deus não o irá impedir, contudo, você só conseguirá matar a pessoa se ela necessitar dessa experiência para evoluir. Se ela não precisar, a lei de justiça não deixará que ela seja assassinada. Nunca ouviu contar as mais diversas histórias em que as pessoas foram salvas de seus assassinos por questão de minutos? Nunca ouviu dizer dos casos em que as balas de um revólver foram desviadas de maneira inexplicável e não atingiram seu alvo? É a lei de justiça funcionando. Assim sendo, ninguém passa por nada, absolutamente nada, de maneira injusta ou sem necessitar. A bondade Divina não deixaria.

Conrado percebeu que havia lógica no que Sofia disse e calou-se. Verônica tornou:

— Então quer dizer que os assassinos, os ladrões, os corruptos estão certos no que estão fazendo?

— Claro que não. Eles estão agindo dentro do nível de evolução que lhes é próprio. Não é o mais adequado e, por isso, um dia, também atrairão o mal em suas vidas para que aprendam e se voltem ao bem.

— O que me acalma é saber que, mesmo que eu não encontre Daniele, um dia Deus vai castigá-la, dando-lhe muito sofrimento.

— Não é bom querer que as pessoas sofram e sejam punidas. Só Deus tem o poder de julgar com acerto e saber dar a cada um de acordo as suas obras. Além do mais, Deus não castiga ninguém, só dispõe os fatos para que cada um aprenda o que necessita para dar um passo a mais na evolução.

Conrado discordou:

— Meus pais eram bons. Já haviam aprendido a bondade. Por que, então, tiveram que morrer dessa maneira?

— Não nego que Dona Rebeca e o senhor Gustavo eram excelentes pessoas, tanto que acolheram uma desconhecida aqui, apenas para lhe dar teto e comida. Mas muitas vezes o nosso conceito de bem está totalmente equivocado. O que fazemos achando que é bom pode ser o mal para as pessoas, e o contrário também acontece. Muitas vezes pensamos que agimos mal, nos culpamos, nos condenamos, mas no futuro descobrimos que foi o melhor que poderia ter acontecido. Ninguém sabia o que seus pais pensavam, como eles viam a vida lá no fundo do coração. Tenho certeza que Daniele só os conseguiu matar porque não estavam agindo de acordo com o nível de evolução que os competia.

— É injusto! — Disse Verônica, chorando sobre o peito de Maurílio.

— Sei que não quer compreender, Verônica — continuou Sofia, sem se perturbar. — Mas é melhor que saiba a verdade. Só ela lhe dará a paz que precisa para enfrentar a vida de agora em diante.

Adelina vinha chegando com o chá e ainda ouviu as últimas palavras de Sofia.

— Concordo com o que Sofia disse e, a partir de hoje, quero conhecer melhor essa doutrina que deixa vocês tão serenos e confiantes diante de qualquer acontecimento. Desejo desenvolver mais a fé, a coragem. Vendo um exemplo como Sofia, sempre serena, alegre, compreensiva, mesmo quando Conrado a deixou, sei que é esse o caminho.

Sofia a abraçou com carinho e iniciaram o chá com torradas. A conversa agora girava em torno de Sofia.

— Passei muitos meses viajando, fazendo minha especialização, mas agora estou de volta e quero continuar sendo amiga e frequentando essa casa.

Maurílio comentou, gracejando:

– Todos disseram que você estava fugindo porque Conrado havia terminado com você.

– Qual nada! Não vejo porque fugir das coisas. Conrado fez o que achou melhor, e embora eu tenha sentido o fim da relação, sou mulher de seguir adiante, ir em frente. Sei que mesmo amando podemos reconstruir nossa vida.

– Aposto que já colocou outro no lugar do Conrado – tornou Maurílio, com seu eterno jeito de criança.

Conrado corou, enquanto Sofia continuou muito à vontade:

– Olhe que apareceram alguns, viu? Mas nenhum me encantou a ponto de namorar. Contudo, continuo aberta.

– Ficou esse tempo todo sem namorar? Como aguentou? – Continuou Maurílio, tentando tirar Sofia do sério, mas ela continuava à vontade.

– E posso ficar mais tempo ainda. Para mim o namoro, o sexo, deve vir acompanhado do sentimento de admiração, afetividade, amizade e confiança. Respeito quem pensa diferente, mas jamais sairia por aí namorando com qualquer um apenas por sexo ou para não ficar sozinha. Quem age assim dificilmente encontrará o amor verdadeiro.

Maurílio sorriu:

– Não adianta. Essa aí não sai do sério. Pode-se falar o que for com ela que fica sempre serena.

Todos riram, ao que Adelina aquiesceu:

– Você nem parece uma jovem desse mundo moderno. Hoje os jovens e até os adultos parecem viver em função do sexo. É no cinema, é na TV, tudo é isso. Parece que o romantismo, o amor e o carinho perderam a importância.

Dessa vez foi Maurílio quem disse:

– Sofia não parece ser do tempo antigo, muito pelo contrário, ela é uma mulher à frente de seu tempo, é a mulher do futuro. Hoje todo mundo acha moderno sair por aí e fazer o que bem entende com uma ou até mais pessoas de uma vez. Sei porque falo por experiência própria. Dizem que isso é ser moderno. Mas não existe nada pior do que sexo sem amor e namoro sem afetividade. Na hora pensamos estar no céu, mas depois vem um vazio profundo que nada consegue preencher. Digo que os jovens estão desperdiçando tempo e energia. No futuro, quando caírem na real, por força das depressões, das obsessões e até das doenças físicas, é que perceberão o quanto estavam enganados.

Conrado estava surpreso. Aquele era realmente Maurílio? Será que a violência sofrida o havia realmente modificado?

A conversa continuou agradável, com Sofia sendo o centro das atenções. A presença dela e de Maurílio haviam feito um bem enorme a todos. Eles não poderiam ver, mas, acompanhando-os, haviam chegado também muitos espíritos iluminados, que os ajudaram naquela conversa edificante. Vendo Sofia conversar, sorrir e até o olhar com carinho, Conrado pensou se realmente não a amava e se o que tinha vivido com Daniele não passara de ilusão.

Chega o arrependimento

O insistente canto do galo acordou Daniele mais cedo do que ela queria. Abriu os olhos aos poucos e, por alguns minutos, ainda pensou estar na linda mansão de Conrado, em seu belo quarto confortável e aconchegante, vivendo um sonho. Contudo, logo se deu conta da realidade. Estava em seu antigo quarto, naquele casebre pobre, sem nenhuma expectativa de vida feliz. Olhou para o teto e percebeu que, além de esburacado, havia trepadeiras que entravam por ele, invadindo o recinto. Foi tirada dos devaneios pela voz masculinizada e forte da mãe:

— O que foi? Não reconhece a própria casa? Pensa que está ainda naquele palácio construído à custa do sangue dos outros?

Daniele se irritou, mas tentou dissimular:

— Estou desambientada, é normal. Logo passa.

– Assim espero. Agora levante, se lave, tome café, que temos muito trabalho hoje. Antes quero cortar seu cabelo e deixá-lo como era antigamente.

– Por favor, mãe, meu cabelo, não. Deixe-o como está.

– De jeito nenhum. Quer que alguém a reconheça? E depois, não vejo porque deixar cabelos grandes, dão trabalho e só servem para quem vive na cidade. Aqui a lida é dura, não temos tempo para cuidar de cabelos – falou e, vendo que Daniele não saía da cama, ela puxou-a pelo braço violentamente, dizendo: – Ande, não me faça perder a paciência, sabe que não tolero fricotes.

Daniele levantou-se e foi para um cômodo onde a mãe reservava para os banhos. Como não havia água encanada, ela tinha que pegar no pequeno poço com um balde, encher uma grande bacia de alumínio e se banhar da maneira mais desconfortável possível. Quando a água gelada bateu em suas costas, ela sentiu leve susto e uma sensação de tristeza muito forte a acometeu. Naquele momento Daniele chorou como nunca tinha feito em sua vida. Começou a pensar na monstruosidade que havia cometido e um grande remorso apossou-se de sua alma. Contudo, precisava disfarçar. Sua mãe já não estava amorosa com ela como antes, certamente por causa de sua paixão e entrega a Conrado, certamente se a visse arrependida, não saberia do que seria capaz.

Terminou o banho, enxugou bem o rosto, trocou de roupa e foi tomar o café. Raquel estava entretida fumando e vendo brigas de galo, de forma que ela pôde se alimentar em paz. Minutos depois Raquel entrou, foi a uma velha cômoda, abriu uma de suas gavetas e tirou dela uma tesoura enferrujada. Olhou para a filha e disse:

— Vamos.

— Para onde?

— Para debaixo do pé de cajá, é lá que vou cortar seus cabelos. E não me venha com choros ou pedidos, senão será pior.

Daniele tentou se controlar e foi conduzida para o local. Contudo, a cada tesourada que sua mãe dava em seus cabelos, uma lágrima descia de seu rosto. Como se arrependia! Hoje sabia que a vida era mais que uma vingança. As pessoas podiam ser felizes, amar, serem amadas. Ela destruiu tudo por um acontecimento que não mais tinha jeito. Por mais que sentisse ódio pela forma como o pai e os irmãos haviam morrido, seu amor por Conrado, por Verônica e até mesmo por Gustavo e Rebeca, que a acolheram com tanto amor, havia sido maior. Se fosse hoje, nunca mais faria aquilo. Ao contrário, denunciaria a mãe e tentaria ser perdoada pelo homem que mais amava no mundo. Ao perceber que nada mais poderia ser feito e que estava condenada àquela vida miserável e infeliz sentia funda depressão e um ódio surdo de Raquel. Sim, fora ela a culpada. Fora ela quem a havia criado meticulosamente para aquela vingança.

Quando terminou o trabalho, Raquel, com prazer mórbido, pegou um velho espelho e pediu que a filha se olhasse.

— Veja só. É assim que uma mulher tem que ser. Agora vamos pra lida. Temos muito o que fazer.

Entraram na casa e Raquel muniu a filha de foices, facões e enxadas.

– Precisamos fazer a colheita desse mês antes que tudo se perca, e você vai me ajudar a partir de agora.

– Não sei como fazer isso, a senhora nunca me deixou.

– Não deixava porque você tinha que ter as mãos impecáveis e aparência de princesa para que pudesse penetrar naquela casa. Mas agora a moleza acabou. Vai me ajudar em tudo. Estou velha e não dou conta mais da lida sozinha.

Sem dizer uma palavra, Daniele a seguiu para o roçado. Àquela hora o sol já ia alto e o calor era insuportável. Mesmo assim ela não reclamou e fez tudo o que a mãe ordenou. Ao meio-dia foram comer. Ao olhar aqueles pratos de alumínio contendo farinha seca, carne de sol, feijão e duas bananas, não deixou de comparar com a farta refeição servida na mansão todos os dias. Ela nunca havia comido tantas coisas gostosas.

Raquel estava percebendo o que ia no coração da filha e intimamente sorria, pensando:

"Merece! Não mandei se apaixonar por um demônio e se entregar a ele como se fosse uma prostituta de beira de estrada. Agora que sofra!"

Quando terminaram a refeição, Raquel tomou um gole de café e foi preparar seu fumo de corda. Logo soltava baforadas. Daniele foi para a bacia de lavar louça e estava entretida com o serviço quando ouviu som de carro se aproximando. Sabia que seria Dona Ernestina, a única pessoa a ir até ali.

Raquel alegrou-se ao ver a patroa e, sorrindo, disse:

– Sei que veio trazer mais roupas para lavar e fico feliz. Como está o senhor Aristóteles?

– Está bem, mas, além da roupa, tenho outro assunto a tratar com você.

Naquele momento Daniele entrou na sala para cumprimentar a simpática senhora.

– Como vai, Dona Ernestina?

– Vou bem, querida. Esteve viajando, como estão seus parentes do Maranhão?

– Todos bem, felizmente.

– Que bom que está de volta, sua mãe, coitada, não aguentava mais realizar os trabalhos sozinha.

– Sei disso, mas agora posso ajudar. Onde estão as roupas que a senhora trouxe?

– Lá no carro, se quiser pode ir pegar. As trouxas estão separadas por peças e não estão pesadas.

Daniele se dirigiu ao carro e Ernestina, ao vê-la, não deixou de dizer:

– Pena que uma moça tão linda não pense em se casar. Por que você não insiste para que ela saia, vá às missas de domingo à noite? Os rapazes daqui praticamente não a conhecem, mas tenho certeza que, bonita do jeito que é, logo arranjaria casamento.

Raquel se incomodava sempre que Ernestina tocava naquele assunto, mas gostava da patroa e não queria perder sua amizade. Por isso, disse:

– Eu insisto muito, mas sabe como é, ela é cabeça dura, insiste que não quer casamento, não gosta de sair e diz que ficará comigo para sempre.

– Que filha dedicada! – Exclamou Ernestina.

Logo o silêncio se fez e Ernestina, com rosto sério, tornou:

– Estou com um sério problema. Sei que é minha amiga e com você posso desabafar. Vamos sair daqui, pois logo Daniele voltará com as trouxas e pode nos ouvir. Não quero que ninguém saiba.

Percebendo que o assunto era sério, Raquel pegou dois bancos de madeira e os levou para debaixo do pé de cajá, cuja sombra e frescor servia de ambiente agradável para conversas. Quando se sentaram, Ernestina começou:

– Minha filha Fátima está inconsolável.

– O que aconteceu com ela? Não me diga que o marido a traiu.

– Não, e até queria que fosse isso. O problema é mais sério. Fátima descobriu que é estéril, não pode ter filhos. É o que chamamos de útero seco. Minha filha está em depressão porque seu sonho maior era ser mãe.

Raquel fez uma cara de tristeza.

– Imagino como ela deve estar sofrendo. Tão boa! Não merecia.

– Também acho, mas os médicos disseram que não há o que fazer. Inclusive os do exterior. Aristóteles deu-lhe uma viagem à Suíça, o país onde a ciência é mais avançada, mas nem assim eles conseguiram solução.

– Que horror! Sinto muito por vocês.

Ernestina fez um ar de mistério e continuou:

– Vendo-a em desespero, propus-lhe uma solução. Ela e Wilson poderiam adotar um bebê. É claro que, a princípio, rejeitaram a ideia, não querem se ver às voltas com toda a trabalheira que uma adoção legal requer. Além de tudo, Fátima faz questão de adotar apenas uma criança recém-nascida, branca como ela e com os olhos azuis como os do pai. Não sei o que fazer para conseguir sem que ninguém saiba, pois Fátima até aceitou adotar, mas terá que ser em segredo total. Ela fingirá uma gestação normal e, quando for o momento, levaremos o bebê. O grande problema é onde encontrar uma criança com essas características que esteja para ser doada. Estou sofrendo muito, pois agora Fátima está com essa ideia fixa na cabeça.

Raquel pensou um pouco e disse:

– É muito difícil encontrar mesmo uma criança assim. Crianças brancas e de olhos azuis geralmente nascem de casais com boa situação financeira, ninguém vai querer doar.

Os olhos de Ernestina lacrimaram.

– Você tem razão, Raquel. Bem, já desabafei, agora preciso voltar pra casa e tentar tirar essa ideia da cabeça de Fátima. Fiquei feliz em saber que Daniele voltou e agora poderá lhe ajudar. Ela sempre lavou roupas como ninguém.

– Não quer provar um pouco de café? Tem fresquinho. Acabei de passar para depois do almoço.

– Não, querida. Estou tão nervosa com toda essa situação que só consigo beber água.

Quando voltaram para a sala, Daniele já estava separando as roupas que ia lavar primeiro. A tarde estava quente e ela não iria esperar o dia seguinte para começar o trabalho.

Ernestina se despediu e tanto ela quanto a mãe foram se dedicar aos seus afazeres.

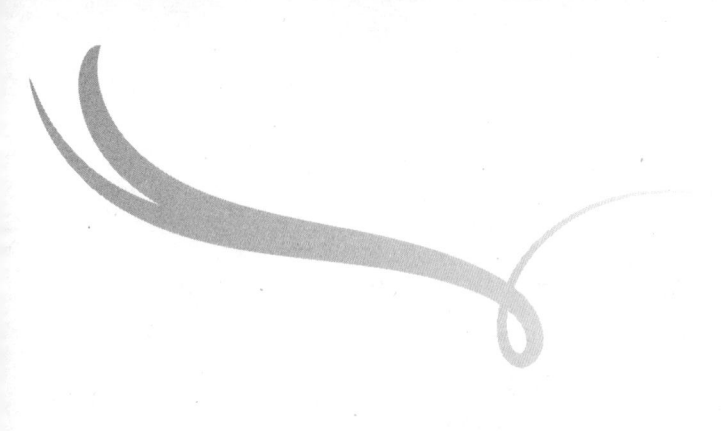

Surpresa desagradável

Os dias foram prosseguindo monótonos e Daniele parecia cada vez mais distante, fazendo as coisas mecanicamente, apenas para agradar a mãe. Raquel percebia, sentia o ódio ferver em seu peito, mas teria paciência, certamente aquela paixão doentia que fazia a filha ficar com cara de morta iria passar.

Era noite e, após um dia exaustivo de trabalho, Daniele e Raquel assistiam à televisão em meio à luz bruxuleante do candeeiro. Raquel observava atenta a uma cena de novela e, quando deu o comercial, Daniele tornou:

— Mãe, estive pensando. Nossa vida perdeu a graça totalmente. Não temos mais nenhuma razão de viver.

Tomada de susto, Raquel perguntou:

— Por que diz uma asneira dessas? Estamos vivas, com saúde e o principal: vingadas! Quer prazer maior? Agora podemos curtir o resto de nossas vidas saboreando o sucesso de nossa vingança.

— É justamente isso que não consigo sentir: prazer em nossa vingança.

— Cale-se, sua maldita! — Esbravejou Raquel, com ódio. — Já esqueceu que seu pai e seus irmãos tiveram a morte mais cruel que alguém poderia ter?

— Não, mãe, claro que não. Mas nós passamos toda a vida esperando essa vingança. A senhora me criou pra isso, fazendo-me ver novelas com personagens de sotaque paulista para que eu aprendesse a falar como eles. Não me deixou ter amigos, estudar numa escola normal, ou mesmo sair para passear, como todas as moças normais. Claro, eu não poderia ser vista, fazia parte do plano. Eu cresci aprendendo a ter ódio por toda aquela família, fui e fiz o que combinamos, me tornei uma assassina fria, mas e agora? O que fazer de hoje em diante? Viver para sempre perdidas no meio do mato, plantando para comer, lavando roupas para fora? Sou jovem e quero ser feliz, ser uma pessoa normal. — Daniele disse as últimas palavras deixando lágrimas grossas escorrerem sobre sua face.

Raquel levantou-se, aproximou-se da filha e disse, com voz ríspida e zombeteira:

— Sei que só está assim porque cometeu a imoralidade de se deitar com aquele filho de satanás. Antes você era animada com a vingança, seus olhos brilhavam ao falar em matar aqueles dois. Mas seja como for, agora é tarde, queridinha. Terá que viver aqui para sempre, escondida como sempre viveu. Caso o contrário, se começar a sair por aí, logo a reconhecerão e seremos presas. É esse o destino que quer para sua mãe?

Daniele resolveu se calar. Não adiantava discutir com Raquel, que era inflexível e dura. As duas se calaram e Raquel, nervosa, foi fumar seu cigarro. Era tarde quando conseguiram conciliar o sono.

No dia seguinte pela manhã, como todos os dias, Raquel foi acordar a filha.

– Não sei quando voltará a ter responsabilidade e acordar cedo. Sabe que horas são essas? Seis da manhã. Já deveríamos estar na roça. Esqueceu que a vida aqui não é brincadeira?

Daniele estava pálida, a cabeça rodava e, olhando para a mãe, disse:

– Acho que estou doente. Não consigo levantar da cama.

– Deixe de fricotes. Levante já daí. Ainda tem que, depois da roça, terminar de lavar as roupas de Dona Ernestina.

Daniele tentou se levantar, mas viu o quarto girar e caiu na cama. Raquel, percebendo que a filha não mentia, correu a ajudá-la.

– Mas o que é que você tem, hein? Não me diga que vai adoecer logo agora. Aqui não temos médicos e não quero que você vá aos hospitais da cidade.

– Não sei o que tenho, minha cabeça gira, estou enjoada...

Nem bem terminou aquelas palavras, Daniele começou a ter náuseas. Ao ver aquilo, Raquel sentiu seu coração acelerar. Não. Não poderia ser o que ela estava imaginando, era muito castigo. Num gesto rápido, deitou a filha na cama, tirou sua camisola e começou a lhe apalpar o ventre. Seu corpo gelou ao perceber que uma criança crescia ali dentro. Um ódio descomunal tomou conta de seu espírito e ela começou a esmurrar e esbofetear Daniele, dizendo alto:

– Vadia, prostituta, rameira, quenga miserável! Você está, você está... esperando um filho. Um filho daquele demônio!!! Seu sangue foi contaminado. Meu Deus, eu não mereço isso.

Após bater em Daniele até tirar sangue do canto de sua boca, ela caiu num pranto profundo e saiu do quarto. Mesmo vítima de uma violência sem limites, Daniele chorava de alegria. Ela estava grávida! Grávida do homem amado. Não poderia haver felicidade maior. Agora tinha esperanças que ele um dia a perdoasse e que pudessem viver novamente juntos.

Levantou-se rapidamente, foi ao cômodo de banhos e lavou-se. Quando entrou no quarto para vestir a roupa, encontrou Raquel fumando e olhando-a com cara de poucos amigos:

– Vista-se e sente-se. Temos algo a decidir.

Daniele obedeceu e sentou ao lado da mãe, que, sem rodeios, soltou:

– Essa criança jamais vai vir ao mundo. Vamos abortá-la.

– Não. Tudo menos isso. Ele é meu filho e eu é quem decido. Pela primeira vez vou lhe desobedecer.

– Você já me desobedeceu quando se entregou ao filho do nosso maior inimigo. Mas foi a última vez. Hoje não tem trabalho na roça mais, vamos à casa de Gertrudes, aquela entendida, e daremos um jeito nisso.

Daniele sentiu um pavor indescritível. Ajoelhou-se aos pés da mãe, chorando sentidamente.

– Mãe, a senhora sabe o quanto a amo. Vivi minha vida pela senhora, fui filha obediente, nunca dei trabalho. Em nome do amor que sente por mim, permita que meu filho venha ao mundo. Não é preciso que a senhora goste dele, mas apenas que o respeite e o trate com carinho. Não seja tão dura. Sei que amou todos os seus filhos e sabe o quanto o amor de mãe é sagrado. Deixe que eu seja mãe. Pelo amor da Virgem Santíssima.

Aquelas palavras tocaram o coração duro de Raquel. Afinal, a filha não havia planejado nada. Resolveu ceder:

– Tudo bem, levante-se. Essa criança vai nascer, mas não conte comigo para nada. Se não quiser que morra de fome, trate de lavar mais roupas para fora do que já lava para sustentá-lo e comprar o enxoval. Ele vai ser para mim um desconhecido, um fantasma a percorrer essa casa e me assombrar todos os dias. Mas, como você disse, sou mãe e sei a felicidade de colocar um ser no mundo.

Raquel saiu sem mais nada dizer e foi para o quarto. Deitada na cama de olho para o teto, não percebia que os espíritos de João e dos seus filhos a observavam em todos os momentos. João havia se irritado completamente com a notícia da gravidez e não iria ceder como a mulher fez. Aquela raça teria que ser eliminada totalmente da Terra. Com o perispírito deformado pelo ódio, aproximou-se da mulher e a envolveu com força, dizendo:

– Você foi fraca, mulher! Não pode aceitar que nasça um filho do satanás dentro desta casa. Tem que forçar Daniele a matá-lo. Force!

Raquel, achando que pensava pela própria mente, começou a refletir:

"Fui fraca. Não deveria ter aceitado essa criança nascer. Mas posso voltar atrás e forçar Daniele a abortar. Sim. É isso que farei. Não vou deixar que esse filho do rabudo nasça aqui de jeito nenhum".

Levantou da cama e foi para a cozinha, onde Daniele tomava café. Com violência na voz, disse:

– Mudei de ideia. Não permitirei que esse filho nasça. Você vai abortar agora!

– Não, mãe, pelo amor de Deus, tenha piedade.

– Nem mais uma palavra. Se você não fizer por bem, fará por mal. Esqueceu com quem está lidando?

Daniele sentiu uma imensa força brotar dentro de si, levantou-se do banco tosco onde estava sentada e enfrentou a mãe:

– Pois faça isso e eu fujo daqui e lhe entrego à polícia. Aprendi com a senhora a ser fria, calculista e má. Agora usarei tudo isso a meu favor. Ou deixa meu filho nascer ou vamos presas e certamente morreremos na cadeia. Sem dinheiro, sem amigos, sem nada, com certeza nenhum advogado vai nos tirar de lá. E então?

Raquel não conseguia acreditar no que estava ouvindo.

– Você não é capaz... – Balbuciou.

– Pois então pague pra ver.

Sentindo que a filha falava a verdade e sem ter como reagir, ela baixou a cabeça, dizendo:

– Tudo bem, que essa coisa horrorosa nasça, mas saiba que nunca mais me terá como mãe.

Rodou nos calcanhares e saiu chorando para o quarto.

O espírito de João, deformando-se cada vez mais pelo ódio, seguiu-a, pensando:

– Por essa eu não esperava. Daniele foi muito petulante, mas essa criança não irá nascer de forma alguma. Minha mulher foi fraca novamente, mas encontrarei uma maneira de me livrar desse estorvo e, assim que tiver encontrado, a intuirei.

A tarde chegou e Raquel foi para a roça, enquanto Daniele dirigiu-se ao pequeno tanque para continuar a lavar as roupas de Dona Ernestina. Nem sabia como teve tanta coragem de enfrentar a mãe, mas era certo que, se ela insistisse naquilo, preferia se entregar à polícia. Pelo menos seu filho nasceria e teria um pai.

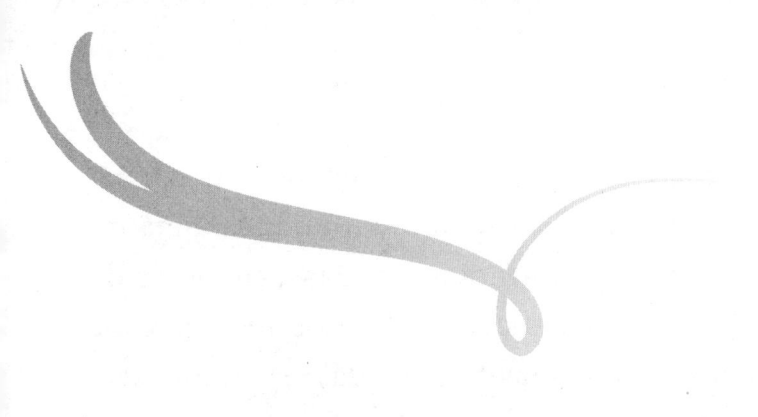

Violência

Anoiteceu e, como era costume, após tomarem café, Raquel e Daniele foram assistir televisão. Contudo, o clima entre as duas havia ficado pior e Daniele, sentindo a frieza da mãe e seus olhares maquiavélicos, sentiu-se mal e foi para o quarto. Deitada na velha cama de madeira, olhos para o teto, ela pensava. Havia passado a vida em busca de uma vingança, cumprira o que prometera, mas e agora? O que seria dela após ter conhecido o amor e carregar uma criança no ventre? Sabia que jamais Conrado a perdoaria. O que aconteceria quando o procurasse e dissesse que ambos fizeram um filho juntos? Teria coragem de denunciá-la? Mesmo que não o fizesse, a desprezaria para sempre e com certeza tomaria a criança. Naquele momento Daniele deu-se conta do erro que havia cometido com maior intensidade. O remorso parecia uma seta aguda entrando e saindo de seu cérebro. Foi então que, sem mais aguentar, ajoelhou-se no chão batido e, com as mãos postas, orou:

"Deus! Sei que nem posso estar dirigindo a ti um pedido sequer. Sou uma pecadora, criminosa, uma alma infeliz que nunca mais encontrará a paz. Mas, em nome da sua infinita misericórdia, socorre-me nesse momento de dor. Nunca me senti tão sozinha na vida, sem rumo, sem destino. Em tuas mãos, Deus, entrego o destino de meu filho. Se eu não puder mais ser feliz, peço que não deixe nada ruim atingi-lo, pois o coitadinho de nada tem culpa. Perdão, Deus, por ser tão má e ignorante, perdão..."

Daniele deixava que lágrimas teimosas caíssem de seus olhos. Sua oração foi tão sincera e, seu arrependimento, tão verdadeiro que, mesmo sem poder ver, sentiu que havia espíritos bons ali. E, de fato, era verdade. Sua prece atraíra para aquele quarto espíritos luminosos que lhe davam passes calmantes e diziam:

"Quem não tiver pecado que atire a primeira pedra, disse Jesus. Você se culpa por que matou, tirou vidas de seres humanos, irmãos seus, o que é um erro muito grave. Mas e aqueles que todos os dias matam pelas palavras enganosas, mentirosas, caluniosas, derrotistas e amargas? E aqueles que agridem os irmãos de caminhada com a inveja e o falso testemunho, matando-lhes as esperanças de uma vida melhor? Eles não são diferentes de você, minha querida. Todos um dia irão reparar esses males que semearam pagando ceitil por ceitil. Se não deseja sofrer e reparar seu mal pela dor, deixe a culpa, procure a polícia, se entregue e entregue aquela que hoje é sua mãe. Nada será melhor para vocês do que a prisão justa, para que meditem em tudo o que fizeram e voltem-se ao aprisco do Pai sem máculas maiores. Coragem, filha!"

Daniele captava aquelas palavras benfazejas como se fossem de sua própria mente e quase teve coragem de, naquele momento, fugir e se entregar. Mas o medo de ser presa e seu filho ter um futuro incerto a impediu. Mesmo não seguindo a orientação do invisível, pôde comprovar o poder da prece pelo bem-estar e alívio que estava sentindo. Lembrou-se de Maurílio, dos seus estudos, de suas palavras sábias, e prometeu a si mesma que nunca mais deixaria de orar.

Pouco tempo depois, Daniele ouviu o clique do botão da antiga TV sendo desligada e os passos de Raquel indo em direção ao quarto. Logo o silêncio total se fez e ela adormeceu profundamente.

Mas Daniele havia se enganado e Raquel não havia ido para o quarto, mas sim para a cozinha, onde o fogão de lenha, propositalmente, ardia em labaredas altas. Raquel esperou um tempo, certificou-se que a filha tinha pegado no sono e apagou o fogo, deixando apenas as brasas acesas reluzindo a cor vermelha.

Totalmente envolvida pela própria maldade e pelo espírito de João, Raquel pensava:

"Destruirei essa criatura infeliz agora."

Pegou duas grossas luvas de couro, colocou nas mãos, escolheu as melhores brasas, pegou-as e rapidamente dirigiu-se para o quarto da filha.

Daniele dormia placidamente e Raquel suspendeu sua camisola com cuidado usando uma das mãos e, com a outra, pressionou as brasas ferventes sobre seu ventre. Com os olhos injetados de fúria, gritava feito louca:

— Morre desgraçado, morreee...

Em poucos minutos Daniele acordou e, dando-se conta do que estava acontecendo, empurrou a mãe com toda a força possível e começou a gritar por socorro. Raquel, desligada parcialmente do seu obsessor pelo susto que havia levado, deu-se conta da loucura que tinha acabado de fazer e, arrependida, tocada em seus sentimentos de mãe, jogou as brasas longe e disse alto:

— Pare de gritar, Daniele! Ninguém vai ouvir. Pare!

A voz de Raquel se fez tão alta que Daniele parou assustada. Começou a chorar convulsivamente e Raquel, tentando se aproximar, disse:

— Filha, me perdoa, eu estava louca. Me perdoa, pelo amor de teu pai.

— A senhora é uma cobra, uma cobra!!! Não chegue perto de mim ou sou capaz de matá-la agora. Cobra!!! Cobra!!!

Completamente atordoada e com medo que a filha fugisse delatando-a, Raquel continuou tentando contê-la.

— Me perdoa, filha, eu não estava em mim quando fiz uma loucura dessas.

Daniele, agora já sentindo a forte dor da queimadura de segundo grau, foi deixando-se deitar na cama, começando a chorar.

— Não posso perder meu filho. Não posso!

— Vou provar que estou arrependida. Sei fazer um unguento que passa logo essa sua dor e sara rápido.

Raquel saiu em disparada para a cozinha sem saber o que pensar. Ela era má, reconhecia, mas para fazer o que fez tinha certeza que o demônio havia encostado nela. Cuidou de preparar o unguento e foi ligeira colocar sobre o ventre da filha.

Aos poucos, uma sensação de alívio foi deixando Daniele mais calma, até que, vencida pelo sono, adormeceu. Raquel, ao seu lado, torcia para que o bebê não morresse com aquela agressão, não por ter começado a amar a criança, mas porque sabia que, se o menino fosse abortado, Daniele certamente fugiria e a entregaria à polícia. Naquele instante, Raquel prometeu a si mesma que deixaria o neto nascer, mas trataria de dar um sumiço nele assim que fosse possível e de uma maneira que ela não se passasse por culpada.

Foi para sua cadeira de balanço, acendeu seu cigarro e observando os desenhos estranhos que a fumaça fazia, esperou o dia amanhecer.

Assim que o sol despontou no horizonte, Daniele acordou, ainda sentindo fortes dores na barriga. Vendo que a filha se mexia no leito, Raquel foi até seu quarto.

– Como está?

– Ainda dói – fez pequena pausa e, olhando para a mãe com mágoa, perguntou: – Como a senhora teve coragem de fazer isso?

– Minha filha, eu, eu, eu só podia estar possuída. Confesso que estou com muita raiva dessa gravidez, mas a ideia de queimar sua barriga com as brasas me veio de repente e fiz tudo quase mecanicamente. Parece que o sujo me possuiu.

– Não foi o demônio, foi a senhora mesma. Estou com medo. Quero ir embora daqui.

O coração de Raquel deu um salto. Se ela saísse dali, mesmo que não a entregasse, poderia facilmente ser descoberta. Disse, num salto:

– Não faça isso. Você pode ser presa e seu filho nascer na prisão.

– Seria melhor. Pelo menos na prisão não corro o risco de vida que tenho aqui.

Raquel fingiu estar sofrendo:

– Daniele, estou triste com o que fiz. Mas nós duas sempre fomos unidas, amigas, vivemos sempre uma para a outra. Não é justo que me abandone. Prometo que deixarei esse filho nascer e o tratarei com todo o carinho. Não vá embora!

O fingimento das palavras de Raquel foi tão forte que Daniele acreditou. Completamente confusa, abraçou a mãe e chorou no seu ombro. Quando a emoção passou, Raquel disse:

– Vou preparar outro unguento. Logo ficará boa.

Raquel saiu em direção à cozinha, enquanto Daniele, completamente desorientada, voltou a deitar.

Solução encontrada

A partir daquele dia a relação entre mãe e filha melhorou. Raquel sentia grande ódio tanto pelo fato de a filha haver se entregado a um inimigo, como pelo bebê que a cada dia crescia em seu ventre. Pensou em várias maneiras de fazê-la abortar sem que ela soubesse, mas desistiu, visto que Daniele era muito esperta e, se desconfiasse da participação da mãe num aborto, aparentemente espontâneo, certamente a denunciaria. Raquel sentia ainda mais ódio ao pensar que estava nas mãos da filha e seria obrigada a conviver com uma criança, neta das pessoas que ela mais execrava no mundo.

No final daquela tarde de sexta-feira o carro de Ernestina parou à frente da casa e ela entrou. Seu rosto estava triste e logo Raquel convidou-a para conversarem embaixo da árvore costumeira. Ernestina foi desabafando:

– Não aguento mais a depressão de minha filha. Tenho rezado pedindo a Deus uma solução, mas não consigo encontrar. Ela não se conforma em não poder ser mãe, mesmo com todo o carinho que o marido lhe dá. Wilson concordou em adotar um bebê, mas ela se recusa a sair procurando num orfanato. Colocou na cabeça que quer uma criança que se pareça com eles e diz que dificilmente encontrará uma assim em orfanatos. Sei que é difícil, mas podemos procurar, nem que demore muito. Contudo, Fátima não quer esperar e, vendo-se impotente, entra cada dia mais em depressão, quase não se alimenta direito.

De repente, influenciada pelo espírito de João e dos filhos, Raquel teve uma ideia. Pensou rápido e disse:

– Ernestina, creio que encontrei a solução para o seu problema. Aliás, não só para o seu, como também para o meu.

Ernestina, sem entender, perguntou:

– Solução? Que tipo de solução?

Raquel, em poucas palavras e usando da mentira, disse que Daniele havia se envolvido com um marginal na capital e acabara engravidando. Afirmou que não queria o menino como neto e finalizou:

– Tenho certeza que essa criança nascerá do jeito que sua filha deseja. Mas temos um problema: Daniele não vai aceitar de jeito nenhum dar o filho. Sabe como são essas moças tolas, está apegada à gravidez achando que o tal, lá da capital, ainda voltará pra ela depois que a criança nascer. Posso dar a criança a vocês com uma condição: preciso de muito dinheiro para fugir daqui. Sei que minha filha nunca me perdoará e estou metida em uma confusão a qual não posso revelar agora. Se me derem o dinheiro de que preciso para fugir, entrego o bebê em suas mãos.

Ernestina ouvia sem saber se aceitava ou não aquela proposta. Perguntou, curiosa:

– Mas Daniele certamente vai procurar essa criança e vai encontrá-la em nossa casa. Teremos que devolvê-la.

– Não se fizermos da forma como estou pensando. Quando Daniele sentir as dores do parto eu entrarei em ação e, é claro, não a levarei ao hospital. Sei fazer partos e farei o dela. Assim que a criança nascer, farei com que tome uma beberagem que a deixará adormecida por três dias. É o tempo que entrego o bebê a vocês e fujo. Quando ela acordar, verá um bilhete meu onde direi ter fugido e levado a criança comigo para vendê-la muito longe. Sei que ela acreditará, pois me conhece muito bem, sabe do que sou capaz – fez uma pausa e concluiu: – Mas sua filha terá que dizer a todos que está grávida, colocar barriga de pano e até ir a um hospital fazer o parto. Tenho certeza que você, com seu dinheiro, conseguirá um médico que ateste que fez o parto.

Ernestina nunca havia percebido o quanto Raquel era ardilosa e esperta, mas tinha que concordar que o plano era muito bem feito. Pensou em não compactuar com aquilo, afinal, conhecia Daniele desde pequena, quando havia chegado à cidade com sete anos, e era uma moça boa, generosa, não merecia. Contudo, lembrando do sofrimento da filha, resolveu:

– Tudo bem, aceito! Essa ideia não poderia ser melhor. Temos que fazer tudo bem feito. Contarei ao Aristóteles, ao Wilson e à Fátima e, se eles concordarem, tudo será feito.

— Não acho bom o seu Aristóteles saber disso — ponderou Raquel. — É um homem cheio de honestidade e amor ao próximo. Nunca vai aceitar.

— É aí que você se engana. Aristóteles está com tanto medo que a filha morra de depressão que será capaz de aceitar tudo. Falarei com todos e volto amanhã para dar a resposta definitiva.

Ambas retornaram para a casa, onde Daniele passava um café com alegria. Ernestina tomou, conversou banalidades, pegou a roupa lavada e foi embora.

A partir daquele momento, Raquel tratou de se tornar ainda mais fingida com a filha. Tratava-a carinhosamente, perguntava como estava sentindo-se, se queria comer algo diferente e até carinho fazia em sua barriga. Daniele, muito alegre e vendo que a mãe havia voltado aos tempos de antes, quando viviam em harmonia, foi aos poucos se abrindo. Contou como havia se apaixonado por Conrado, como haviam feito amor e de como um dia queria seu perdão.

Era difícil para Raquel dissimular tanto ódio, mas o fazia de tal maneira que Daniele jamais desconfiava do que estava se passando.

Nos dias que se seguiram, após receber a resposta positiva de Ernestina, Raquel, que se encontrava polindo uma velha arma, disse, como quem não quer nada:

— Estou muito feliz por Ernestina. Fátima está grávida; logo, logo, assim como eu, ela terá um netinho.

— Fátima, grávida? Que maravilha! Uma pessoa ótima, merece.

— Merece mesmo. Praticamente vi Fátima nascer. Como me faz feliz saber que realizará o grande sonho de ser mãe!

Daniele entristeceu-se:

— Eu também realizarei esse sonho, mas não serei feliz como Fátima. Ela está ao lado do homem que ama e eu terei que criar essa criança sozinha, aqui no meio desse mato.

— Sozinha não, minha querida. Esqueceu que tem a sua mãe? Seu filho será a criança mais feliz do mundo.

— Ainda assim, mãe. Ele nunca poderá ter uma vida normal, assim também como eu nunca tive. Terá que viver escondido aqui.

— Não pense assim — disse Raquel para enganar ainda mais a filha. — O tempo passará e as pessoas esquecerão do ocorrido. Você registrará o bebê com seus documentos falsos, sua aparência cada vez mais será modificada, e depois, será impossível que alguém nos ache aqui depois de tanto tempo. Seu filho levará vida normal.

— Pensando bem, é verdade. Como sempre, a senhora tem razão.

Só naquela hora Daniele percebeu que Raquel limpava a velha arma que fora presente do senhor Aristóteles. Ela não gostava de armas, tinha verdadeiro horror. Por isso, disse:

— Guarde essa arma, mãe. Pra que ficar limpando isso? Nunca precisamos e tenho fé de que nunca precisaremos usar uma coisa dessas. Já bastam as mortes que cometi.

Raquel olhava para a arma como se estivesse hipnotizada. Adorava atirar, ainda que para matar um animal perigoso ou simplesmente para o ar. Por isso, sempre a deixava carregada. Voltou-se para Daniele, dizendo:

— Viver aqui é perigoso. Sempre tive armas. Lembra-se quando o Zé Grilo quis nos atacar? Se não fosse a velha garrucha de seu pai, teríamos sido estupradas. Depois daquele dia, seu Aristóteles, com pena da gente, me deu essa 38 e ainda me ensinou a atirar. Além de tudo, não é só para atirar em gente. Há animais perigosos por aqui. Vivemos numa caatinga, esqueceu? Além das jiboias, sempre tem uma ou outra cascavel que aparece.

Daniele não disse mais nada, colocou os pratos na mesa tosca e foram almoçar.

O mundo espiritual entra em ação

Os meses foram passando lentamente e, com eles, a barriga de Daniele se avolumava. Por muito a filha insistir, Raquel levou-a para fazer o pré-natal numa cidade vizinha e os médicos afirmaram que a criança crescia saudável e era um menino.

Foi com emoção que Daniele recebeu essa notícia. Com o dinheiro das lavagens de roupas começou a fazer o enxoval, sempre imaginando como seria se estivesse na mansão, ao lado de Conrado. Certamente, além de muito feliz, seu filho teria tudo do bom e do melhor, com futuro garantido. O que seria daquela criança vivendo ali naquela cidade pequena e sem horizontes? Às vezes pensava em entregar-se e dar o filho a Conrado para que ele criasse, mas não saberia viver em uma prisão, muito menos sabendo que sua mãe, que já não era tão nova, estaria presa também.

Outro dia, quando Ernestina chegou com outras trouxas de roupas a serem lavadas, chamou Raquel e disse:

– Aquela sua amiga de São Paulo mandou-lhe outra carta. Faz tempo que ela não se comunica com vocês, não é?

– Sim. A Soraia é muito ocupada. Desde que ficou viúva, teve que aprender a lidar com o patrimônio do marido e isso a ocupa demais. Deixe-me ver.

Enquanto Raquel segurava o envelope, Daniele sentia suas pernas bambearem. Certamente ali estariam todas as notícias da família de Conrado, o que eles estavam fazendo, como haviam se refeito do crime, e, principalmente, como estavam as buscas por ela. Raquel, percebendo a palidez da filha, disse rápido:

– Obrigado, Ernestina, depois lerei. Nunca é nada tão importante mesmo...

Ernestina entregou as roupas, olhou para o ventre de Daniele em seus oito meses de gestação e sorriu maliciosamente.

Assim que ela saiu, as duas abriram o envelope com avidez e leram:

"Queridas Raquel e Daniele,

As coisas aqui não estão correndo como vocês queriam. A família ficou desolada por um bom tempo, mas já estão se refazendo. Conrado casou-se com Sofia e Verônica casou-se com Maurílio. Todos estão vivendo na mansão e Sofia já está grávida.

Eles tinham cortado as relações comigo após uma discussão que tive com Verônica em uma das festas que davam à noite, mas depois da tragédia voltaram a me receber e procuro fingir ser uma amiga maravilhosa.

O crime repercutiu demais por toda a São Paulo. A família contratou detetives especiais e, tanto a polícia aqui da cidade, como a do Rio, juntaram-se para resolver o problema, mas nada encontraram até agora. Tenho certeza que nunca chegarão aí, podem ficar tranquilas.

Um grande abraço da amiga de sempre,
Soraia Montenegro".

As palavras eram poucas, mas diziam tudo. Daniele não se conteve e chorou sentidamente ao saber da união de Conrado e Sofia. Alegrou-se, contudo, por Verônica ter, finalmente, encontrado o amor e estar feliz.

O silêncio se fez enquanto mãe e filha, mergulhadas em seus próprios pensamentos, não ousavam falar. Tempos depois, Raquel acendeu um cigarro e, dando baforadas, disse:

– Ainda bem que temos uma amiga como Soraia. Sem ela, nossa vingança não teria sido possível. Suas palavras nesta carta me tranquilizaram, realmente, ninguém jamais nos encontrará aqui.

Vendo que Daniele enxugava ainda algumas lágrimas que teimavam em cair, Raquel tornou:

– Você achava que Conrado iria ficar solteiro para sempre? Sabe que não gosto de falar dele, mas dê-se por satisfeita em saber que o homem que você diz amar está feliz. Não vive aí se culpando?

– Tem razão, mãe. Mas é duro saber que ele me esqueceu em pouco tempo, embora Sofia seja uma mulher muito boa e mereça ser feliz. Ela sempre o amou. Fico ainda mais triste ao saber que o filho deles terá uma vida maravilhosa, enquanto o meu poderá até passar fome.

– Você queria que ele continuasse amando a mulher que tirou a vida dos seus pais?

Aquela frase ecoou na mente de Daniele de uma maneira estranha. Ela havia tirado a vida de duas pessoas. Como havia tido tamanha coragem? Como teve forças para matar as pessoas que Conrado mais amava no mundo? Naquele momento, voltou a sentir uma raiva surda da mãe. Sim, fora ela a única culpada pelo seu infeliz destino. Sua mãe era uma cobra.

Foi para o quarto, deitou e continuou dizendo mentalmente:

– Cobra! Cobra! A senhora é uma cobra.

Daniele não mais conseguiu fazer nada naquele dia e foi se recolher cedo, assim também como Raquel. A noite estava bonita, o céu estrelado e sem nuvens convidava a uma reflexão interior. Fazia calor e Daniele deixou a janela de seu quarto aberta enquanto orava a Deus vendo o firmamento, pedindo para ser perdoada. Ela não viu, mas os espíritos luminosos de Francisco e Marilda davam-lhe passes calmantes.

Eles haviam ido lá por designação do plano superior para alertar Daniele sobre o que sua mãe pretendia fazer com a criança. Aquele espírito que estava por reencarnar era bastante ligado a ela e Conrado por laços do passado e não poderia, de jeito algum, ir parar nas mãos de outros pais. A justiça divina não iria permitir.

Francisco olhou para Marilda e, percebendo que Daniele se entretera vendo o céu, disse:

— Vamos até o quarto de Raquel. Tentaremos trazê-la para nossa conversa com Daniele assim que estiver desligada do corpo físico.

Contudo, tanto Francisco quanto Marilda surpreenderam-se com a inusitada cena que viram ali. Raquel já havia saído do corpo e conversava assustada com o marido e os filhos. Ela dizia:

— O que está acontecendo com o seu corpo, João? Que fantasias são essas que você e nossos filhos estão usando?

João, olhar maligno, respondeu, confuso:

— Não estamos usando fantasias, mulher. Nem tampouco sabemos o que nos acontece. Aos poucos fomos notando que nosso corpo foi se transformando e está assim como você vê hoje.

Raquel olhou melhor e ficou estarrecida. Os corpos do marido e dos filhos estavam transformados em corpos de tigres, com patas e unhas enormes. Os dentes também estavam grandes e afiados, junto com as orelhas, que se apresentavam descomunais e monstruosas. Só o semblante é que ainda lembrava o que João, Jackson e Jair haviam sido um dia. Disse, horrorizada:

– Deus do céu, vocês viraram animais!

– Por que se assusta tanto? Não vai mais me querer por que estou assim?

– Não é isso, João, quero você como o homem bonito e forte que conheci em minha juventude.

– Até parece que você está tão bonita assim. Por que não se olha melhor?

Raquel, que até aquele momento não havia prestado atenção ao próprio corpo, começou a gritar ao ver-se rastejando no chão com o corpo de serpente. O perispírito de Raquel havia tomado a forma de uma cobra gigante, que se enrolava em si mesma e expelia um líquido viscoso pela boca. Só o rosto de Raquel ainda continuava perfeito. Ela chorava, desalentada:

– O que é isso, meu Deus? Quero meu corpo de volta.

Nessa hora, Francisco e Marilda diminuíram suas vibrações para poderem ser vistos por eles. Francisco disse, amorosamente:

– Se querem o corpo de vocês de volta, necessitam perdoar e esquecer a vingança. Esse é o único caminho.

João, reconhecendo-o, disse, rancoroso:

– Já não disse que é para deixar minha vida em paz?

– E você está em paz? – Perguntou Francisco, sem se abalar.

– Não queremos papo, vá embora. Não é bem-vindo em nossa casa.

— Iremos na hora certa, mas só quero esclarecer que vocês estão assim por causa do ódio e da maldade que carregam no peito. Esses sentimentos deformam nosso perispírito e, de repente, nos vemos em formas tão primitivas e grotescas quanto eles. Se querem ter corpos normais e sadios, necessitam perdoar.

João bradou:

— Nunca, nuncaaaaaaa...

Com esse grito, desapareceu chão adentro junto com os filhos, deixando Raquel sozinha com o casal iluminado. Marilda tornou:

— Raquel, você ainda tem a chance de se redimir. Perdoe e ajude sua filha a reencontrar o caminho da paz. Se você fizer o que pretende, aumentará suas culpas e essa forma animal que seu corpo se transformou irá continuar a se degradar até que vire uma massa disforme, a qual chamamos de ovoide. É isso o que quer para sua vida?

Raquel, chorando, disse:

— Não tenho mais jeito, Deus nunca vai me perdoar. E, além de tudo, tive razão em me vingar. Eu era feliz com minha casinha, com meus filhos, minhas plantações, mas a ambição de Gustavo e Rebeca veio para acabar com tudo e nos transformar no que somos hoje: animais. Minha filha teve razão quando me chamou de cobra, é isso mesmo que sou.

— Você não é nada disso. É uma filha de Deus Pai, amoroso e justo, que nunca vai cansar de te esperar para que viva feliz no seio d'Ele. Acredite, você pode mudar.

– Depois de tudo o que passei, não posso perdoar. Foi muito sofrimento, a senhora não sabe nem a metade do que passei.

– Não sei, mas você pode me contar. Vamos fazer um trato? Você me conta sua história e depois eu conto outra para você. Ao final, vamos juntar as duas, e você vai me dizer se pode ou não perdoar o mal que lhe fizeram.

Raquel estranhou que aquela mulher tivesse alguma história para lhe contar, mas resolveu:

– Vou lhe dizer tudo – e assim começou a narrar...

Raquel conta sua história

"Meu pai era um pobre lavrador de um pequeno sítio em Vila das Flores, interior do Maranhão. Eu e minha irmã Soraia vivíamos quase na miséria, mas o nosso pai, aos poucos, foi prosperando e nossa vida, melhorando. Depois de alguns anos, foi comprando algumas terras vizinhas e logo tínhamos um bom pedaço de chão para cuidar, plantar e colher. Fomos crescendo e, assim que ficou mocinha, Soraia se casou e foi morar com o marido na cidade. Fiquei só cuidando de meus pais, agora já mais idosos, e foi aí que conheci João, um moço bonito e bom que trabalhava em nossas terras. Iniciamos um namoro, ficamos noivos e nos casamos, passando a viver na mesma casa que meus pais.

Alguns anos depois de meu casamento, meus pais faleceram, os dois no mesmo ano. Foi um choque para mim, mas, em compensação, estava grávida do meu primeiro filho e isso me ajudou a superar. João continuou cultivando a terra e nossa vida era feliz, nada nos faltava. Toda colheita era vendida na cidade e, com isso, pudemos dar uma vida razoavelmente boa a nossos filhos. Eu já havia tido o Jackson, depois o Jair e a nossa caçula, Daniele. Cuidava de todos eles com muito amor.

Vizinho às nossas terras morava o senhor Francisco, um rico fazendeiro que se encontrava muito feliz: seu filho Gustavo estava voltando de São Paulo, formado em direito, e trazia consigo sua jovem esposa Rebeca para ficarem uns dias na fazenda. O senhor Francisco e a senhora Marilda fizeram um belo churrasco para comemorar o acontecimento e todos foram, pois, além de vizinhos, éramos amigos.

Quando olhei nos olhos de Gustavo pela primeira vez, não gostei do brilho de maldade que vi. Assim como ele, sua mulher tinha feições cínicas e nos olhava como se fôssemos inferiores.

Depois da festa, não mais nos lembramos deles até que um dia, Jurema, uma das empregadas da fazenda, veio à nossa casa chorando muito e dizendo:

– Aconteceu uma desgraça lá na casa grande. O senhor Francisco adoeceu e morreu em menos de dois dias. Estão convidando para o enterro.

Assustada, perguntei:

– Mas o senhor Francisco ainda é muito jovem, tinha a saúde de ferro. O que aconteceu?

– Não sabemos e nem os médicos sabem. Foi uma doença misteriosa. Quiseram levar o corpo para a capital e investigar melhor, mas o Dr. Gustavo não permitiu. O enterro será às três horas no cemitério da fazenda.

Assim que João chegou para o almoço lhe contei o ocorrido, o susto foi grande. Gostávamos muito do senhor Francisco e, às três em ponto, estávamos lá para o enterro. Novamente não gostei do rosto de Gustavo e parecia ver em seus olhos um brilho de alegria, como se estivesse gostando da morte do pai.

O enterro aconteceu e voltamos à vida de sempre. Nossas terras estavam cada vez mais prósperas e pudemos comprar outras posses vizinhas, ampliando os nossos limites. Meses se passaram e, num fim de tarde, Jurema chegou em nossa casa mais uma vez chorosa, pedindo:

— Raquel, vim pedir que vá à casa grande ajudar na corrente de orações para a senhora Marilda.

— O que aconteceu? Por que a Dona Marilda precisa de orações?

— Aconteceu uma tragédia hoje pela manhã. A coitada, que já andava triste por causa da morte do marido, sofreu um desmaio e está prostrada na cama. O médico disse que foi derrame e que ela não demora a morrer. Mas nós temos fé e pedimos ao Dr. Gustavo que fizéssemos uma corrente de orações pela saúde dela. Ele deixou e estou indo nas casas vizinhas chamar mais gente. Pode nos ajudar?

É claro que concordei e fui, mas antes perguntei a João:

— Não acha esquisito Dona Marilda morrer dois meses depois da morte do senhor Francisco?

João, acendendo seu costumeiro cigarro de palha, deu de ombros:

— Vai ver a pobre não aguentou ficar sozinha. Muita viúva morre assim que o marido morre.

– E você não acha estranho que o filho deles, o Dr. Gustavo, esteja aqui até hoje? Pelo que disseram, eles vieram passar só uma temporada e logo voltariam para São Paulo.

– Não é estranho nada, mulher – disse meu marido, sem dar muita importância. – Dr. Gustavo não pôde voltar porque, assim que ele chegou, o senhor Francisco morreu e ele não pôde deixar a mãe só. Coitado do moço, tão jovem e já sem pai e, agora, sem mãe.

Não disse mais nada e fui ajudar Jurema com as orações. Nessa época Daniele já tinha cinco anos e me acompanhou. Assim que terminou o terço, fui surpreendida com o chamado de Gustavo:

– Senhora Raquel, pode me acompanhar até o escritório?

– Sim, senhor.

Lá chegando, ele me olhou e disse:

– Sei que não é o melhor momento para falarmos de negócios, mas aproveito que a senhora está aqui e quero lhe propor a compra de suas terras. Pretendo ampliar os limites das terras de meu pai, que agora são minhas, e só falta vocês me venderem. Já comprei de todos ao redor.

– Me desculpe, Dr. Gustavo, mas o senhor comprou as terras dos nossos vizinhos por um preço muito baixo e, mesmo assim, porque eles estavam desesperados pela seca. Mas nós cuidamos bem da nossa, irrigamos, adubamos, não acredito que meu marido queira vender. Nossa vida sempre foi e será aqui.

Os olhos dele brilharam com rancor enquanto disse:

— Não costumo ouvir um não e ficar por isso. Avise ao seu marido que em breve irei visitá-lo e quero ver se não me vende as terras.

Saí dali com o coração aos saltos, prevendo algo ruim que não sabia bem o que era. João ficou furioso e afirmou que jamais venderia o nosso patrimônio, ainda mais naquele momento, quando Jackson e Jair já estavam ficando rapazes e teriam que ter terras e casas para morar com suas esposas.

No dia seguinte, Dona Marilda morreu e, mais uma vez, fomos para o enterro. Passou uma semana e, num fim de tarde, escutamos o trotar de cavalos. Era o Dr. Gustavo e o capataz da fazenda. Pedi que entrassem e ele foi direto ao assunto:

— Senhor João, vim aqui porque desejo comprar suas terras. Meus pais faleceram e quero ampliar tudo o que eles tinham. Tenho um valor bom para oferecer e lhe pago na hora.

João olhou para ele com raiva e tornou:

— Jamais venderei minhas terras, muito menos para o senhor. Não gostei de como se dirigiu a minha mulher e, mesmo que fosse vender, não seria para você.

— Está me desafiando, seu verme asqueroso?

João pareceu não acreditar no que ouviu e pediu:

— O senhor repete o que disse? Não entendi direito.

— Perguntei se está me desafiando e o chamei de verme asqueroso. Quer mais?

Conhecia o temperamento de meu marido e sabia que aquilo não ia acabar bem. Logo João estava discutindo com ele de igual para igual.

— O senhor pensa que só porque estudou pode falar assim com um trabalhador, um pai de família honrado?

— Eu falo como quero. O senhor não passa de um pobre miserável que se acha rico só porque conseguiu meia dúzia de terras, mas não passa de um miserável. Ou vende suas terras por bem ou vende por mal.

João deu violento soco em Gustavo, que saiu correndo em direção ao cavalo, gritando:

— Isso não vai ficar assim. Juro!

Preocupada, corri até meu marido.

— Ficou louco, homem? Como ousou bater no Dr. Gustavo?

— Ele mereceu, mulher. Pensa que só porque é rico pode vir assim humilhando os outros?

Daniele estava chorando e eu fui fazê-la parar, mas, a partir daquele dia, não consegui mais ter paz. Tinha pesadelos em que via meu marido morto. Ficava apavorada.

Certo dia, em outro fim de tarde, Dr. Gustavo voltou, dessa vez com uma pasta nas mãos:

— Posso entrar?

— Aqui o senhor não é bem-vindo — disse João, com raiva. — Gostava muito do senhor seu pai e da senhora sua mãe, mas você é bicho ruim, não saiu a eles.

Gustavo riu com sarcasmo.

— O que tenho nessa pasta é de seu interesse. Não quer ver?

– Não. Pode ir se retirando.

– Estes papéis aqui dizem que o senhor me vendeu todas as suas terras e que paguei muito caro por elas. Está tudo acertado em juízo. E agora, não quer ver?

João ficou pálido. Como aquilo poderia ter acontecido? Arrancou a pasta das mãos de Gustavo e foi olhando os papéis. Eram escrituras de compra e venda de nossas terras, assinadas por ele. João, muito nervoso, disse:

– Isso aqui é uma mentira. Não assinei nada disso. Ponha-se daqui pra fora.

– Não reconhece sua assinatura? Olhe outra vez.

Dessa vez, fui eu quem pegou os papéis, olhei-os e disse:

– João, homem, é sua letra mesmo. Como você pôde ter vendido todas as nossas terras? – Comecei a chorar angustiada, tendo nossos filhos ao lado.

– Não sei o que esse homem fez, mas não assinei nenhum papel e pode ir embora daqui antes que eu perca minha paciência e descarregue meu trabuco no senhor.

Gustavo nos olhou com malícia enquanto disse:

– Tomarei minhas providências.

Naquela noite, não conseguimos dormir. Na cama, enquanto as crianças dormiam, disse para João:

– O que vamos fazer se ele nos tomar tudo?

Mesmo preocupado, ele tentava me acalmar:

– Qual nada, mulher, isso é coisa pra nos assustar. Não assinei nada, não fui em cartório nenhum. Ele deve estar querendo nos pegar com alguma tramoia.

– É disso que tenho medo. Já ouvi falar de pessoas que escrevem a letra da gente como se fosse a gente mesmo escrevendo. Você compra no armazém, assina notas. Ele pode ter mandado alguém copiar sua letra.

João tentou me convencer de todas as maneiras, mas eu não consegui ficar bem e só quando o dia estava clareando foi que consegui dormir.

Os dias que se seguiram foram tranquilos e parecia que nada nos iria acontecer, até que chegou à nossa casa, logo após o meio-dia, um homem engravatado dizendo ser da justiça. Mostrou suas credenciais e disse:

– Como podem ver, o senhor João assinou uma procuração dando pleno direito e poder ao senhor Gustavo sobre todos os seus bens. O senhor Gustavo passou todas essas terras para o nome dele e vocês têm que sair daqui ainda hoje ou então a justiça os colocará para fora à força.

– Mas isso não é possível – gritou João, em franco desespero. – Não assinei nada, estas terras são minhas, conquistadas com esforço e suor. O ladrão do Gustavo está querendo nos roubar com sua ambição, mas isso eu não vou deixar. Só saio daqui morto.

O oficial de justiça, percebendo a real situação, limitou-se a dizer:

– O senhor tem 24 horas para sair daqui com sua família. Se não fizer isso, o Dr. Gustavo pode entrar com uma ação de despejo e terão que sair pela força da lei.

– Que seja! – Bradou João. – Vou esperar a lei me tirar daqui. Veremos quem é mais forte.

Assim que o homem saiu, entramos para casa desesperados. Daniele havia recomeçado a chorar, pois, apesar da pouca idade, havia entendido tudo. A custo, fiz com que se acalmasse e fosse ficar no pomar com os irmãos para acalmá-los. Jackson e Jair estavam nervosos e com raiva, dispostos a tudo, mas nunca deixariam aquelas terras.

Sentada com meu marido ao redor da mesa, disse:

– João, fomos roubados. Vivemos numa terra sem lei, teremos que sair daqui e recomeçar.

– Até você, mulher? Não vê que isso é uma injustiça e que a lei estará ao nosso lado?

Eu torcia as mãos em desespero:

– Não vê que aqui a lei é de quem tem mais dinheiro? Não teremos outra saída. Meu Deus! O que será dos nossos filhos? – Comecei a chorar convulsivamente.

João deu um soco na mesa e levantou-se:

– Pois eu não saio daqui nem à bala.

Eu sabia que João tinha uma velha espingarda guardada em casa e não queria violência, pois poderíamos acabar mal. Por isso, roguei:

– Pelo amor de Deus, homem, deixe disso. Vamos ir embora daqui e recomeçar. Temos aquela reserva no banco, podemos comprar uma casa em outra cidade, você pode arranjar um emprego. Não entre na violência, pois, se você morrer, não saberei o que fazer.

– Não é justo que depois de tanto esforço de seu pai e meu para ampliarmos nossas terras, cultivarmos, progredir nosso negócio, deixemos tudo para trás como se fôssemos bandidos. Na verdade, o grande bandido nessa história é o Gustavo. Mas daqui não saio de jeito nenhum. Prefiro morrer a abandonar o que é meu.

Nessa hora, meus filhos haviam entrado em casa e tanto Jackson quanto Jair disseram:

– Nós também, pai. Não abandonaremos o senhor por nada. Estamos do seu lado.

Eu só fazia chorar abraçada a Daniele, orando a Deus para que meu marido desistisse e fôssemos embora dali. Eu preferia perder tudo, menos meu marido, filhos, ou minha própria vida. Muito desesperada, continuei a orar, até que aos poucos fui me acalmando..."

Crime hediondo

As 24 horas haviam passado e nada de João ceder. Apesar das orações, eu continuava inquieta, angustiada, temendo algo terrível que não sabia o que era. O final da tarde chegou e, como ninguém apareceu, João disse:

— Está vendo como fizemos bem em não sair? Eles desistiram. Não se pode brincar assim com a justiça. Somos honestos.

— Sei não, homem, o Dr. Gustavo não é de brincadeiras. Não acredito que esse homem vá desistir tão fácil.

Fomos nos alimentar e o tempo foi passando, até que, no meio da noite, ouvimos mais uma vez o trotar de vários cavalos. Falei sobressaltada pelo medo:

— São eles, vieram nos expulsar. Pelo amor do Cristo, não reaja com violência.

João abriu a porta e tanto o capataz da fazenda como mais três homens, com latas nas mãos e armas na cintura, nos olhavam com cinismo. O capataz disse, sorrindo:

— E então, João? Vai ou não sair dessa casa?

— Não vou e, se tentarem entrar, eu atiro.

João mostrou a espingarda e rapidamente dois homens desceram dos cavalos e foram se aproximando lentamente. João, nervoso, bradou:

– Não se aproximem mais ou eu atiro!

O coitado do meu marido mal teve tempo de terminar a frase e os homens avançaram sobre ele com uma fúria descomunal, desarmando-o. João ainda tentou agredi-los com socos e pontapés, mas eles eram muito mais fortes e logo meu marido estava no chão, caído. Meus filhos, assustados, só faziam chorar. Quando a luta acabou, o capataz tornou:

– Viemos com ordem do senhor Gustavo para tocar fogo na casa. Achamos que não íamos mais encontrar ninguém aqui, por isso, saiam da frente, essa casa será destruída.

Não consegui mais me conter e gritei:

– Pelo amor de Deus, não façam isso. Prometemos sair ainda essa madrugada, mas não precisam destruir a casa. Tenha piedade.

– Nem mais um minuto, minha senhora. Se quiserem pegar suas trouxas, entrem logo, pois daqui a pouco o fogo vai consumir tudo. Dr. Gustavo quer as terras, essa casa para ele não serve para nada.

Com esforço, João levantou-se e, com voz que o sofrimento entrecortava, tomou uma decisão:

– Pois botem fogo na casa, mas será comigo dentro. Daqui só saio morto.

Meus filhos também disseram:

– É isso mesmo, pai, estamos com o senhor. Se querem colocar fogo, terão que nos matar e irão para a cadeia.

O capataz gargalhou:

– E você acha que um rapaz milionário como o senhor Gustavo vai para a cadeia? Cadeia é coisa de pobre. Ande, saiam daí.

Não adiantou. João e meus dois filhos mais velhos entraram na casa sob meus gritos agudos e desesperados:

– Não faça isso, João, volte! Temos a Daniele para criar, não posso ficar sozinha no mundo. Eu o amo! Vamos embora daqui, podemos construir uma vida fora!

Ele simplesmente gritou lá de dentro:

– Vá embora com Daniele, se quiser, mas daqui não saio nunca mais! Meu orgulho é mais forte. Se vou perder tudo o que é meu, prefiro morrer!

– Não!! – Eu gritava desesperada, enquanto os homens derramavam querosene por toda a casa e arredores.

Logo o fogo foi consumindo e eu, parecendo enlouquecer, gritava desesperada, Daniele chorava e chamava pelo pai e irmãos. Minha dor foi ainda maior quando pude, ao longe, e em meio ao crepitar do fogo, ouvir os gemidos daqueles que mais amava no mundo morrendo queimados, inocentes, enganados e vítimas da ambição de um homem asqueroso e cruel.

Naquele momento um ódio surdo, imenso, descomunal, como eu nunca havia sentido na vida por nada ou ninguém, brotou em meu peito. Ali mesmo na frente daqueles homens e da casa em chamas, jurei que viveríamos, eu e minha filha, para nos vingarmos de Gustavo e sua mulher onde quer que eles estivessem.

Os homens iam embora quando um deles me olhou e disse:

— Apesar da teimosia do seu marido, tenho pena da senhora e dessa sua menina aí, que não tem culpa de nada. Tome isso para que possa viajar e encontrar sua irmã – o homem me deu um pequeno maço de notas que, naquela situação, não poderia recusar.

Assim que fiquei só com minha filha, olhei ainda as labaredas e jurei, mais uma vez:

— Um dia o matarei, seu monstro. Você e essa sua mulher ambiciosa que o ajuda em tudo. Juro por este céu que está sobre minha cabeça – virando-me para Daniele, enxuguei ainda algumas lágrimas que escorriam de seu rostinho inocente por presenciar aquela cena horrível, e disse:

— Vamos, filha. Tomaremos essa estrada, pediremos abrigo na casa da Alzira e amanhã iremos procurar sua tia.

— Papai e meus irmãos morreram queimados, mamãe. Que coisa triste.

— Tudo por causa de um homem mau. Um dia nos vingaremos dele e você vai me ajudar, está certo?

— Sim, mamãe. Quero que ele morra, assim como papai morreu.

Nos pusemos na estrada e logo encontramos a humilde casa onde Alzira morava com o marido, Pedro, e sua pequena filha, Gabriela. Pedimos abrigo e, quando contamos o que aconteceu, eles estancaram, perplexos. Alzira tornou:

— Nós vamos também vender nossas casas e terras para ele amanhã e por um preço que não é nem a metade. Não vamos enfrentá-lo para não termos o mesmo fim de vocês.

Soubemos que ele quer comprar tudo por uma ninharia para depois vender todas as terras por preço altíssimo e fazer sua carreira de advogado em São Paulo.

— Maldito. Onde quer que esteja, o encontrarei.

— Acha mesmo que conseguirá se vingar?

— Tenho certeza!

— Fazendo isso, estará se vingando por todos nós. Esse homem e sua mulher são dois monstros.

Pernoitamos lá e, na manhã seguinte, pegamos carona para a cidade. Ao chegar à casa de Soraia, desabei em pranto sofrido, contei-lhe tudo e ela, ao final, me incentivou:

— Está certa em se vingar e eu a ajudarei. Meu marido juntou um bom dinheiro e está pensando em ir embora para São Paulo. Certamente saberei o paradeiro do Gustavo e da Rebeca e a manterei informada.

— Faça isso por mim. Mas agora preciso de sua ajuda. Sei que seu marido tem dinheiro e eu também tenho dinheiro no banco numa conta conjunta com meu marido. Vou tirar tudo e, se seu marido puder me emprestar mais, irei embora daqui, comprarei um pequeno sítio e viverei para minha vingança.

— Mas como pensa em se vingar?

— Essa noite não dormi pensando nisso. Meu ódio é tanto que nem consigo chorar pela morte dos meus filhos e do João. Sei que só serei feliz o dia em que matar Rebeca e Gustavo.

— Mas você pode contratar um jagunço, pagar bem para que os mate. É mais fácil e mais barato.

— Não posso fazer isso. Não se pode confiar em jagunço. Não posso correr o risco de ser presa e minha filha ficar sem mim.

— Tem razão. Mas não vejo outra forma de você matar os dois sem contratar alguém.

— Primeiro preciso ir embora e providenciar um lugar pra morar. Depois penso no que fazer.

Assim que o marido voltou do trabalho, Soraia o colocou a par de toda a situação e ele, enraivado e nervoso, me deu até mais do que eu precisava. Foi assim que vim embora para Parnamirim, comprei esse sítio e me dediquei até hoje a essa vingança. Minha irmã muito ajudou, pois me manteve informada. Descobri que Gustavo se safou das mortes por alegar que não havia mandado matá-los, mas que eles ficaram lá por conta própria, o que foi facilmente provado. Abriram ainda um processo contra os capatazes de Gustavo, mas que, por influência dele, não deram em nada e todos ficaram livres. Poucos meses depois, ele vendeu tudo por preço exorbitante e veio para São Paulo, onde mandou construir aquela mansão luxuosa, montou um rico escritório de advocacia junto ao tio, que já era famoso, e, em pouco tempo, tornou-se um dos melhores e mais requisitados criminalistas do país. Mas estou vingada, certamente hoje estão queimando nas chamas do inferno.

Confesso que, se não fosse por Soraia, que foi morar no mesmo bairro que eles com o enriquecimento do marido, tudo seria mais difícil. Mas assim que ela chegou lá e conseguiu ter amizade com eles, vi minha chance chegar. Preparei Daniele para que chegasse como uma desmemoriada na frente da casa de Gustavo justamente no dia em que o filhinho deles ia para uma reunião espírita. Soraia me contava nas cartas que eles tinham mania de fazer caridade e até haviam acolhido outras pessoas estranhas dentro da casa só para ajudar. Disse que Conrado era uma pessoa boba, fazia tudo para ajudar os outros e, assim, foi fácil armar nosso plano, que deu exatamente certo. Imagina, Conrado, o bonzinho, chegando de um estudo religioso e vendo uma moça linda, chorando, roupas rasgadas, suja e sem memória na porta de sua casa: era a armadilha mais que perfeita! Como as pessoas são ingênuas!

Raquel parou a narrativa e gargalhou alto. Quanto mais gargalhava, mais seu corpo tomava a forma de cobra. Quando passou a crise de riso, Marilda, que a tudo ouvia com caridade e atenção, tornou:

— Bem, você já me contou sua história e quero lhe dar algumas opiniões, será que posso?

— Sim, já que me ouviu, pode sim.

— Será que foi mesmo certo você ter se vingado?

Raquel alterou a voz:

— Mesmo depois do que lhe contei você ainda acha que fui errada?

— Eu não acho nada, apenas fiz uma pergunta e quero fazer outra. Você está feliz, leve, serena e em paz depois de conseguir o que queria?

Raquel pareceu não querer responder àquela pergunta. Demorou um pouco e disse:

— Para ser sincera, não. Minha vida ficou vazia e sem objetivos. Já não vejo mais graça em acordar, me alimentar, cuidar da roça. Estou pensando que é depressão.

— Não é depressão, Raquel. Essa é a sensação de todos aqueles que se vingam. Ninguém que comete uma vingança consegue encontrar a felicidade, pois a felicidade está em perdoar e não em se vingar.

Os olhos de Raquel encheram-se de lágrimas. O que Marilda dizia talvez tivesse razão. Ela não andava nada bem naqueles dias. Seu coração andava batendo descompassado e dando uma pontada aguda de dor. Contudo, não cedeu:

— Por mais que você fale, nunca vou me arrepender do que fiz. Qualquer pessoa faria o que fiz e ponto final.

Marilda tornou com calma:

— Lembra do nosso trato? Você me contaria sua história e eu te contaria outra. Quer ouvir agora?

— Sim, não sou mulher de fugir de tratos.

Então, preste atenção. Marilda deu um sinal a Francisco, que continuava no ambiente, e ele, com gestos de mão, plasmou um grande monitor na parede. Raquel achou esquisito e perguntou:

— O que é isso?

— É que, enquanto eu for contando a história, as imagens serão passadas nessa tela. Preste atenção.

Raquel, intrigada, começou a olhar para a tela, que se iluminou ao mesmo tempo em que Marilda começou a contar...

A outra história

Tudo aconteceu em 1743, precisamente no Arraial Santa Rosa de Lima, época em que a mineração em Minas Gerais estava no auge e os contratadores precisavam ter mão de ferro na contenção dos abusos dos escravos, que acabavam por escapar, de uma forma ou de outra, e no contrabando das pedras preciosas, indo para outro destino que não Portugal.

O arraial era um dos grandes produtores de ouro, mas, naquele momento, a população estava preocupava com os diversos crimes que vinham ocorrendo há meses, onde corpos nus apareciam mortos, jogados pelas vielas e ruas, sempre no início da manhã e cuja causa ninguém conseguia encontrar, por mais que tivessem tentado.

Os corpos apresentavam pequenas perfurações na garganta e não apresentavam quase nenhuma gota de sangue, o que levou o povo a suspeitar de bruxaria.

Naquela manhã, a pequena igreja de Santa Rosa de Lima estava agitada. Finalmente o inquisidor monsenhor Maurílio havia chegado para investigar mais a fundo o caso e punir os culpados com todo o rigor que o Tribunal do Santo Ofício impingia àqueles que cometiam heresias e pecados contra a Igreja.

Naquele tempo, a inquisição estava de passagem pelo Brasil e, assim que a beata Raquel ficou sabendo, juntou-se ao padre Lúcio e encaminhou um pedido aos superiores: que enviassem um dos seus representantes de imediato ao arraial.

Raquel era uma fanática religiosa que vivia sempre com o padre, esmerando-se na arrumação da igreja, cuidando de tudo, principalmente do zelo à moral e aos bons costumes de quem vivia ali. Nada passava despercebido ao seu olhar de águia. Várias foram as denúncias feitas por ela de maridos que traíam as esposas, mulheres em adultério, moças que perdiam a virgindade antes do casamento, relacionamento sexual entre pessoas do mesmo sexo e tudo o que em sua visão era pecado e imoralidade aos olhos de Deus.

Quase todos do arraial odiavam Raquel, mas temiam fazer algo contra ela, pois como mulher de João Cabral, o sargento-mor, comandante da milícia, tornava-se uma pessoa inatingível, pois ninguém queria se meter com o sargento.

O casal Raquel e João tinha três filhos: Jackson, Jair e a moça Daniele. Os mais velhos já serviam à milícia local, enquanto Daniele, linda, educada e prendada, aguardava o momento certo para casar com Conrado, o grande amor de sua vida, filho de uma família nobre chegada há alguns anos ao arraial, vinda de Portugal em busca da saúde do genitor, que tinha problemas nos pulmões e buscara os ares do Brasil para curar-se.

Contudo, de religiosa Raquel tinha só a aparência. No íntimo, ela e o marido eram extremamente malévolos e sentiam prazer mórbido em ver o sofrimento alheio.

Assim que as pessoas pediram a bênção do inquisidor e foram saindo, ela teve a oportunidade de ficar a sós com ele na sacristia e, olhando-o profundamente, tornou:

– Graças à Virgem que o senhor chegou. Já não aguentamos mais esses acontecimentos aqui em nosso pequeno e santo arraial. O que o senhor pretende fazer para descobrir os culpados? A milícia até agora nada conseguiu.

Monsenhor Maurílio era um homem branco, de cabelos e olhos castanho-escuros, de rara beleza e, mesmo com todos os paramentos, podia-se notar que tinha um corpo forte e bonito. Contudo, a maldade que se via em seus olhos tirava-lhe toda a beleza. Ele respondeu à pergunta com maestria:

– O que um inquisidor não consegue? Vamos fazer uma lista de suspeitos e interrogaremos um a um. Temos métodos de tortura que fazem qualquer culpado confessar sua culpa. Será fácil saber quem são os feiticeiros que atormentam este lugar.

Raquel olhou para a mesa que estava à sua frente e viu inúmeros objetos de ferro que ela desconhecia. Pegou um, semelhante a um alicate, e perguntou:

– Para que serve isso aqui?

Com sorriso diabólico, o monsenhor respondeu:

— É um instrumento que usamos para tortura. Esse serve para arrancar as unhas dos culpados que estão resistindo à confissão.

Raquel se arrepiou. Já ouvira comentários sobre a Inquisição e sabia como eles eram cruéis. Impressionada, resolveu não perguntar para que serviam os outros apetrechos. Notando o ar assustado de Raquel, monsenhor Maurílio retorquiu:

— Não precisa se preocupar. Isso só é usado para os hereges, os pecadores renitentes que não querem mudar e se converter ao nosso senhor Jesus Cristo. A senhora me parece uma santa mulher, não deve ter pecados.

Raquel corou:

— Tento não ter, monsenhor. Por isso rezo muito e sou fiel à Virgem.

Naquele momento, um rapaz um pouco mais jovem que o monsenhor, também paramentado como religioso, entrou no recinto.

— Desculpem interrompê-los, mas gostaria de avisar ao monsenhor que é hora de descansar. Amanhã teremos um longo dia pela frente e o senhor precisa estar bem.

— Oh, desculpe-me, monsenhor — tornou Raquel, fingindo envergonhar-se. — Sei que necessita alimentar-se e fazer a cesta. Amanhã retornarei com a lista de pessoas suspeitas. Com sua licença.

Assim que Raquel se retirou, o jovem Marcos olhou para monsenhor Maurílio e disse:

— O padre Lúcio reservou os nossos aposentos aqui mesmo na igreja. Há um quarto grande anexo à sacristia preparado para nós. Já avisei que vamos descansar a tarde inteira e só começaremos nossos trabalhos amanhã pela manhã.

– Fez bem, Marcos. Essa viagem longa deixou-me exausto.

Marcos aproximou-se do monsenhor, dizendo com voz sensual:

– Sei muito bem como fazê-lo descansar...

– Aqui não! É perigoso. Vamos deixar para nos amar quando estivermos em nosso quarto.

– Dois dias de viagem, sem poder termos um ao outro, está sendo muito duro.

– Acalme-se. Em breve poderemos recuperar esse tempo.

Os dois saíram e foram procurar o padre Lúcio, que os convidou para o almoço. Algumas horas mais tarde, os dois religiosos estavam completamente entregues ao ato de amor e luxúria que os unia.

Não passou despercebido para Raquel um possível envolvimento entre o inquisidor e o jovem noviço. Ela era muito observadora e percebera que os olhos do monsenhor Maurílio brilharam estranhos quando o rapaz apareceu. Tinha quase certeza que eram amantes e isso lhe poderia render um bom lucro. Foi para casa, dispensou a mucama e, assim que terminou o almoço e seus filhos foram fazer a cesta, ela chamou o marido, dizendo:

— Senhor meu marido, tenho algo a dizer que pode mudar nossa situação para melhor.

— Como assim? Nossa situação é ótima.

— Não é o senhor que vive querendo possuir mais ouro, terras, casas e construir um castelo para mim, assim como o contratador João Fernandes construiu para a escrava Chica da Silva?

— Isso é sonho, mulher. Nunca conseguiremos isso.

— Pois eu sei uma maneira — tornou Raquel, com ares de malícia.

— Qual? Pensa em furtar alguém?

— Nada disso. Deixe-me explicar — fez pequena pausa e continuou: — O inquisidor monsenhor Maurílio chegou e, em breve, descobrirá os culpados pelos atos de bruxaria acontecidos aqui. Você sabe que quando alguém é preso e morto pela inquisição, todos os seus bens são confiscados e ficam para a igreja. Já imaginou que essas pessoas bruxas podem ser ricas e ter muito dinheiro?

— E daí, mulher? O que vamos ganhar com isso?

— É que o monsenhor trouxe consigo um noviço que lhe serve de ajudante e, pelos olhares que ambos trocaram, tenho certeza que são sodomitas.

João corou:

— Você enlouqueceu?

— Não, eu sou muito esperta e sei o que digo. E se eu puder provar isso, posso chantagear o inquisidor e, de toda riqueza que ele conseguir, metade será nossa.

– Não é à toa que é minha mulher. Isso seria o caminho para nossa riqueza. Mas e se os feiticeiros forem pessoas pobres?

Os olhos de Raquel brilharam ainda com mais malícia:

– Não é preciso que ele descubra as pessoas certas, podemos jogar a culpa para uma família milionária daqui e está tudo resolvido.

– Que família? Todos são nossos amigos e vivem nas mesmas condições que a gente.

– Esqueceu da família de Conrado, noivo de nossa filha? Eles são novos por essas bandas e muito ricos. Podemos dizer que fazem rituais de bruxaria.

– E como você conseguirá provar?

– Deixe comigo. Ainda hoje descubro se o inquisidor comete o pecado da sodomia e o resto será ainda mais fácil.

João beijou a mulher e foi fazer sua cesta, deixando Raquel concentrada na sala, planejando seus crimes sem saber que estava sendo ajudada por espíritos das trevas que a acompanhariam ao longo de muitas encarnações.

Chantagem e falso testemunho

Após pensar bastante, Raquel dirigiu-se à cozinha, onde a escrava Adelita lavava a louça do almoço. Adelita era uma negra maneirosa, forte e confidente de sua patroa. Não foram poucas as vezes que a ajudara na delação dos pecaminosos do arraial. Raquel aproximou-se e chamou-a a um canto:

— Adelita, preciso de um novo favor seu.

— Sim, minha sinhá. Que quer dessa vez?

— Deixe de me chamar de sinhá quando estamos sozinhas, somos amigas e cúmplices.

O sorriso de Adelita se abriu, mostrando seus dentes alvos e bem enfileirados.

— Então, o que a senhora quer?

— Sei que você faz parte de uma seita que cultua os deuses do inferno, não é?

— Não são deuses do inferno, são os *inkices*[1].

— Seja como for, quero que roube algum objeto que vocês usam em seus rituais e o traga para mim.

— Para quê? — Indagou a escrava, curiosa.

— O inquisidor chegou hoje ao arraial e preciso incriminar uma pessoa como feiticeiro. Você pega o objeto e depois daremos um jeito de colocá-lo dentro da casa. Assim será fácil a condenação.

Adelina continuava curiosa.

— A senhora quer mais alguma coisa com essa pessoa, além de só incriminar, não é?

— Isso mesmo, Adelita. Vamos incriminar uma família rica e tudo que for deles, será nosso. Prometo que, se tudo der certo, saberei recompensá-la. Dar-lhe-ei a carta de alforria e muito dinheiro para que viva bem e longe daqui com o escravo Tonho.

Os olhos de Adelita brilharam de cobiça.

— Tudo bem, senhora. Hoje à noite após o culto, trarei o que me pede.

Raquel saiu da cozinha e foi com ansiedade que esperou a noite chegar. Assim que o marido e os filhos chegaram em casa e jantaram, ela disse:

— Preciso lhes falar. Já tenho todo o plano.

Nem Jackson, nem Jair, sabiam de nada e ela teve que contar toda a história. Finalizou:

---

1 Inkice, inquice, enquice, equice ou iquice são similares aos orixás dos candomblés de Angola e do Congo. No panteão dos povos de língua quimbunda originários do Norte de Angola, o deus supremo e criador é Zambi; abaixo dele, estão os Minkisi ou Mikisi, divindades da mitologia banta. Fonte: Wikipédia

– Como zeladora da igreja, tenho uma cópia da chave do quarto que foi reservado para os padres. Será fácil abrir a porta e os flagrar. Mas você, meu marido, terá que vir comigo e um dos nossos filhos também. É bom que tenhamos mais testemunhas. E é bom que vão armados, de repente eles podem ter armas e atentarem contra nós.

Jackson tornou:

– Vamos todos, assim teremos mais garantias.

Raquel concordou:

– Muito bem. Vamos esperar a noite descer um pouco mais. É nessa hora que os pecadores se entregam às suas práticas abomináveis.

João, olhos brilhantes de orgulho e cobiça, cada vez mais admirava a inteligência da mulher.

As horas foram passando e, quando chegou o momento, os quatro saíram em direção à igreja. Havia um silêncio aterrador e Raquel foi abrindo as portas com extremo cuidado para que não fossem percebidos.

Mas ela nem precisava ter esse cuidado. Como ela havia imaginado, naquele momento monsenhor Maurílio e o noviço Marcos se amavam com intensidade. Fazia dias que eles não tinham nenhum contato por conta da longa viagem e estavam desejosos de recuperar o tempo.

Raquel e o restante ouviram os sussurros e gemidos vindos do quarto e ela foi vagarosamente girando a fechadura. Surpreendidos e atônitos, completamente nus pelo ato de amor, monsenhor Maurílio, pálido, só conseguiu balbuciar:

– O que está acontecendo aqui?

Raquel olhou-o com altivez, enquanto disse:

– O que está acontecendo? O senhor e seu amante foram flagrados por nós em pleno ato de sodomia. Eu desconfiei da relação de vocês e vim investigar. Não é que estava certa?

Completamente desorientado, monsenhor Maurílio não sabia o que dizer, apenas vestia as roupas mecanicamente enquanto Marcos, já composto, tomou a palavra:

– O que a senhora quer para ficar calada?

Raquel vibrou de alegria. Estava tudo saindo como ela desejava. Resolveu jogar:

– Eu, meu marido e meus filhos não queremos nada. Vamos denunciá-los para o bispo e serão os próximos a morrer pelas torturas da inquisição.

Monsenhor Maurílio, vendo que estava perdido, visto o tanto de testemunhas que os flagraram, suplicou:

– Não faça isso. Faremos o que quiser, mas deixe-nos livres.

Raquel pareceu pensar, depois disse:

– Amanhã, como o combinado, trarei o nome suspeito pelos crimes de bruxaria acontecidos aqui no arraial. Tenho provas de que é uma família bastante rica. Assim que forem condenados e mortos, quero toda a fortuna que lhes pertence. Ou isso ou os delato.

– Mas isso é impossível, senhora. O que vou dizer aos meus superiores?

– O senhor deve ter a mente muito boa para inventar uma ótima desculpa. Diga que resolveu doar tudo para a Igreja de Santa Rosa de Lima.

— Mas o padre Lúcio não vai concordar em repassar tudo para a senhora.

— Deixe o padre Lúcio comigo. Pensa que ele é santo também? Claro que não é sodomita como o senhor e esse aí, mas tem um romance com uma senhora viúva daqui do arraial. Falarei com ele e, se não aceitar, eu o delato também.

Maurílio percebeu que estava lidando com uma serpente extremamente perigosa. Resolveu aceitar a barganha, pois não desejava morrer na fogueira - punição aplicada a homens que se deitavam com homens naquela época. Por isso cedeu:

— Tudo bem, faça como achar melhor. Amanhã traga aqui os nomes dos criminosos.

Raquel e os demais saíram vitoriosos, deixando Maurílio e Marcos desolados.

— Eu falei para você se conter. Aqui não é o convento do Vêneto onde ficamos totalmente à vontade sob a proteção do bispo Ricardo. Agora deu no que deu.

Marcos o tranquilizou:

— Não precisa se preocupar, amanhã ou depois resolveremos a tal questão da bruxaria e iremos embora. Foi um erro ter vindo a este lugar.

Os dois voltaram a se deitar, mas ficaram em silêncio. Cada um imerso em seus próprios pensamentos.

Ao chegar à casa, todos comemoraram o sucesso do plano, só Jackson lembrou:

— Estaremos incriminando a família de Conrado, noivo de nossa irmã. Ela está apaixonada e só fala no dia do casamento.

João cortou com rispidez:

— Daniele é moça e ainda vai encontrar muitos pretendentes melhores que ele na vida. E entre uma ilusão boba de sua irmã e uma fortuna incalculável, o que você prefere?

Jackson, olhos brilhantes de cobiça, junto com Jair, responderam:

— A fortuna, claro!

Todos riram baixinho para não acordar Daniele, que dormia a sono solto. Quando os homens se recolheram, Raquel dirigiu-se para o pequeno quarto dos fundos onde Adelita dormia, bateu na porta e ela abriu. Foi logo dizendo:

— Já tenho o que a senhora pediu.

— O que conseguiu? Tem que ser algo que não deixe dúvidas.

— Olhe só isso aqui.

Adelita foi retirando uma grande ânfora de dentro de um saco e mostrou a Raquel. Ela se arrepiou. A ânfora era pintada em cor laranja e com dois desenhos de satanás, um de cada lado. Era mais do que suficiente. Curiosa, perguntou:

— Como conseguiu isso? Por acaso, em vez de *inkices*, vocês cultuam o demônio?

— Não, senhora. É que em nosso grupo há um escravo que culta seres das trevas e tem vários objetos que esconde muito bem dentro da mata. Pedi que fosse buscar um e ele trouxe esse. Não é uma maravilha?

Raquel tinha medo daquelas coisas e estava arrepiada, mas tinha que concordar que não poderia ser coisa melhor.

— Agora peça para o escravo Tonho introduzir isso na casa de Gustavo e Rebeca. De preferência no quarto. Por sorte, esse seu amante é escravo deles.

— Pode deixar. Farei isso assim que o sol nascer, na hora em que o encontro à beira do rio.

Raquel foi para o seu quarto, certa de que seu plano iria dar certo. Em pouco tempo adormeceu, sem ver que entidades satânicas a observavam, criando planos para seu futuro.

Pela manhã, Raquel foi à igreja e, na frente de outras beatas e do padre Lúcio, afirmou:

— Tenho que fazer uma denúncia ao monsenhor Maurílio. Essa noite descobri quem são os feiticeiros responsáveis pelas mortes no arraial.

— De quem se trata? — Perguntou friamente Maurílio. — Precisamos puni-los.

— É a família Albuquerque. Mais precisamente, Gustavo, Rebeca e seu filho Conrado. Tenho provas concretas de que eles cultuam satanás.

Padre Lúcio parecia incrédulo:

— Não pode ser, são pessoas de bem, honestas e tementes a Deus. O jovem Conrado acabou de entrar para a milícia e vai se casar com sua filha.

— Foi por isso mesmo que descobri, senhor padre. Pedi que um escravo investigasse e ele descobriu apetrechos na casa que só pode ser coisa de feitiçaria.

– E como a senhora confia na palavra de um escravo? – Perguntou Maurílio, para deixar ainda mais verídica a acusação.

– Como todos sabem, além de zelar pela moral e bons costumes da comunidade local, minha filha está noiva de Conrado, eu tinha que investigar, afinal, era o futuro dela. Aproveitei que minha escrava tem um conluio com um escravo deles e pedi que averiguasse.

Monsenhor Maurílio, mesmo sabendo da farsa, disse:

– Precisamos ir imediatamente até essa casa. Agora.

O Bem: a única verdade da vida

Foi fácil para monsenhor Maurílio achar a ânfora demoníaca escondida no quarto do casal Gustavo e Rebeca. Não adiantaram rogos, pedidos de clemência, afirmações de inocência, choros desesperados. Toda a família foi presa e forçada a confessar a mentira de que eram feiticeiros. Isso só aconteceu depois de muitas horas de interrogatório, em que Gustavo, Rebeca e Conrado, amarrados por fortes correntes e tendo as unhas dos pés e das mãos arrancadas com alicate, sem conseguirem mais suportar tanto sofrimento, disseram o que eles queriam ouvir.

Os três foram amarrados a grandes toras de madeira colocadas no centro da pequena e abafada praça do arraial e, na presença de todos, queimados vivos.

Assim que as labaredas começaram a subir e os três desmaiaram por conta da inalação da fumaça, seus espíritos foram retirados dos corpos por entidades luminosas e levados a uma colônia de recuperação e paz no plano espiritual, onde permaneceram dormindo por largo período.

Felizes e ricos, após chantagearem também o padre Lúcio, Raquel, João e os dois filhos comemoraram bastante. Só Daniele, desiludida pelo fato de o noivo ser um feiticeiro e tê-lo perdido para sempre, ficou reclusa no quarto, até que mais tarde tomou a decisão de se encerrar nas frias paredes do Convento das Carmelitas.

Para Raquel e sua falsa beatice, foi motivo de honra ter uma filha freira e longe do mundo pecaminoso.

Logo o inquisidor e seu amante foram embora do arraial, mas os crimes continuaram. A cada semana um novo corpo nu e sem sangue aparecia pelas ruas sem que ninguém tivesse explicação para o ocorrido. Raquel, contudo, criou a história de que certamente Gustavo e Rebeca teriam outros seguidores no arraial e, a seu tempo, seriam descobertos, presos e mortos, assim como eles.

O tempo passou e um a um dos envolvidos nesse drama desencarnaram. Assim que deixaram os corpos, vítimas da peste negra, João, Raquel, Jackson e Jair foram atraídos para uma zona purgatorial do mundo espiritual, onde sofreram toda a sorte de dores. Eles julgavam estarem atirados às penas eternas, sofrendo eternamente no fogo do inferno. Além de tudo, não se arrependiam, o que dificultava-lhes o resgate pelas equipes socorristas do bem.

A situação ficou pior quando o chefe daquela zona descobriu o que eles tinham feito e resolveu castigá-los. Passou-lhes no perispírito uma substância semelhante ao álcool e fez com que as labaredas subissem. Então eles passavam a correr pelo umbral com os corpos chamejantes, sentindo-se queimarem até os ossos, mas seus corpos não se decompunham e o suplício do fogo não os deixava em paz um instante sequer. Além de tudo, eram perseguidos por monstros em formas de dragões que os seguiam por toda parte.

Do plano maior, Rebeca, Gustavo e Conrado viam tudo penalizados. Naquele momento eles já haviam perdoado e sabiam que necessitariam de uma nova encarnação para poderem se harmonizar mutuamente. Mas não havia como ajudá-los, no momento.

Auxiliados pelo espírito luminoso de Sofia, alma abnegada e amorosa que os orientava no astral, conseguiram ter a paciência necessária para esperarem quase dois séculos, tempo em que, finalmente arrependidos e cansados de sofrer, os culpados pediram ajuda e oraram a Deus. Foram socorridos.

Antes do reencarne houve uma reunião em que João, Raquel e os dois filhos, apesar de recuperados pela ação dos médicos daquela colônia, não estavam com total lucidez. Daniele também estava entre eles, mas lhes guardava muito rancor, culpando-os pela sua infelicidade amorosa e pelos sofrimentos passados no Convento das Carmelitas, onde era abusada sexualmente por padres e freiras. Conrado, que estava vivendo no mundo espiritual sua relação de amor com Daniele, coisa que não puderam viver na Terra, dizia:

– Perdoe sua família, meu amor. Sabe que deverá renascer entre eles e, se renascer com ódio no coração, será muito mais difícil a harmonização.

– Não consigo perdoar. Está além das minhas forças. Principalmente minha mãe, que foi a mentora de tudo.

Conrado se calava e orava muito para que aquele ódio se dissipasse. Quando as duas famílias se preparavam para reencarnar e enfrentar as expiações, colocando à prova o perdão, a humildade e a resiliência, Sofia – que também reencarnaria para auxiliar todos os personagens da trama – reuniu os envolvidos e pontificou:

– Gustavo e Rebeca dizem ter perdoado Raquel e sua família. Mas isso aconteceu aqui, onde a vibração é de amor e paz, facilitando o entendimento. Terão que voltar à Terra e é lá onde provarão se perdoaram verdadeiramente. A vibração terrestre é pesada e densa, o que favorece que nossos pontos negativos voltem à tona. Mas isso é necessário, pois só vencendo a tentação do mal é que podemos dizer com certeza que evoluímos. Rogaremos ao pai para que, de fato, tenham perdoado, pois serão colocados à prova e, nessa hora, o livre-arbítrio lhes ditará as ações.

Sofia parou um pouco, olhou para a família de Raquel e disse:

– Foi a mente pobre de Raquel e de vocês todos que os levaram a cometer tantos crimes para obterem riqueza. A prosperidade é um estado mental e quem a tem jamais vai usar de crimes para consegui-la. A pobreza mental que ainda mantêm os levarão a renascer num ambiente pobre e, sofrendo dificuldades, poderão até prosperar um pouco levando a vida com dignidade, mas jamais conseguirão a riqueza, pois, com a mente que têm, fatalmente cairiam em abismos ainda mais profundos.

"As leis do destino farão com que todos se reúnam no mesmo lugar para que possam, esquecidos do passado, entenderem-se e perdoarem-se. Gustavo terá a chance de escolher vingar-se pelo mal que recebeu ou perdoar e passar adiante. Já Raquel, com a vida pobre e dificultosa, aprenderá a dar o verdadeiro valor às coisas materiais, que são muito boas, mas que só dão felicidade ao homem quando ele as consegue de maneira justa e pelo próprio suor".

"Sabem que correm o risco de serem mortos por Gustavo e Rebeca e, se isso acontecer, aprenderão a lição do perdão e darão um passo a mais na senda evolutiva. Irei com vocês para dar suporte a Conrado e Daniele, que deverá aprender a gostar da mãe, perdoando-lhe os erros. Para Daniele, haverá também uma possível prova em que deverá escolher o próprio destino: tornar-se novamente uma assassina, como nessa vida, quando matou o padre Rafael envenenado no convento, ou libertar-se dos sentimentos negativos e evoluir".

"Como podem ver, o destino não existe, mas sim programações. De acordo com a nossa reação a cada desafio que a vida nos manda, estaremos escolhendo como nosso futuro poderá ser. A felicidade ou o sofrimento está inteiramente em nossas mãos. Pena que os homens na Terra não saibam disso e cometam tantas barbaridades, pois, na verdade, ninguém na Terra nasceu para sofrer, mas para aprender com os desafios por meio da inteligência e do amor."

Sofia fez singela prece ao Criador e a reunião foi encerrada. Todos foram encaminhados para concluírem seus cursos pré-reencarnatórios e depois, um a um, voltaram à Terra.

Marilda terminou sua história e percebeu que Raquel soluçava sem parar, dizendo:

– Deus do céu! Como pude ser tão má, tão tola e infeliz? Perdi minha vida, perdi minha encarnação, tudo por uma vingança totalmente injusta em que, na verdade, eu é que fui a culpada.

Francisco aproximou-se, dizendo:

– Toda vingança é injusta, pois não temos condição alguma de julgar o próximo e sempre somos nós, invariavelmente, pelas nossas necessidades de evolução, que atraímos todos os fatos de nossas vidas. Quem se vinga de uma ofensa não sabe o que está fazendo e nem imagina o quanto sofrerá depois pelo remorso ao saber que nunca foi vítima, mas algoz de si mesmo.

Raquel continuava soluçando:

– Por isso, me transformei numa cobra, é isso mesmo que sou.

– Não, Raquel – tornou Marilda, com sensibilidade e ternura. – Você não é cobra, nem nenhum animal, você é um espírito lindo criado por Deus. Vou te mostrar isso.

Marilda colocou a mão direita sobre a testa de Raquel, pediu que ela fechasse os olhos e foi dizendo:

– Repita comigo: eu sou filha de Deus, meu corpo é perfeito e humano como Ele fez. Deus me ama e me perdoa sempre, não importa o quanto eu erre. Sou perfeita dentro de meu nível de evolução e me permito ser feliz, reparando todo o mal que fiz.

Raquel foi repetindo com tamanha força e emoção que logo seu perispírito voltou ao normal e ela estava com seu corpo humano de sempre, agora mais leve e bonito. Ela abraçou Marilda, emocionada:

– Você foi a solução de minha vida. Eu estava errada e, a partir de agora, não vou mais me vingar de ninguém. Voltarei ao corpo, ajudarei minha filha a ter o bebê e nos entregaremos à polícia. Essa será a única forma de me sentir bem com minha própria consciência.

– Esse será o primeiro passo, Raquel. Mas ainda terá que dar muitos outros até reparar tudo, mesmo que seja pelo amor. Aliás, torceremos para que seja por ele.

Raquel apertou um pouco mais os olhos e gritou, assustada:

– Francisco? Marilda? Vocês foram os pais de Gustavo nessa vida e que morreram misteriosamente. Como não os reconheci antes?

– Você estava imersa em seus pensamentos destrutivos, por isso não nos reconheceu. Mas somos nós, sim. Contudo, nossa morte só foi misteriosa para quem ficou na Terra. Quem nos matou foi nosso próprio filho e sua esposa, Rebeca.

Raquel abriu a boca e voltou a fechá-la novamente, tamanho o espanto.

Vendo que ela ia comentar, ele fez um sinal para que se calasse e disse:

— Já passou. Pior aconteceu com Jesus que morreu não apenas pela mão de um filho, mas de quase todos, e, ainda assim, perdoou. Quem somos nós para não perdoar também?

Raquel ficou tocada com tudo aquilo, por isso, perguntou:

— Por que não mostram essa história ao João e a meus outros dois filhos? Tenho certeza que, se eles souberem o passado, assim como eu, esquecerão a vingança.

— Não podemos, Raquel. Seu marido e seus filhos estão totalmente loucos pelo ódio e não estão em condições de saber nada. Eles nem chegariam a compreender, de tão cegos que estão pela vingança. Um dia, contudo, eles se cansarão do mal e voltar-se-ão ao bem. Nessa hora, estaremos de braços abertos para recebê-los.

— Como vocês são bons! Será que um dia serei assim?

— Você já é. Apenas se deixou levar pelas ilusões mundanas. Mas não existe nenhum ser humano ruim de verdade. Deus nos criou simples, ignorantes e bons por natureza. O homem é que se ilude pela ignorância temporária e cria o mal, mas o bem, que é a única verdade da vida, está dentro dele e um dia vai despertar proporcionando paz, harmonia e luz!

Raquel tinha ainda algumas perguntas a fazer, mas o dia já estava amanhecendo e ela precisava retornar ao corpo. Agradeceu, mais uma vez, e, encaixando-se no veículo carnal, adormeceu.

Marilda e Francisco, que ainda continuaram um pouco ali, iniciaram uma conversa:

— Infelizmente, apesar do planejado, quase ninguém cumpriu os bons propósitos. Gustavo e Rebeca inconscientemente se vingaram de Raquel e sua família e, na ânsia de recuperarem a riqueza que perderam na vida passada, até nos mataram também.

"Raquel não morreu porque, naquele momento, seu espírito entendeu que ficar na Terra lhe seria o melhor, por isso não se entregou ao fogo como João, Jackson e Jair, que fizeram isso levados por suas culpas guardadas no espírito. Mas, mesmo tendo ficado, Raquel retomou a personalidade fria do passado e planejou a vingança envolvendo Daniele, que, mais uma vez, sucumbiu à sua tendência assassina."

"Monsenhor Maurílio retornou junto com Marcos, que agora é Verônica. Assim como foi viciado por homens na última existência, Maurílio pediu para, dessa vez, renascer heterossexual, pensando que, livre dos desejos pelo mesmo sexo, pudesse aprender a disciplinar-se sexualmente. Foi-lhe concedida a chance, principalmente após sofrer muito e evoluir grandiosamente desse lado. Marcos veio junto para ajudá-lo e viver o amor que os une. O sentimento de vazio que Verônica sentia vinha do passado em que, como Marcos, se deixou usar e abusar por Maurílio, que o traía com outros homens, perdendo, assim, a própria dignidade e identidade."

"Conrado e Daniele, mais uma vez, não conseguiram ainda se entender, o que poderá acontecer em breve. Vamos vibrar para que ele a perdoe e possam viver o amor verdadeiro que os une."

"Sofia, como espírito iluminado, saberá entender e seguirá sua vida sempre feliz, como fez até agora."

"Adelita, a escrava que ajudou Raquel na última vida na destruição de Gustavo e Rebeca, decidiu que iria voltar como Adelina, a empregada deles, para ajudá-los em tudo, assim sanando sua dívida com a própria consciência. Seu empenho foi tanto que pediu aos superiores para não se casar, apenas para viver dedicada àquela família. Por isso, nessa vida nunca encontrou um pretendente. Coisa que só acontecerá após seu desencarne, quando reencontrará o escravo Tonho que, arrependido e voltado ao bem, a aguarda."

"Soraia e todos os restantes não fizeram parte da vida passada deles, mas foram atraídos uns aos outros pelas necessidades de aprendizagem."

Marilda parou um pouco, olhou para o homem amado e, juntos, fizeram uma prece por todos eles. A partir daquele momento, tudo, de fato, iria mudar.

Mudança de comportamento

Raquel acordou sentindo-se melancólica. Abriu a janela tosca de seu quarto, olhou a paisagem e pensou: "Que vida sem sentido! Que adiantou ter me vingando, levado a vida inteira planejando um crime, se não me sinto feliz, nem realizada?".

Abanou a cabeça para livrar-se daqueles pensamentos, mas não adiantou, continuou pensando: "Pobre Daniele, levou uma vida escondida feito um bicho, nunca foi feliz. Agora que espera o filho com tanta alegria, resolvi vendê-lo. Será mesmo que é o certo?".

Naquela hora, parecia que um véu lhe fora arrancado da mente e pensou:

"Meu Deus! Vou cometer mais uma loucura. Sei que muito errei e não estou arrependida, mas não posso mais fazer minha filha sofrer. Sempre a amei e ela é tudo o que me resta. Não posso e nem vou mais vender meu neto.

Chamarei Ernestina para conversar e dizer que desisti de tudo. Não quero mais fazer essa barbaridade".

Pensando assim, foi em direção à cozinha, onde encontrou a filha coando o café. O cheiro estava delicioso e, ao vê-la tão bonita, com a barriga bastante grande, Raquel emocionou-se pela primeira vez. Vendo-a parada na soleira, olhos rasos d'água, Daniele estranhou:

– Mãe, o que faz aí parada? Está sentindo alguma coisa? Acordou doente?

– Não, minha filha. Estava admirando sua barriga. Como você está linda! Até parece eu quando estava te esperando. Lembro-me que tive uma barriga tão grande que, nos últimos meses, nem conseguia ver meus pés – fez pequena pausa e aproximou-se de Daniele, dizendo: – Deixe-me passar a mão nela, vamos ver se esse moleque está pulando direitinho aí dentro.

Daniele instintivamente recuou, lembrando-se do dia em que a mãe havia ferido sua barriga com brasas quentes. Raquel, percebendo o que se passava na cabeça da filha, disse:

– Não precisa se preocupar. Não vou lhe fazer nenhum mal. Aliás, nem sei como tive coragem de ter feito aquilo. Me perdoa?

Daniele não estava acreditando muito naquela mudança de comportamento tão súbita de sua mãe. O que ela estaria tramando? Contudo, resolveu deixá-la se aproximar.

Raquel, visivelmente emocionada, acariciava o ventre da filha enquanto dizia:

— Vai ser um lindo bebê. Que Deus o abençoe.

Sem resistir mais, Daniele indagou:

— Mãe, o que deu na senhora? Por que está se comportando de uma maneira tão estranha? Essa não é você!

— Nem eu mesma sei o que se passa comigo. Só sei que sonhei muito durante a noite, embora não me lembre com o que, e acordei melancólica, sem estímulo para nada. Comecei a pensar na vida inútil que levei e na injustiça que fiz condenando-a a tornar-se uma assassina. Mas para quê? O que temos na vida e como será sua vida agora?

Daniele percebeu que a mãe estava sendo sincera. Aliás, Raquel poderia ter todos os defeitos, menos o de fingir o que estava sentindo.

Vendo que a mãe estava arrependida, ela sentiu uma emoção muito forte e, quando viu, estavam já se abraçando e chorando. Quando a emoção serenou, Daniele disse:

— Vamos tomar nosso café. Acordei cedo, fiz bolo, torradas e...

Antes que a filha continuasse, Raquel cortou-a, abrupta:

— Não, não posso comer nada antes de contar a você uma monstruosidade que estava prestes a cometer e agora jamais faria. Você precisa saber.

Daniele ficou nervosa. O que seria?

Raquel contou toda a história da venda do bebê frente ao rosto contraído da filha ao ouvir cada palavra. Finalizou:

— Não posso e nem quero mais fazer isso. Daqui a pouco irei à casa de Ernestina dizer que desisti de tudo. O que quero mesmo é que meu neto nasça com saúde e viva bem.

Daniele, ainda perplexa, tornou:

— Como a senhora teve a coragem de armar tudo isso nas minhas costas?

— Eu estava movida por um ódio tão absurdo que não raciocinava direito. Perdoe-me, filha. O que importa agora é que dá tempo de consertar. Vou à casa de Ernestina e a farei desistir disso.

Deixando a filha sem palavras, Raquel selou sua égua e pôs-se a caminho. Quando chegou à casa da amiga, logo deu de cara com Fátima toda feliz, exibindo sua barriga falsa e mostrando à mãe mais roupinhas que havia comprado para completar o enxoval do bebê.

Ao ver Raquel em sua sala, Ernestina estranhou e pediu que fossem conversar no escritório. Lá chegando, Ernestina disparou:

— O que aconteceu com Daniele e o bebê? Não vá me dizer que foi uma desgraça!

— Acalme-se, Ernestina, ela e a criança estão bem. Vim aqui por outro motivo.

— Pois, diga. Para ter se abalado em sair de sua roça até aqui é por algo muito sério.

Raquel não sabia como começar, nem como Ernestina reagiria à sua desistência. Pelo visto, Fátima havia mesmo incorporado o papel de grávida. Uma notícia dessas naquele momento seria terrível. Ao vê-la calada e torcendo as mãos, Ernestina alterou a voz com nervosismo:

— Ande logo, Raquel. O que veio me dizer? Está me deixando nervosa.

— Eu vim dizer que não vou mais lhe vender meu neto. Desisti porque descobri a barbaridade que ia fazer com minha filha, que é tudo o que me resta. O que mais quero é viver feliz ao lado dela e do meu neto. Infelizmente, não posso continuar com esse plano.

Ernestina ficou pálida e calada durante alguns minutos, parecendo não acreditar no que acabara de ouvir.

— Você tem certeza do que está me dizendo?

— Tenho. Sei que sempre foi uma boa amiga para mim e, junto com o senhor Aristóteles, ajudaram-me quando passei meus momentos de penúria. Mas não posso cometer mais um erro em minha vida. Minha filha não merece esse sofrimento.

— E você acha que a minha filha merece? — Esbravejou Ernestina, com raiva. — Ela está vivendo um momento único na vida dela. Sem esse bebê, tenho certeza que não irá resistir. Você terá que cumprir o trato.

Raquel levantou-se, resoluta:

— Já disse que não. Invente uma história, diga a todos que o seu neto morreu no parto, sei lá. Mas, infelizmente, já contei todo o nosso plano à minha filha e prometi que não mais faria isso.

— Pois terá que me entregar essa criança por bem ou por mal.

Raquel assustou-se. Nunca vira sua amiga falar daquele jeito, nem naquele tom.

Ernestina abriu uma das gavetas do escritório, retirou um jornal e pediu:

— Olhe só para esse jornal. Reconhece essa moça que está aí na foto?

Raquel empalideceu. Era uma manchete com o caso de Daniele, mostrando-a como a principal suspeita pelos assassinatos do casal Gustavo e Rebeca. A reportagem terminava afirmando que ela era uma foragida da justiça e que certamente, ao ser encontrada, seria presa, julgada e condenada. Havia uma foto de Daniele ao lado, diferente de como ela estava hoje, mas facilmente reconhecível para quem tivesse convivido com ela.

Ernestina, com ar de vitória, tornou:

— Pensa que eu não sabia a verdade? Vocês estão em minhas mãos. Ou entregam o bebê ou as denunciarei e serão presas. E agora, o que me diz?

Raquel, mesmo pálida e nervosa, apelou:

— Sei que você é boa e jamais teria a coragem de fazer isso com a gente.

— Não teria mesmo se o problema não envolvesse a felicidade de minha filha. Agora é você quem escolhe.

Raquel pensou rápido e lhe veio uma ideia. Para ganhar tempo, fingiu render-se:

— Tudo bem. A criança será de vocês. Melhor isso do que a prisão. Contudo, nunca pensei que você, amiga de tantos anos, pudesse fazer isso comigo.

— Eu também não. Mas minha filha já sofreu muito e foi você mesma quem sugeriu o plano.

Raquel não ia mais falar nada, já estava saindo quando Ernestina tornou:

— Sei que a criança está prestes a nascer. Para garantir que você não fuja, a partir de hoje ficarei em sua casa. Claro que não irei sozinha, meu segurança Josemar irá me acompanhar. Pelas contas, deve nascer ainda essa semana. Não me custa fazer o sacrifício e ficar lá. Só voltarei com a criança em minhas mãos. Vá seguindo que, em poucos minutos, estarei chegando.

Raquel saiu da casa e, apressada, esporando a égua para que corresse mais, logo estava em casa. Nervosa, contou tudo à filha, depois falou de seu plano e finalizou:

— Se quisermos ter felicidade e sossego, precisamos fazer isso.

Daniele estava nervosa e tremia muito quando disse:

— Não podemos fazer isso.

— E temos outra saída?

— Não. Sou obrigada a concordar. Pelo meu filho, aceito seu plano.

Meia hora depois, Ernestina e Josemar chegaram.

— O Josemar dormirá no carro e eu quero uma cama decente pra ficar. Embora vá dormir muito pouco, pois preciso estar atenta a qualquer gracinha de vocês.

Raquel e Daniele fingiram concordar com tudo e Raquel cedeu sua cama para Ernestina descansar.

– Avisei a todos lá de casa o que estava acontecendo e afirmei que só chegaria com o bebê nos braços.

A partir daquele momento, Daniele e Raquel precisaram ter todo o controle emocional para que o plano pudesse dar certo. Mas o que Raquel sabia com toda a certeza era que Ernestina jamais sairia dali levando a criança.

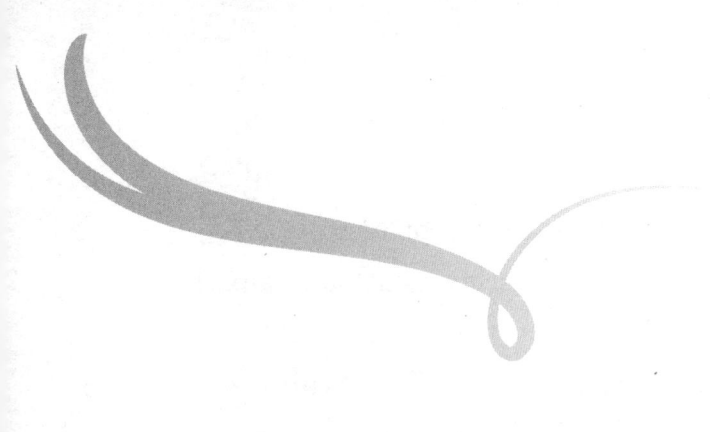

Mais crimes

Anoiteceu e Raquel convidou Ernestina para tomarem café. Notava-se a repugnância daquela mulher em estar naquele ambiente pobre e desprovido de qualquer luxo, mas, como era necessário, ela tudo fez para parecer normal, embora não tirasse do semblante a expressão séria e inquisidora, como que a dizer que estava atenta a qualquer reação estranha de Raquel e Daniele.

Ninguém percebeu, mas na xícara de café de Ernestina, Raquel havia colocado um pó e misturado ao líquido. Enquanto Ernestina o ingeria, Raquel tornou:

– Vou levar o café do Josemar até o carro. Por que não o convidou para entrar e tomar café conosco?

– Não quero empregados metidos nisso. Já basta ter que revelar a ele o que vim fazer aqui. Se entrar e ficar conosco é capaz que descubra que comprei o bebê e não que será doado, como tive que mentir.

Raquel saiu com a garrafa térmica e um copo onde colocou o mesmo líquido com veneno de rato para Josemar beber. Ficou conversando com ele para se certificar de que beberia tudo, quando Daniele se aproximou:

— Mamãe, a senhora Ernestina está lhe chamado. Quer acertar alguns detalhes.

Pelos olhos de Raquel passou-se um brilho estranho de prazer. Aquele era o sinal que Ernestina já havia morrido. O veneno era de rápida ação e, em pouco tempo, também ambas viram Josemar agonizar e dar o último suspiro.

Rapidamente, Raquel entrou no veículo procurando a mala com o dinheiro que Ernestina trouxera e logo a encontrou. Entraram na casa e, mesmo com o corpo da senhora morto com a cabeça deitada sobre a mesa, as duas abriram a mala e notaram alegres o volume de notas que ali havia. Não teriam tempo de contar, mas sabiam que era muito dinheiro. Raquel olhou para Daniele e disse:

— Vamos tirar esse dinheiro daqui e colocar dentro de uma sacola. Não poderemos viajar com uma mala suspeita como essa.

Rapidamente, pegaram uma grande sacola de sujo tecido e jogaram os maços dentro. Com igual pressa, pegaram todas as roupas e objetos que poderiam necessitar, fizeram as malas e, quando estava tudo pronto, Raquel tornou:

— Agora vamos sumir daqui. Ninguém nos achará e, quando vierem encontrar os corpos, estaremos longe.

— Mas onde pretende ir?

— Vamos para o sul do país. Com o dinheiro que temos será fácil encontrar uma boa casa, documentos falsos, mudança de aparência e tudo o mais que precisarmos para viver em paz pro resto dos nossos dias.

Daniele sentiu tristeza. Apesar de saber que tudo aquilo era necessário, só em pensar que estava se afastando cada vez mais de Conrado, seu coração doía imensamente. Raquel, percebendo o que ia ao coração da filha, disse:

– É preciso, Daniele. Sei que está sofrendo, mas não tivemos outra saída. Ou isso ou a prisão. E vamos andar rápido. O ônibus passa às nove e, se não nos apressarmos, poderemos perder.

As duas se vestiram diferente, com trajes não usuais, e foram seguindo pela estrada, passaram pela cidade que estava pouco movimentada e logo chegaram à BR. Às nove em ponto o ônibus passou e as duas entraram. Como estava quase lotado, Daniele ficou em uma poltrona mais à frente e Raquel em outra mais atrás com a sacola de dinheiro. Elas iriam para a capital, onde, de lá, comprariam passagens direto para Porto Alegre.

Assim que ingeriu o veneno e agonizou, Ernestina sofreu um desmaio e, após seu corpo morrer, seu espírito foi desprendendo-se vagarosamente e, confusa, não entendeu o que havia acontecido.

O mesmo aconteceu com Josemar que, achando que ainda estava encarnado, saiu do carro e entrou na casa onde encontrou uma cena estranha: o corpo de Ernestina caído sobre a mesa e a mesma Ernestina em pé ao lado dele. Pensou estar tendo uma alucinação e gritou:

— O que está acontecendo aqui? Estarei ficando louco?

Ernestina, também confusa, retorquiu:

— Também não sei o que se passa, só sei que tomei o café, caí num sono profundo e estou aqui e ali na mesa ao mesmo tempo. Estaremos loucos?

Eles se dirigiram a Daniele e Raquel, chamando-as, mas elas não ouviam de jeito algum. Desesperada, Ernestina gritou:

— O que está acontecendo, meu Deus? Que loucura é essa?

De repente, viram um espírito de capa preta entrar na casa e aproximar-se deles:

— Eu posso explicar, senhora.

Ernestina sentiu um arrepio de horror. Que homem sinistro era aquele? Teve medo e foi recuando, mas o espírito, com falsa amabilidade, tornou:

— Não precisa ter medo. Chamo-me Dermival e vim aqui porque senti que precisam muito de ajuda.

— No que pode nos ajudar? – Tornou Josemar, desconfiado, pois tinha certeza que estava lidando com uma pessoa barra pesada.

— Vocês não sabem o que aconteceu aqui e eu, como justiceiro, vim ajudar.

— Justiceiro? – Perguntou Ernestina, assustada.

— Sim. Sou chefe de uma cidade onde vivemos para fazer justiça. As pessoas da Terra constantemente são vítimas das outras que são desumanas e cruéis. Por isso, juntei meu povo e, sempre que posso, ajudo as pessoas a fazerem justiça.

Ernestina continuava sem entender:

— Nunca ouvi falar dessa cidade e não entendo o que quer conosco.

— É que minha cidade fica um pouco longe daqui. Mas antes devo dizer uma coisa que talvez não vá agradá-la muito. A senhora e o Josemar morreram.

Aquela frase soou estranha aos ouvidos dos dois.

— Como, morri? — Perguntou Ernestina, zangada. — Estou mais viva que nunca, deixe de brincadeiras.

— Não está achando estranho ver seu corpo estendido sobre a mesa enquanto a senhora fala aqui comigo e com outro corpo?

Ela não soube responder. Ele virou para Josemar e disse:

— Siga-me e veja também algo interessante.

Ernestina também seguiu e, quando chegaram ao carro, se depararam com o corpo de Josemar estirado sobre o banco, com um líquido vermelho escorrendo pelo canto da boca. Dermival olhou para ele com vigor.

— Você também morreu, Josemar. Eis a prova.

De repente, parecia que um véu fora arrancado da visão de ambos e, constatando a realidade, entraram em desespero. Ernestina questionou:

– Mas como pudemos morrer assim desse jeito e com tamanha rapidez? Minha saúde estava ótima.

– Vocês foram envenenados por Raquel.

– Envenenados?

– Sim. Vamos voltar para a casa e poderão comprovar.

Eles entraram e observaram Daniele e Raquel aprontando-se para fugir, vestindo roupas diferentes e, por fim, colocando a pequena fortuna dentro da velha sacola. Dermival explicou que Raquel colocou veneno de rato no café deles, deixando-os enfurecidos.

Ernestina e Josemar iam partir para cima dela quando foram detidos por Dermival.

– Acalmem-se. Por isso disse que vim aqui para ajudar. O que ela fez com vocês foi uma injustiça. A senhora é uma boa mulher que só queria o bem da sua filha. Se a chantageou foi porque não queria vê-la sofrer. Mas Raquel é má e perversa. Matou-os sem piedade e ainda a roubou. Imagina agora o que acontecerá com sua família? Um sofrimento sem fim.

Ernestina começou a chorar descontroladamente, imaginando a filha sem o bebê e ainda tendo que suportar sua falta. Josemar também estava desesperado, pois tinha esposa, filhos pequenos e era ele quem os sustentava. Como ficariam a partir de agora?

Captando-lhes os pensamentos, Dermival disse com voz melíflua:

— Se quiserem, podemos fazer com que ela sofra também e não usufrua do dinheiro que lhe roubou. Nada mais justo.

Limpando os olhos com as costas das mãos, Ernestina perguntou:

— E como vamos fazer para nos vingar?

— Eu sei como, mas para isso é preciso que vocês se filiem à nossa cidade. Para isso, basta me darem a palavra e faremos um trato. Eu os ajudo e vocês nos ajudarão em nossos trabalhos de justiça. Tudo bem?

Josemar foi o primeiro a dizer:

— Aceito. Tudo o que mais quero é ver essa mulher sofrer. Mas só faço isso se o senhor prometer ajudar para que minha esposa e filhos não passem necessidade.

— Prometo, sim.

— Eu também aceito e lhe peço que ajude minha família nesse momento tão difícil.

— Tudo bem — Disse Dermival, sorridente. — O trato está feito. Agora vocês poderão escolher como vão fazer a justiça. Como podem ver, se não fizermos nada, Raquel e Daniele irão viver bem para o resto da vida, gozando do dinheiro que era da senhora.

— Isso jamais permitirei — ralhou Ernestina, trincando os dentes. — Como podemos escolher a melhor vingança?

Dermival demorou para responder e, por fim, disse:

— Raquel é visada pela nossa comunidade faz muito tempo. É perversa, sem sentimentos, orgulhosa, má. Onde vivemos, procuramos ver quem age assim para que possamos justiçar. Não é justo que as pessoas boas da Terra passem por tantos problemas e sofrimentos nas mãos dos ruins. Por isso, vocês podem escolher agora. Temos duas opções: ou matamos Raquel e a levaremos para ser nossa escrava, sofrendo todas as dores da escravidão, ou podemos plantar nela uma doença incurável que a faça sofrer muito até que morra.

Ernestina estava admirada.

– Você tem poder para tudo isso?

– E para muito mais. E então, o que escolhem?

– Quero que fique doente e sofra muito – tornou Josemar.

– Eu também – concordou Ernestina.

– Tudo bem. Podemos plantar nela um câncer agressivo que a devore em poucos meses. Mas isso pode nos dar problemas e a justiça não sair como o esperado.

– Não entendi. Quer coisa pior que sofrer de um câncer? – Tornou Ernestina.

– Mas é que existem espíritos que se propõem a ajudar essas pessoas ruins. Durante uma doença, a pessoa costuma pensar muito na vida, rever seus atos e se arrepender do que fez. Se isso acontecer, a pessoa pode se curar ou, quando morrer, pode ser levada por esses outros espíritos a lugares onde não os poderemos alcançar. Então o sofrimento será pouco perto do que ela lhes fez.

Josemar e Ernestina pensaram um pouco e perguntaram:

– Por que esses espíritos fazem isso? Onde já se viu ajudar pessoas ruins?

– É que eles dizem que a justiça pertence a Deus e que não devemos fazê-la com nossas próprias mãos. Mas isso é conversa fiada. Deus não está nem aí e, se não fizermos nada, a pessoa passará impune.

Ernestina e Josemar foram se deixando levar pelas palavras enganosas daquele espírito, sem perceber que estavam entrando em um caminho de dor e sofrimento no qual teriam imensa dificuldade para sair. Totalmente envolvida, disse:

– Então preferimos que ela morra e venha logo para cá. Assim, a faremos sofrer mais.

– E pela eternidade – salientou Dermival, vitorioso.

– Mas como você vai matá-la?

– Deixe comigo. Elas vão viajar, poderia mexer no mecanismo do ônibus ou distrair o motorista fazendo com que o veículo vire e ela morra no acidente. Mas isso não poderei fazer, pois tem muita gente protegida por esses outros espíritos e não me facilitariam a ação. Mas tenho um plano infalível. Deixemos que elas entrem no ônibus e, na hora certa, saberei agir.

– Por que não a mata agora?

– É que para a tarefa que vou fazer preciso concentrar energias, o que demora um pouco. Mas ela ainda hoje estará morta também. Agora vamos segui-las.

Os três espíritos foram seguindo Daniele e Raquel por todo o caminho até que entraram no ônibus. Ernestina notou que Dermival fazia alguns gestos com as mãos, manipulando uma massa escura com muita concentração. Não ousou interromper e, junto com Josemar, aguardavam ansiosos o momento da vingança.

Decisão certa

O ônibus seguia seu trajeto calmamente, mas Daniele e Raquel continuavam ansiosas e com medo. Mesmo sabendo que ninguém iria procurar Ernestina em sua casa, pensavam que alguma coisa pudesse acontecer e elas serem pegas.

As horas foram passando e, quase ao amanhecer, foi que chegaram a Natal. Rapidamente, compraram as passagens para Porto Alegre e foi com desespero que souberam que ainda teriam que esperar mais duas horas para embarcarem. Procuraram fazer pequeno lanche e pouco conversavam para não levantar nenhuma suspeita.

Finalmente, às dez horas da manhã estavam a caminho do Rio Grande do Sul. Mãe e filha procuravam conversar pouco e dentro de Daniele só havia uma vontade: a de acabar com tudo aquilo, voltar a São Paulo e entregar-se à polícia. Mas, vendo sua mãe ali, ao seu lado, sabendo o que sofreu e como havia mudado de comportamento perante ela e o filho, sabia não ser mais possível. Também não saberia dizer se aguentaria viver numa prisão.

Sem perceber, as duas estavam sendo seguidas o tempo inteiro pelos espíritos de Josemar, Ernestina e Dermival que, durante todo aquele tempo, continuava concentrado remexendo nas mãos a substância escura.

Em dado momento, ele disse:

– Prestem atenção! Chegou a hora.

Ernestina e Josemar ficaram observando atentos enquanto Dermival aproximou-se de Raquel e, com extrema rapidez, plantou a massa escura que estava em suas mãos sobre o seu coração. A operação não durou nem três minutos e, ao fim, ele pediu:

– Observem mais. Veja o que vai acontecer com essa mulher maldosa e cruel.

Raquel que, por instantes havia cochilado, acordou sobressaltada, sentindo o coração bater descompassado. Começou a suar frio, ficar pálida e querer desmaiar. Chamou a filha:

– Daniele, não estou me sentindo bem, abra a janela.

Ela obedeceu e perguntou:

– O que tem? Nunca a vi tão pálida.

– Estou com taquicardia. Meu coração está acelerado e bate de maneira que parece querer sair pela boca.

– Deve ser porque a senhora está nervosa com a viagem.

– É... Deve ser...

Raquel aspirou um pouco de ar fresco e começou a melhorar, mas, segundos depois, deu um grito agudo e tombou o pescoço sobre o ombro de Daniele. Um infarto fulminante a fez desencarnar. Percebendo o que havia acontecido, Daniele começou a gritar e chorar feito louca. Logo todo o ônibus estava agitado e o motorista teve que parar, indo ver o que aconteceu.

– Minha mãe passou mal e morreu, moço, ela está morta! – Dizia Daniele, em desespero.

– Como isso foi acontecer? Ela estava doente?

– Não, minha mãe tinha saúde de ferro. Foi o coração!

O motorista estava sem saber o que fazer. Por fim, decidiu:

– Não podemos seguir viagem com uma pessoa morta dentro do ônibus. Ainda bem que não avançamos muitos quilômetros e seremos obrigados a voltar. De onde vocês são?

Daniele queria mentir, mas, naquele momento, vendo que a mãe havia morrido, decidiu fazer o que seu coração pedia:

– Somos de Parnamirim, interior do Rio Grande do Norte. Precisamos voltar a Natal, pois quero me entregar à polícia.

Gritos abafados se fizeram ouvir por todo o veículo. O motorista, nervoso, tornou incrédulo:

– Se entregar à polícia? Explique-se direito.

– Somos, eu e minha mãe, foragidas da justiça. É tudo o que posso dizer. O resto só direi ao delegado, em Natal.

Sem ter mais o que conversar, ele deu meia-volta e foi com o ônibus até uma autoestrada, manobrou e logo estava de volta a caminho de Natal.

Foi difícil conter a indignação e o medo das pessoas. Assim que chegaram à cidade, todos respiraram aliviados. A polícia já havia sido avisada e estava à espera de Daniele.

Fez algumas interrogações, vistoriou as bagagens e, ao ver tanto dinheiro, o delegado questionou:

– Onde acharam isso aqui?

– Direi toda a verdade em depoimento na delegacia.

O corpo de Raquel foi retirado e levado ao IML, enquanto Daniele seguiu para a delegacia. Lá chegando, de maneira formal, contou tudo o que tinha feito até a hora em que a mãe havia morrido no ônibus. O delegado estava surpreso:

– Seu caso foi muito famoso. Quem diria que ia se resolver logo aqui?

Ela apenas balbuciou:

– Estou arrependida, mas sei que agora é tarde. Quando irei para São Paulo?

– Já estamos em comunicação com a polícia de lá. Logo estará a caminho – e, olhando-a com desdém, tornou: – Deve pegar uns 50 anos de cadeia, quando sair vai estar velha e esse seu filho aí estará homem. Além dos crimes de falsidade ideológica e assassinato em São Paulo, acabou sendo cúmplice de mais dois crimes em Parnamirim. Nunca vi uma jovem tão bonita e bem cuidada envolvida numa coisa dessas. Costumo lidar com criminosos da pesada, mas nunca com uma cara de anjo feito a sua. Agora deixemos de conversa. Seguirá para uma cela especial porque está grávida, não sei se terá a mesma sorte em São Paulo.

Daniele seguiu de cabeça erguida para a cela e, mesmo sabendo que seu destino seria mesmo a prisão, sentia-se bem, como se estivesse em paz com a própria consciência.

Sabia que seria muito difícil voltar e encarar Conrado e seu ódio, mas era o melhor que podia fazer.

* * *

Foi o próprio Dermival quem desligou os fios energéticos que ligavam o espírito de Raquel ao corpo. Não era tarefa fácil, pois, em mortes repentinas, quando o corpo ainda tem todo o vigor físico e saúde, o desligamento demora bastante, muitas vezes ocorrendo dias depois do corpo haver sido sepultado. Mas ele tinha bastante técnica e pôde acelerar o processo, técnica essa aprendida com um mago negro do astral inferior.

Raquel despertou num lugar escuro e esfumaçado, tendo Ernestina, Josemar e Dermival olhando-a com olhares inquisidores. Não estava compreendendo bem o que se passava e, aos poucos, foi vendo melhor o ambiente. Estava deitava numa estrada de terra cercada por árvores de troncos retorcidos e secos. Assustada ao ver Ernestina e Josemar, pensou que não conseguiu matá-los e que fora pega por eles. Por isso, disse:

– O que vocês fazem aqui comigo? Não éramos para estar todos em minha casa esperando a hora de Daniele dar à luz?

Ernestina avançou sobre ela e a esbofeteou com gosto. Sem poder revidar devido à extrema fraqueza, Raquel perguntou:

– Por que me bate assim? O que a fiz de mal?

– Você é cínica, Raquel. Cínica, cruel, perversa e assassina. Você me matou, a mim e ao Josemar. Quer motivo maior para eu te dar essas bofetadas?

Raquel, confusa, disse:

– Deixe de brincar comigo, sabe que não gosto. Não matei ninguém e, mesmo se você tivesse morrido, não estaria aqui para me dizer isso.

Dermival riu com gosto, dizendo:

– A senhora é uma tola que não sabe ainda sua real situação. Pois a deixarei a par. A senhora conseguiu matar Josemar e Ernestina, sim. Mas nós fizemos justiça e a matamos também. Esqueceu que passou mal no ônibus e depois sentiu uma forte dor no peito? Eu provoquei um infarto fulminante e você morreu. O uso constante do cigarro já havia causado grandes danos nos seus vasos sanguíneos e a sua vinculação ao mal intoxicou todo o seu organismo com energias deletérias suficientes para derrubar um gigante, eu só precisei dar um empurrãozinho e você tombou. Agora é nossa escrava e experimentará tudo o que fez os outros sofrerem.

Raquel parecia estar dentro de um pesadelo, mas sentiu que o que aquele homem horroroso dizia era verdade. Pela quantidade de veneno que colocara nos cafés de Ernestina e Josemar, não tinha como eles estarem vivos. De repente, lembrou-se de tudo, da falta de ar, do coração acelerado e, finalmente, da dor. Sentiu medo, muito medo, como nunca havia sentido na vida.

– Por favor, não me façam mal. Eu sei que errei, errei muito, mas foi por amor à minha filha. Não poderia aceitar que nos entregasse à polícia e ela fosse condenada a viver numa prisão, sem bons advogados e, por isso, sem chance para sair.

— E achou que a solução seria nos matar? — Bradou Ernestina, colérica. — Não pensa no sonho destruído da minha filha? Não pensa que sentirão minha falta? E o Josemar? Ele era jovem, com tudo pela frente, mulher e filhos para criar. Você é uma monstra! Por isso vai para a cidade de Dermival e lá sofrerá o que merece. Aliás, nem sei ainda por que não fomos para lá.

Dermival, contrariado, disse:

— É que temos um empecilho.

— Qual? — Disseram Josemar e Ernestina em uníssono.

Olhem só. Apontou para a esquerda da estrada, onde um casal de espíritos de meia idade os observava.

— Quem são eles? Por que não os vimos antes? — Tornou Josemar, confuso.

— Vocês estavam tão concentrados em Raquel que não os viram chegar. Eles têm o direito de conversar com ela antes que a levemos.

Marilda e Francisco se aproximaram. Raquel, ao vê-los, levantou-se com dificuldade e os abraçou. Eles irradiavam uma luz prateada que, aos poucos, foi ficando mais forte e iluminando todo o lugar.

— Você precisa tomar uma decisão agora, Raquel. Por isso viemos aqui para conversar e só depois do que escolher é que podemos agir — disse Francisco com bondade.

— Que decisão? Eu tenho escolha?

– Tem, sim. O plano maior analisou toda a sua situação e, principalmente, as suas intenções, e você tem a chance de ser socorrida, se quiser.

Raquel continuava sem entender.

– Eu não tenho perdão. Como posso ser socorrida?

Foi a vez de Marilda falar:

– O que você fez ao longo da vida foi muito errado. Baseada em valores falsos corrompeu, mentiu, matou e roubou. Aumentou, assim, os seus pesados compromissos com as leis universais e com a própria consciência. Mas sua mudança de atitude nos últimos instantes da vida, arrependida, fazendo de tudo para ajudar Daniele, fez com que o plano superior atuasse em seu favor. É claro que não irá para uma colônia, nem para planos mais elevados, mas ficará num posto de socorro organizado aqui mesmo no umbral, onde poderá rever toda a sua vida, e recomeçar.

– E o que preciso para alcançar tamanha graça?

– Precisa estar ciente de todos os erros que cometeu, se arrepender agora e rogar a Jesus amparo e proteção.

– Mas eu não mereço. Creio mesmo que o melhor é ser escrava deles.

– Só você poderá escolher. Deus não deseja o sofrimento de seus filhos, por pior que sejam os seus atos. Você irá se livrar dos tormentos que Dermival, Ernestina e Josemar querem lhe impingir, mas viverá dia após dia com sua consciência mostrando-lhe seus erros. Não para que se sinta culpada, mas para sentir-se responsável e se preparar para a reparação. Escolha agora, é sua vez!

Raquel ajoelhou na estrada de terra e orou para Deus com fervor:

"Deus, sei que nem mereço ser ouvida por ti, mas não me deixa sofrer os horrores de uma vida infernal. Em nome do seu filho Jesus, permita que eu prossiga minha vida com as dores de minha consciência, que será minha pior juíza, para que um dia eu possa me recuperar dessa doença chamada maldade e voltar ao teu caminho."

A prece de Raquel havia sido ouvida e um halo de luz branca ainda mais forte os envolveu e logo desapareceram dali.

Assim que a luz se apagou, tanto Ernestina quanto Josemar estavam com muito ódio.

– Como ela pôde ser ajudada e nós, não? Afinal, as vítimas somos eu e Josemar.

– Mas vocês estão com desejo de vingança e muito ódio no peito, longe de se arrependerem. Por isso, os iluminados nem lhes dirigiram a palavra.

Dermival sorria de modo maquiavélico e Ernestina, sem entender, perguntou:

– Por que olha para nós e ri? Está rindo de nossa desgraça?

– Estou rindo porque consegui mais dois escravos para minha cidade. De agora em diante terão que viver comigo e fazer tudo o que eu mandar.

Ernestina assustou-se:

– Mas Raquel não sofreu nada, você não cumpriu o que prometeu.

– Eu prometi matar a Raquel e isso fiz muito bem. Agora o que aconteceu depois, não é culpa minha. O que importa é que firmaram trato comigo e não poderão escapar.

Josemar e Ernestina, percebendo que foram enganados, tentaram correr, mas seus pés estavam paralisados. Dermival ria a valer e logo os puxou com forças magnéticas e os fez andarem em direção à sua fortaleza.

Ernestina e Josemar iriam experimentar por um bom tempo o resultado de seguir um dos piores sentimentos que o ser humano pode ter: o de vingança. Mas Deus jamais abandona nenhum de seus filhos e, assim que eles estivessem preparados e voltados ao arrependimento, seriam socorridos e preparados para recomeçar.

Frente a frente

    Conrado acabara de desligar o celular e, sentindo-se tonto, sentou-se em um dos bancos do imenso pátio da faculdade de Medicina. O que Adelina lhe dissera há pouco deixara-o confuso. Daniele finalmente havia sido encontrada e presa. Por um lado, sua razão deixava-o feliz por sentir que finalmente a morte de seus pais seria justiçada, mas, por outro, seu coração dizia que ainda amava aquela mulher com todas as forças de seu coração. Temia reencontrá-la e, num ímpeto apaixonado, dizer que lhe perdoava e que tudo faria para ficarem juntos. Que amor era aquele capaz de passar por cima de assassinatos e ainda continuar resistindo? Conrado não sabia dizer.

    Por outro lado, havia Sofia. Haviam se casado há seis meses e ele gostava muito dela, contudo, não era amor. Agora, mais do que nunca, sabia que nunca amara Sofia. Só em saber que Daniele estava por perto, que ele poderia vê-la, seu coração acelerava e sua vontade era de abraçá-la, beijá-la, acariciá-la. Mas não, ele jamais poderia perdoar aquela mulher mentirosa e assassina, que destruiu sua família.

Decidido pela razão, foi para casa, onde encontrou todos reunidos na sala. Verônica logo se adiantou:

– O delegado ligou dizendo que em breve tomará o depoimento da criminosa. Disse que liberaria para duas pessoas da família presenciar. Iremos eu e você.

Conrado preferia não ir, mas não podia deixar outra pessoa no seu lugar.

– Iremos, sim. Finalmente saberemos por que ela fez tamanha maldade conosco.

Havia uma certa brandura no tom de voz de Conrado que não passou despercebido pela irmã:

– É impressão minha ou seu ódio diminuiu?

– Não, meu ódio permanecerá para sempre.

– Pois não parece. Por favor, não nos decepcione perdoando aquela infeliz.

Maurílio interveio:

– Já vi que de nada adiantaram os cursos que fizemos juntos, os nossos estudos sobre a espiritualidade. Se vocês são mesmo incapazes de perdoar, são incapazes de qualquer outra coisa boa na vida.

– Sempre você com essa onda de perdão – vociferou Verônica, com raiva. – Diz isso porque não foi enganado e nem teve seus pais mortos pelas mãos dessa monstra. Queria ver se fosse você. Tudo é muito fácil quando acontece com os outros.

– Sei que não é fácil, amor. Mas vocês não fazem nenhum esforço para sequer abrandar um pouco a mágoa dessa moça. Devo dizer que o perdão faz muito mais bem àquele que perdoa do que para quem é perdoado. Quem perdoa, se liberta do mal, adquire evolução, ganha imunidade espiritual e física, vive feliz. Enquanto o que recebeu o perdão continuará com suas culpas na consciência, sofrendo horrores até que se decida pelo autoperdão, que é o perdão mais difícil que existe.

Verônica calou-se. Sentia que o que o marido dizia era verdade, contudo, ela não era falsa e não iria perdoar por perdoar. Seu coração estava endurecido pelo ódio e ela não iria fingir o que não sentia. Já Conrado, estava tentado a perdoar, contudo, sua razão materialista dizia que jamais se deve perdoar um crime como aquele cometido contra seus pais. Em sua ilusão e desconhecimento das leis divinas, achava que, se perdoasse, estaria traindo seus pais.

Quanta ilusão! Na Terra ninguém deve perdão a ninguém, pois todos são espíritos comprometidos entre si e com a própria consciência, devendo dar graças a Deus quando uma mão os faz sofrer para aprenderem um pouco mais. Isso não justifica a ação de quem faz o mal, mas mostra que ninguém na Terra está em condições de se ofender ou se magoar com as atitudes do semelhante, visto que o nível de evolução de todos é muito semelhante e ninguém pode dizer com segurança que nunca tomaria essa ou aquela atitude sem antes ter passado pela prova. Iludidos são aqueles que abrem a boca e dizem "dessa água não beberei". Ninguém se conhece tanto a ponto de dizer essa frase, portanto, devem ignorar sempre e incondicionalmente toda espécie de mal que venha a receber, tirando dele todo o proveito.

Sem dizer mais palavras, Conrado abraçou Adelina e, junto com Verônica, Sofia e Maurílio, rumaram para a delegacia. Na porta, uma multidão de repórteres veio ao encontro do carro, de modo que foi com dificuldade que conseguiram entrar no recinto.

Maurílio e Sofia ficaram de fora, enquanto Conrado e a irmã aguardavam Daniele aparecer. Quando ela entrou na sala, seus olhos se encontraram com os de Conrado e não eram necessárias palavras, estava claro que se amavam como no primeiro instante. A surpresa de Conrado ao vê-la grávida foi tanta que sentiu uma espécie de vertigem, mas logo se recuperou quando ouviu os gritos de Verônica:

– Assassina! Bandida! Miserável!

O delegado Honório pediu:

– Se a senhora não contiver suas emoções, pedirei que saia do recinto, do contrário atrapalhará o depoimento.

Verônica calou-se e apenas se ouviu a voz de Conrado dirigindo-se a Daniele:

– Me responda só uma coisa: por quê?

Honório interrompeu novamente:

– O senhor saberá o porquê agora mesmo. Tenha paciência.

Daniele começou a narrar tudo em detalhes e, à medida que ouviam, Conrado e Verônica se espantavam com uma história tão sórdida como aquela. Pareciam estar ouvindo um roteiro de um filme de suspense.

Ao final, quando ela assinava o depoimento, eles choravam muito sem saber o que fazer ou pensar. Daniele e a mãe vingaram-se de um crime hediondo cometido por seus pais tempos atrás. Será que poderiam julgá-la tão severamente? Mesmo depois que ela foi levada de volta à cela, ele não conseguiu levantar-se, pensando que a mulher que matara seus pais agora esperava um filho dele.

Maurílio veio ao seu encontro.

– Vamos sair daqui amigo. Pode não lhe fazer bem.

Conrado saiu e foram para casa. Ao chegarem, participaram toda a história para Adelina, que ficou estupefata.

– Ela tem que apodrecer na cadeia.

– Eu não seria tão rigoroso assim – tornou Maurílio. – Ela errou, sim, e muito, mas, na minha opinião, foi mais vítima da mãe do que propriamente a culpada.

Adelina continuava indignada:

– O que Dr. Gustavo e Dona Rebeca fizeram faz parte do passado, eles já haviam se arrependido, não mereciam isso.

Conrado assustou-se:

– Você sabia dos crimes dos nossos pais, Adelina?

— Sempre soube. Quando vim trabalhar aqui com eles, fui ficando amiga, até que acompanhei todo o processo de culpa e remorso que eles vivenciaram, o que começou a acontecer quando vocês nasceram. Um dia eles me contaram tudo e eu jurei que manteria segredo para o resto de meus dias.

Verônica interrompeu, chamando Maurílio:

— Vamos subir, eu não sei o que pensar, nem sei o que sinto. Estou confusa e com dor de cabeça.

Adelina foi para a cozinha e Conrado ficou a sós com Sofia.

— O que você vai fazer quando o bebê de Daniele nascer?

— Nós vamos criá-lo. Eu e você. Sei que sua alma é suficientemente nobre para aceitar isso.

— Claro que sim e não esperava outra atitude de sua parte. Essa criança não tem nada a ver com essa situação e não merece ser entregue para adoção.

— Eu jamais deixaria um filho meu e de Daniele ser adotado!

Aquela frase revelou a Sofia o que ela já sabia há muito tempo. Com carinho, olhou para Conrado e disse:

— Ainda a ama, não é?

Ele corou e reagiu:

— Não, claro que não! Como poderia amar aquela mulher?

— Não precisa mentir para mim. Sempre soube que nunca deixou de amá-la nem por um minuto sequer.

— Eu amo é você.

— Também sei que me ama do seu modo, mas falo do amor verdadeiro, daquele que mexe o coração, toca a alma e transborda pelos olhos. Pois é isso que estou vendo, o seu amor por ela transborda por seus olhos.

Conrado chorou muito abraçado a Sofia, que alisava seus cabelos com carinho. Quando serenou do choro, tornou:

— Como você pode aceitar isso? Como pode ficar do meu lado sabendo que amo outra mulher?

— Estou do seu lado porque o amo e sei que não é o amor dos outros que nos alimenta, mas sim o amor que sentimos pelos outros. Sinto-me feliz ao seu lado e também sei que sente uma espécie de amor por mim, o que nos facilita uma convivência harmoniosa, feliz, amorosa. Como não posso aceitar? Estou muito feliz assim.

— Não teme que um dia eu a deixe para ficar com Daniele?

— Não penso nisso. Você é livre e seu coração é independente. Se um dia isso acontecer, sentirei muito, mas o mundo não terminará por isso e eu seguirei feliz, pois não dependo de nada para a felicidade, só ser eu mesma, me amar, fazer o que gosto, o que me dá prazer, ter fé na vida e em Deus. E, depois, eu posso amar outra pessoa também. Pensa que, se me deixar, ficarei sozinha chorando pelos cantos? — Ela riu. — Logo estarei amando novamente e sendo amada também. Nosso coração é imenso, Conrado, nele cabe muita gente.

– Só você com sua alma pura para pensar dessa forma. Não tenho como agradecer a Deus sua presença em minha vida. Se não tivesse casado comigo, não sei se teria aguentado tanto sofrimento.

Ela passou a mão delicada sobre seu rosto e finalizou:

– Agora vamos mudar de assunto e fazer uma prece por Daniele, ela está precisando muito de amparo.

Ele relutou, mas, ao final, de mãos dadas com a esposa, orava por aquela que um dia havia assassinado seus pais.

Jonathan chega

Era alta madrugada e uma chuva torrencial caía por toda a capital paulista. Conrado acordou no meio da noite sobressaltado. Parecia que, em vez de Sofia, quem dormia ao seu lado era Daniele. Desde que ela reaparecera, confessara o crime e fora presa, ele nunca mais tinha sido o mesmo. Andava alheio, desinteressado pelos estudos, sentindo um grande vazio interior.

Sofia percebia, mas, como era de seu caráter, respeitava o marido e apenas tentava ajudá-lo nos momentos mais difíceis, em que ele se entregava à angústia e chorava por horas.

Conrado foi informado que, de fato, Daniele e a mãe haviam assassinado duas pessoas no interior do Rio Grande do Norte e, com mais esses crimes, certamente pegaria o dobro dos anos de prisão que já estaria condenada pela morte de seus pais. Ele não via uma maneira de um dia ser feliz novamente com Daniele e isso o torturava. No fundo de seu coração já a havia perdoado, mas sua razão dizia não ser possível voltarem a ter uma convivência.

Maurílio, contrariando a tudo e a todos, ia visitar Daniele na prisão aos domingos e entre eles nasceu uma forte amizade. Ele sempre garantia que ela havia se transformado e que jamais faria novamente o que fez. Quase sempre esses comentários faziam com que a família discutisse e Verônica até tentou afastar-se dele, mas, percebendo que ninguém conseguia controlá-lo, resolveu ceder. Já havia perdido os pais para aquela assassina e não iria se permitir perder o marido também.

Passava da uma da manhã quando o telefone da mansão tocou. Como estava acordado, Conrado atendeu em seu quarto. Uma voz pausada de mulher dizia:

– Preciso falar com o senhor Conrado. Ele se encontra?

– Sou eu. Quem gostaria?

– Aqui é Ana, recepcionista do Hospital das Clínicas. Uma detenta chamada Daniele acabou de chegar sentindo as dores do parto. A polícia pediu que o informasse e que viesse imediatamente para cá.

Conrado gelou:

– Imediatamente? O que está acontecendo?

– Não tenho mais informações, senhor. Eles só pedem que venha o mais depressa que puder.

Sofia, que acordara e escutara parte da ligação, vendo o marido aprontar-se para sair, tornou:

– Daniele vai dar à luz? Entendi bem?

— Sim e parece que está acontecendo algum problema, me chamaram com urgência.

Sofia sentiu um arrepio, contudo, tentou disfarçar:

— Pode ser alguma coisa relacionada a despesas, afinal, você é o pai da criança.

— Não é, sinto que tem algo grave acontecendo.

Conrado beijou a esposa levemente e, sob recomendações que fizesse preces, ele desceu as escadas. Assustou-se quando viu Maurílio todo arrumado e também pronto para sair.

— Para onde vai?

— Para o mesmo lugar que você. Não posso deixar Daniele sozinha uma hora dessas.

— Como você soube? Sabe o que está acontecendo?

— Não posso e nem devo enganar você, meu amigo. Daniele há dias vem tendo crises de pressão alta e tem estado com pés e mãos inchados. Foi levada aos médicos, que disseram tratar-se de pré-eclâmpsia e pediram todo o cuidado. Queriam fazer cesariana, mas estavam esperando um pouco mais. Acontece que ela sentiu as dores antes do tempo previsto e agora só temos que rezar a Deus para que tudo corra bem.

Conrado empalideceu.

— Mas como você soube?

— Daniele tem o número de meu celular. O delegado me ligou porque ela pediu, insistiu muito.

— Então vamos, não temos tempo a perder.

Os dois seguiram para o hospital e, lá chegando, souberam que Daniele havia acabado de entrar para o centro cirúrgico, onde estava sendo submetida a uma cesariana. Tentaram entrar, mas, por mais que insistissem, a direção do hospital não permitiu.

Começou para eles o angustioso tempo de espera. Os minutos iam passando lentos e nenhuma notícia. Até que um choro forte de criança os surpreendeu. Conrado, não suportando a emoção, chorou sentidamente, acompanhado por Maurílio. Alguns minutos depois, uma enfermeira saiu com a criança no colo. Olhando para os dois, disse:

– É um belo menino. Quem é o pai?

Conrado, orgulhoso pela linda criança que via, respondeu:

– Sou eu, dê-me aqui.

Ao pegar aquela criança nos braços, Conrado sentiu uma emoção que jamais experimentara em toda a sua vida. Chorou mais uma vez, deixando que as lágrimas caíssem pelo rostinho lindo do bebê. Após a emoção, que a enfermeira, pacientemente esperou serenar, ela sorriu e disse:

– Preciso prepará-lo e levá-lo ao berçário. Tenha calma, papai, terá muito tempo para estar com ele.

Maurílio também pediu para segurá-lo e, enquanto isso, Conrado perguntou à enfermeira:

– E a mãe, como está?

O rosto de Marta se contraiu, tinha que dizer a verdade:

– A mãe não passa muito bem. A pressão está bastante alta e os médicos têm tentado de tudo para salvá-la.

– Salvá-la? – Perguntaram Maurílio e Conrado em uníssono.

— Sim. Ela teve pré-eclâmpsia, chegou a ter uma pequena convulsão antes da cirurgia e o perigo não passa até 24 horas depois do parto. Agora os médicos estão tentando baixar a pressão com medicamentos e terminando de fazer os pontos da cesariana.

Conrado e Maurílio sentiram um arrepio de medo. Daniele não poderia morrer. Apesar de tudo, era amada e tinha o direito de um dia ficar livre e poder conviver com o filho. Em desespero, começaram a orar. Horas depois, os médicos foram saindo e, olhando para Conrado, disseram:

— A custo conseguimos baixar mais a pressão, mas, além disso, Daniele perdeu muito sangue e precisou ir para a Unidade de Terapia Intensiva. Vou permitir que entrem rapidamente porque ela insiste muito em vê-los, mas não posso permitir mais do que cinco minutos.

Após se vestirem adequadamente, ambos entraram na UTI com o coração aos saltos. Daniele, olhos semicerrados, pálida, demonstrava muito sofrimento no olhar. Conrado se aproximou e ela disse fracamente:

— Conrado, meu amor, me perdoe. Não posso deixar esse mundo sem o perdão da pessoa que mais amo no mundo.

Sua voz era ofegante e, naquele momento, Conrado deixou toda a razão de lado e, beijando-lhe o rosto e as mãos, falava emocionado:

— Eu também a amo, Daniele, desde a primeira vez que te vi, e sei que vou amá-la eternamente. Mas você não vai morrer, vai se recuperar e eu vou lutar para que saia da prisão o quanto antes, aí seremos felizes, eu, você e nosso filhinho. Por favor, viva! Viva pelo nosso amor!

Ela deixava que lágrimas grossas descessem espontâneas sobre seu rosto. Com a voz cada vez mais fraca, tornou:

– Que alegria saber que me perdoa, mas sei que não poderei ser feliz ao seu lado, pelo menos nesta vida. Cuide bem do nosso filho e peça a Sofia que o ame assim como eu o amo. E... e... – Sua voz cada vez mais sumia. – E coloque nele o nome que desejo, o nome que vi um dia numa revista e achei lindo, chame-o de Jonathan.

– Sim, meu amor, ele será o nosso Jonathan.

– Maurílio... – Tornou ela, esforçando-se para falar. – Você foi o anjo que Deus colocou em meu caminho para me orientar no arrependimento e no desejo de recomeçar uma nova vida. Quando todos me abandonaram, quando me sentia extremamente só e triste, só você se importou comigo e, com sua bondade, ia me ver para conversar sobre Deus e sua infinita bondade. Um dia no futuro, numa próxima existência, hei de retribuir tudo o que me fez. Com você aprendi o que é a verdadeira vida. Deus o abençoe, eu o amo...

Dizendo essas palavras, Daniele entrou em uma crise severa de convulsão e, enquanto Maurílio corria para chamar os médicos, ela exalou o último suspiro apertando fortemente a mão de Conrado.

Não havia mais nada a fazer...

Epílogo

Daniele foi recebida com muito carinho no plano espiritual, onde procurou adaptar-se e seguir as normas. Não pôde ficar perto de Raquel, cuja perturbação era enorme e necessitava, por vezes, ser adormecida e levada às câmaras de hibernação.

Cada vez mais arrependida, procurou rever o passado e, ao descobrir tudo, chorou muito, mas, ajudada por espíritos amigos, conseguiu recuperar-se. Descobriu que Jonathan foi o padre Rafael, que ela amou intensamente quando esteve no convento, mas que assassinou quando descobriu que a traía com uma das suas amigas noviças. Agora deu sua vida em troca da dele, vendo-se livre totalmente das amarras da culpa.

Seu espírito, inconscientemente, escolheu desencarnar a ter que viver numa prisão terrena sem nenhuma necessidade, uma vez que já havia aprendido a lição maior do valor da vida. Dali em diante, nunca mais assassinaria alguém.

Foi com felicidade que pôde visitar Gustavo e Rebeca que, resgatados da gelatina onde se consumiam, agora recuperavam-se num Posto de Socorro. Perdoaram-se mutuamente e estavam dispostos a um dia, reunirem-se novamente e seguirem os caminhos do bem, na reparação dos delitos cometidos.

João e os filhos continuavam loucos pelo umbral à procura da mulher e da filha. O estado mental perturbado deles era tão grande que os mentores resolveram adormecê-los para, em seguida, submetê-los a reencarnações compulsórias, onde restaurariam o equilíbrio do perispírito e da mente. Quando fosse oportuno, também se reuniriam com os demais para se harmonizarem.

Na Terra, a felicidade era grande. Recuperado da morte de sua amada, Conrado seguia com Sofia, educando com muito amor o pequeno Jonathan, que a cada dia crescia mais belo e inteligente.

Verônica e Adelina, por sua vez, também perdoaram Daniele e, junto com Maurílio, Conrado e Sofia, sempre lhe enviavam boas vibrações para que estivesse feliz onde quer que fosse.

Já Soraia, assim que soube da prisão da sobrinha, arrumou suas malas e fugiu sem que ninguém percebesse, tornando-se, assim, uma foragida da justiça.

Era noite de Natal e a família estava reunida para a ceia. À meia-noite, todos fizeram suas preces e, em especial, lembraram de Daniele, rogando a Jesus muita luz para seu espírito. A mansão estava linda, cheia de luzinhas coloridas nas árvores e, após orarem todos, foram cear. A um canto da sala, Daniele chorava emocionada, abraçada à sua sempre amiga Flávia, mentora que sempre a auxiliou em todos os momentos. Enxugou discreta lágrima e, olhando para eles, disse:

– Bem que eu poderia estar aí, usufruindo de toda essa felicidade.

Flávia tornou, amável:

– No momento sabe que não é possível, você não fez boas escolhas, mas um dia, sim, será totalmente feliz, como sempre sonhou. Ter paciência e saber esperar é uma virtude que todos deveremos aprender em favor de nossa paz.

– Por que erramos tanto? Se soubéssemos o que iríamos passar, tenho certeza que não faríamos nenhum mal a ninguém.

– Concordo. Mas o homem entra tanto nas ilusões da matéria que ignora sua essência divina e todo o bem que é capaz de fazer. Só pratica o mal aquele que está longe dos anseios mais profundos de sua alma, que só quer o bem, só quer ser feliz. Mas tenho esperanças e sei que um dia todos os homens na Terra esquecerão essa grande ilusão que é o mal e, nesse dia, nunca mais veremos uma só lágrima ser derramada. Só haverá luz, paz, amor e alegria.

Flávia, vendo que Daniele meditava em suas palavras, concluiu:

– Não fique triste e lembre-se sempre das palavras do nosso querido Chico Xavier: "Embora não possamos voltar atrás e fazer um novo começo, podemos começar agora e fazer um novo fim". Essa é a senha para todos aqueles que querem refazer sua vida e encontrar a felicidade.

Nesse instante, perceberam que algo inusitado acontecia, o pequeno Jonathan, nos braços de Conrado, via Daniele, agitava os bracinhos e dizia sua primeira palavra:

"Mamãe".

FIM

Para receber informações sobre nossos lançamentos, títulos e autores, bem como enviar seus comentários, utilize nossas mídias:

intelitera.com.br
- @ atendimento@intelitera.com.br
- ▶ inteliteraeditora
- ⌾ intelitera
- ⓕ intelitera

- ⌾ mauriciodecastro80
- ⓕ mauricio.decastro.50

Esta edição foi impressa pela Lis Gráfica e Editora no formato 160 x 230mm. Os papéis utilizados foram Snowbright 60g/m² para o miolo e o papel Cartão Supremo 250g/m² para a capa. O texto principal foi composto com a fonte Sabon LT Std 13/18 e os títulos em Garamond Premier Pro 30/34.